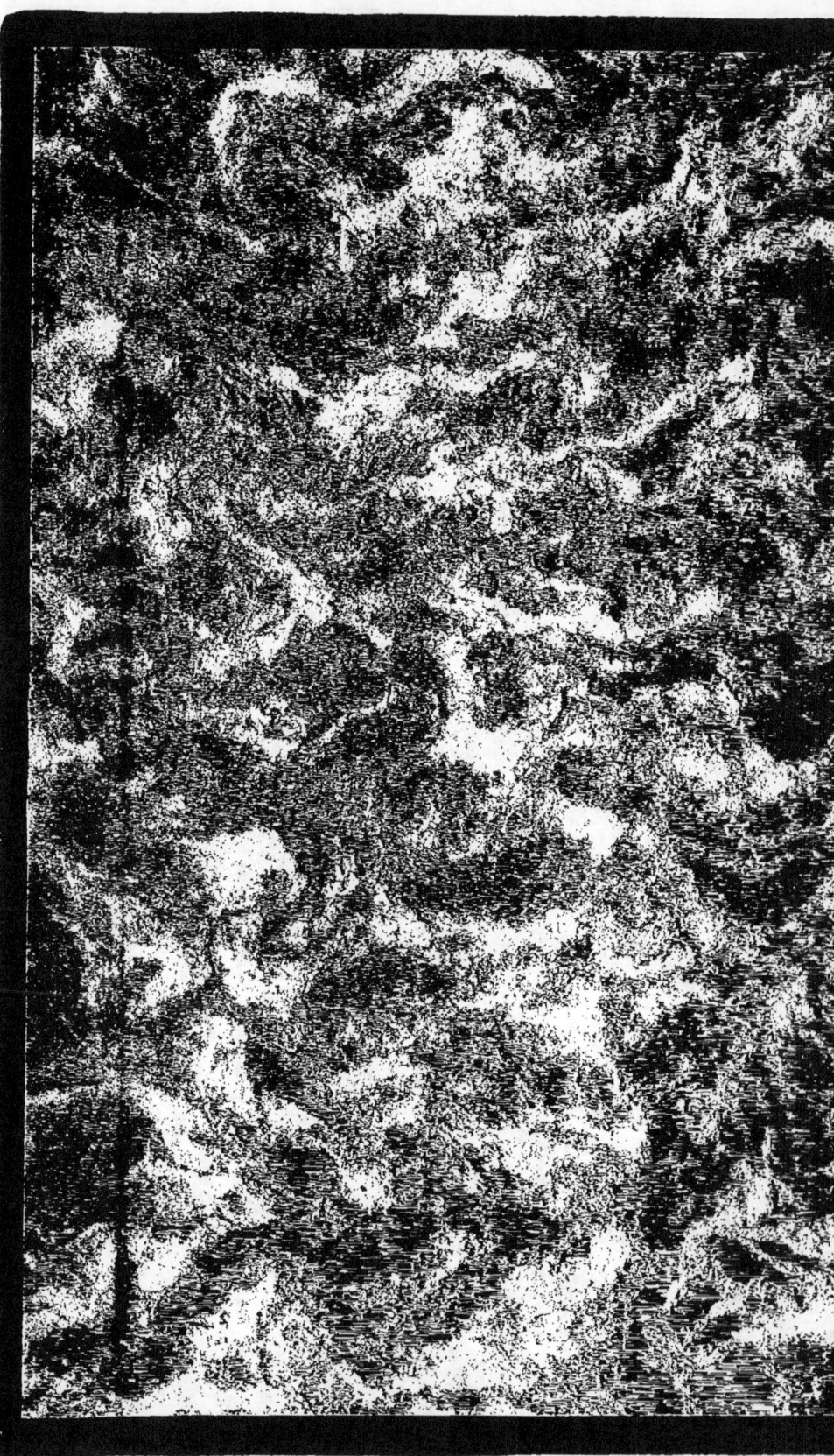

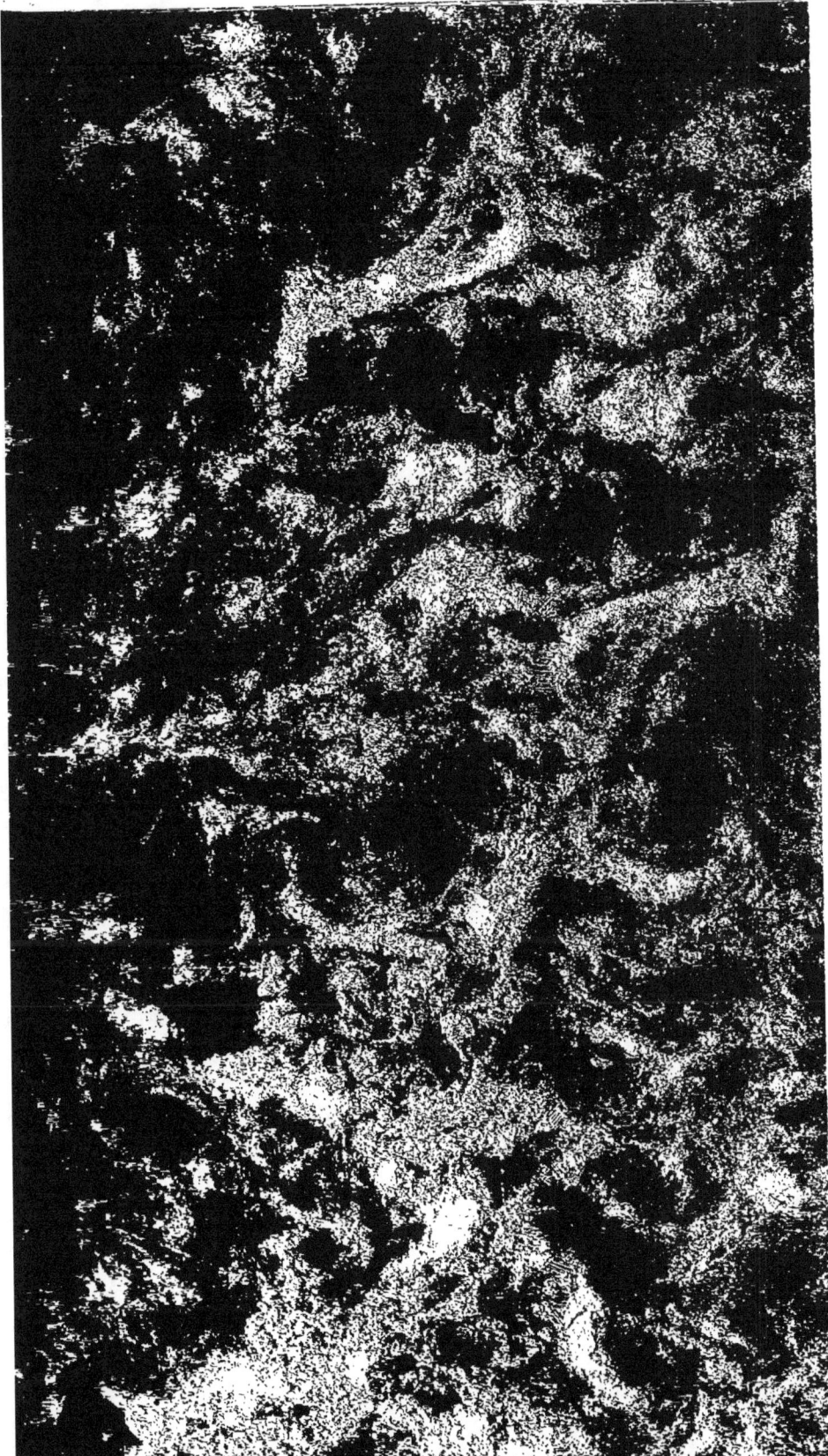

LOUIS LURINE

ICI

L'ON AIME

PARIS
VICTOR LECOU, ÉDITEUR
LIBRAIRE DE LA SOCIÉTÉ DES GENS DE LETTRES
10 — RUE DU BOULOI — 10

1854

ICI L'ON AIME.

PARIS. — IMPRIMERIE L. GRIMAUX ET Cⁱᵉ, RUE DU CROISSANT, 16.

LOUIS LURINE

ICI L'ON AIME

LE CŒUR DE MIGNON. — LE SECRET DES AUMONES.
L'AME DU VIOLON. — LE CHASSEUR D'OMBRES.
LA VÉRITABLE MORT DE VATEL.
LE MOUCHOIR DE BÉRÉNICE. — PIERROT
LA GUERRE DES DIEUX. — L'AVOCAT.
L'OREILLER.
LE CŒUR ET L'ESPRIT — LE CLUB DES MENDIANTS.
LE PRÉDICATEUR — LE PARATONNERRE.
HÉRO ET LÉANDRE.

PARIS

VICTOR LECOU, ÉDITEUR

LIBRAIRE DE LA SOCIÉTÉ DES GENS DE LETTRES

10 — RUE DU BOULOI — 10

—

1854

LE

COEUR DE MIGNON.

I

Je rencontrai autrefois, dans un de ces longs voyages qui déforment la jeunesse, un chanteur allemand qui cheminait à pied, et le sac sur le dos. Ce pauvre artiste avait vendu sa garde-robe de théâtre; il n'avait plus d'argent pour payer son gîte de chaque soir, et il chantait dans les rues pour payer son pain de chaque jour. Seidler me contait son malheur en pleurant; il me disait, en me confiant sa cruelle et subite infortune :

— Dans ce temps-là, ma voix était ravissante; le public aimait à m'entendre, et je crois que j'aimais à m'écouter moi-même; mais, hélas! du soir au lendemain, par ma faute sans doute, ma voix si douce et si jolie devint fausse et criarde... Je ne suis plus un artiste, pour

avoir trop vécu comme un homme : j'ai perdu le cœur
de Mignon !

— Le cœur de Mignon ?.. lui demandai-je.

— Oui ! quand on l'a perdu, comme moi, l'on cesse
de chanter ; quand on le possède, l'on chante et l'on ravit
tous les auditoires de ce monde ! Vous ne savez pas ce
qu'il y a de commun entre une voix mélodieuse qui
expire et le cœur de Mignon qui s'envole ?.... *Perdre*
le cœur de Mignon est une espèce de proverbe, bien
connu de tous les artistes de mon pays, — une tradition, une histoire, un conte fantastique, ce qu'il vous
plaira, quelque chose de singulier, de vrai et de touchant, que je m'en vais vous dire...

— Je vous écoute, Seidler ; et puisqu'il s'agit d'un
conte fantastique, allons nous recueillir et nous inspirer
à la manière d'Hoffmann : nous fumerons dans un endroit écarté de l'auberge, et le vin de Johanisberg qui
va teindre nos verres donnera à votre mémoire les
reflets d'or de sa merveilleuse poésie !

La coupe de Bohême fit un miracle : la sombre figure
de Seidler s'illumina ; une goutte de vin du Rhin passa
dans ses yeux comme un éclair de plaisir ; sa dernière
larme se perdit bientôt dans un sourire, et le malheureux artiste enivra sa douleur pour l'obliger à me raconter en souriant l'histoire suivante,—une histoire court e
simple et pourtant mystérieuse, avec un sentiment poétique, avec une idée profonde peut-être, avec une mora-
lité charmante.

II

« Un jeune chanteur du théâtre impérial de Vienne aperçut un jour, dans les allées du Prater, une jeune fille qui chantait pour les passants, avec une voix intelligente, distinguée, douce et mélancolique.

» Le chanteur s'approcha de cette jolie enfant et lui demanda son nom.

» — Je suis Mignon; ce matin encore, j'appartenais à une troupe de sauteurs et de baladins; mais mon petit talent déplaisait à mon maître le saltimbanque : il voulait m'enseigner la danse, et je n'ai voulu apprendre que la musique; il m'obligeait à faire des sauts périlleux, et je ne fais avec plaisir que les gammes et les roulades; il ne voyait en moi qu'une misérable baladine, et il me semble que je ne suis bonne qu'à devenir une chanteuse.

» — Et votre maître, Mignon, où est-il maintenant?

» — Je n'en sais rien, monsieur; il m'a battue et il est parti !

» — Et vous, Mignon, qu'allez-vous faire?

» — Je vais chanter, pour n'avoir pas l'air de mendier.

» — Voulez-vous me suivre, Mignon?

» — Qui êtes vous?.. On ne suit pas tout le monde!

» — Je suis un artiste, qui chante moins bien que vous ne chantez, Mignon... mais qui adore les jolies voix et les jolies chanteuses.

» — Un artiste! un chanteur! s'écria la jeune fille;

donnez-moi votre main... vous êtes mon maître, monsieur, et votre humble servante est prête à vous suivre !

» Un mois après cette rencontre, le chanteur qui se nommait Stéphen et la chanteuse qui se nommait Mignon étaient déjà les deux meilleurs amis du monde, — des amis, ni plus ni moins. Ils chantaient ensemble tous les jours; ils vivaient dans les roulades et dans les cadences d'un duo interminable. En pareil cas, la musique chantée à deux ressemble à la calomnie : il en reste toujours quelque chose; pour Stéphen et pour Mignon, il en resta beaucoup d'amour et beaucoup de peine.

» Un soir, Stéphen venait de chanter la délicieuse fantaisie de *Mio tesoro;* Mignon se tenait immobile, aux pieds du chanteur qu'elle admirait en silence. Une larme tomba tout à coup sur le front de la jeune fille; elle s'écria, en levant sa petite main pour essuyer les pleurs de son ami :

» — Stéphen, si vous êtes malheureux, que deviendra Mignon?

» — Regarde-moi, lui répondit Stéphen : est-ce qu'il y a du malheur dans mes larmes?

» Mignon s'agenouilla devant l'artiste qu'elle appelait son maître : elle appuya sa jolie tête sur les genoux de Stéphen, sans prendre garde à sa longue chevelure noire qui jouait sur ses belles épaules et qui oubliait la présence d'un jeune homme. Stéphen essaya de relever la jeune fille, — et au même instant, il sentit glisser sur sa main une grosse larme tombée des yeux de Mignon. Il lui dit à son tour :

» — Si tu es malheureuse, que deviendra Stéphen?

» — Regardez-moi bien, lui répondit Mignon ; est-ce qu'il y a du malheur dans mes larmes?

» — Mignon, ma belle Mignon! s'écria Stéphen, pleure encore dans mes bras... Pleurons ensemble, si près, si près l'un de l'autre, que nos deux cœurs devineront en tressaillant le secret de nos yeux qui pleurent!

» Stéphen lui donna un baiser, que Mignon daigna peut-être lui rendre ; avec une jeune fille qui vous aime, un baiser ressemble à un bienfait : il est rarement perdu. En ce moment, — l'âme encore troublée de cette caresse qu'il avait donnée et reçue, — l'artiste amoureux ne trouva rien de plus galant à faire que de répéter le *Mio tesoro*, en regardant, en contemplant, en adorant Mignon. Il chanta avec une verve et une inspiration sans pareilles ; jamais sa voix n'avait été aussi pure, aussi brillante, aussi charmante qu'en ce moment de joie et d'amour. L'on eût dit que le chanteur venait de trouver le goût, le sentiment, la passion et le génie de la musique, dans un seul baiser, sur les lèvres de sa maîtresse, dans le cœur de Mignon!

» C'est ainsi que dans la vie intime des grands artistes, des hommes d'élite qui vivent par l'imagination, par le cœur, par l'esprit, il se cache presque toujours une femme, une muse, une Égérie, une enchanteresse qui les aime, et qui les inspire de ses larmes ou de ses baisers.

III

» A compter de ce jour, Stéphen, qui commençait à
s'entendre chanter à merveille, se promit de courir, en
chantant, à la gloire et à la fortune ; de son côté, Mignon
se promit de l'aider de ses conseils, de ses souvenirs et de
ses leçons : elle voulut être la première à le seconder, à le
diriger en secret dans ses nouvelles études ; elle devint
son maître à chanter et à aimer !

» Lorsque Stéphen, après une assez longue absence,
reparut sur le théâtre impérial de Vienne, l'auditoire tout
entier faillit ne plus reconnaître la voix du chanteur. Cette
voix était devenue souple, agile, pénétrante, spirituelle,
amoureuse, merveilleuse. Jamais l'on n'avait rien entendu
de plus éclatant et de plus doux, rien qui fût plus expres-
sif et plus passionné que le chant de cet admirable artiste.
Le cœur de Mignon avait chanté par là.

» Mignon se sentait bien fière et bien heureuse du talent et de la gloire de Stéphen. La pauvre fille étudiait
du matin au soir, pour mieux enseigner à la voix de son
amant les moyens les plus ingénieux dans l'art de chanter, les ressources les plus difficiles de la musique, tous
les mystères de la perfection. Le talent de Stéphen était
son chef-d'œuvre : oui, c'était véritablement le cœur de
Mignon qui chantait sur un théâtre de Vienne, avec les
lèvres de Stéphen !

» Pourvu que son bien-aimé l'aimât encore et eût la
bonté de le lui dire ; pourvu qu'il daignât lui offrir les

bouquets et les couronnes que le public adressait au merveilleux chanteur ; pourvu que Stéphen lui rendît ses précieuses leçons et ses doux conseils en serments et en tendresses, la jeune fille croyait ne rien avoir à demander,
rien à désirer dans le monde.

» La joie de Mignon ne devait point durer ; son bonheur
allait finir aussi vite qu'un roman.

» Dans l'orgueil et dans l'ivresse du triomphe, Stéphen
commença par ressembler au héros d'une de vos pièces
françaises : lorsque le Joueur a séduit et enchaîné la Fortune, il dédaigne, il oublie, il raille le bel amour d'Angélique ; lorsque la Fortune le trahit et l'abandonne, il revient tout galant à la femme qui l'aime, et il se reprend à
l'adorer ! Eh bien ! il en fut ainsi de la grande passion de
Stéphen : quand il jouait de bonheur avec l'enthousiasme
de son auditoire, adieu la beauté, l'esprit, la tendresse
et le dévouement de Mignon ! Quand il pensait avoir à
se plaindre du public, quand il croyait avoir perdu un peu
de son admiration et de son enthousiasme, il redevenait
charmant pour la jeune fille ; il la trouvait encore bien
jolie, bien spirituelle, ravissante, et il l'adorait !

» Stéphen s'imagina bientôt qu'il n'avait plus besoin
d'emprunter quelque chose de mélodieux au goût, aux leçons, aux baisers, à la voix et au cœur de Mignon. Il finit
par ne plus voir en elle qu'une pauvre fille qui était bien à
plaindre, une maîtresse fidèle qui avait bien de l'amour,
une amie dévouée qui avait bien de la résignation !

» Stéphen se plaisait à vivre dans le monde de la galanterie fardée, dans le royaume équivoque des coulisses.

Mignon avait un grand tort aux yeux de l'artiste : elle n'é-
tait pas une comédienne; elle ne recevait à ses pieds ni
amants, ni flatteurs, ni esclaves, ni poëtes; elle ne portait
point sur sa tête une couronne de fleurs fanées, et ses gra
cieux vêtements n'étaient point des oripeaux de théâtre;
elle avait la figure rose sans avoir besoin de la peindre, des
mains blanches sans avoir besoin de les blanchir, l'haleine
douce sans avoir besoin de la parfumer; non, elle n'était
pas une comédienne : elle se contentait d'être une femme!
Mignon ne songea point à se plaindre, à se désoler; elle se
condamna peut-être à se laisser mourir le plus tôt possible
sans se tuer.

IV

» La santé de la jeune fille s'altérait chaque jour, et
d'une façon alarmante pour tout le monde, excepté peut-
être pour Stéphen. Mignon s'efforçait en vain de lutter
contre la souffrance, contre la faiblesse, et un soir elle
tomba presque mourante dans les bras de son médecin.

» Quand elle revint à elle, bien avant dans la nuit, pâle,
méconnaissable, sans mouvement et sans voix, Mignon
aperçut au chevet de son lit, au-dessus de sa tête, Stéphen
qui se penchait tristement vers la jeune malade, comme
pour lui parler à voix basse, sans doute pour la plaindre
et la consoler. Elle le remercia de sa visite, de son doux
regard, de sa tristesse, avec un sourire, avec un soupir et
avec une larme.

» — Chère Mignon! lui dit Stéphen, Dieu lui-même a
voulu me punir et vous venger!

» — Dieu m'a vengée? murmura Mignon.

» — Oui! désormais, c'en est fait de ma gloire et de ma fortune! Le jour où j'ai commencé à vous oublier, à vous trahir, chère Mignon, j'ai ressenti le premier effet de la colère divine!

» — Qu'est-ce donc, Stéphen?

» — Je ne chante plus, Mignon!.. les derniers sons de ma voix se sont envolés avec les derniers soupirs de votre bonheur! J'ai perdu tout ce que je devais à la secrète inspiration de votre amour! Dieu a soufflé sur mes lèvres, Mignon... et les chants ont cessé!

» — Vous ne chantez plus, Stéphen?

» — Je ne chanterai plus jamais, Mignon!

» — Vous chanterez encore! s'écria la jeune malade; vous chanterez... s'il vous plaît de m'aimer et de m'obéir... écoutez-moi.

Stéphen s'agenouilla.

» — Je n'ai plus de force, je n'ai plus de mémoire, je vous vois à peine... et je sens que je ne tarderai pas à mourir! Eh bien, ami, à l'heure, à la minute de ma mort, cette nuit sans doute, vous viendrez tout doucement jusqu'au chevet de mon lit : vous pencherez votre front sur le visage de celle qui vous a tant aimé; vous devinerez, au trouble de mes regards, à la pâleur de ma figure, à l'agitation de mes traits, que le dernier souffle va s'échapper de mes lèvres!.. alors, ami, vous m'embrasserez dans une étreinte suprême; votre bouche se posera sur la mienne; vous sentirez que j'expire... et votre dernier baiser recueillera le cœur de Mignon!...

1.

Si vous daignez le bien garder tout près du vôtre, pour
l'écouter encore, vous retrouverez ce que vous aviez naguère, la voix, l'éclat, le sentiment et la passion d'un
artiste inspiré! Mon bien aimé, tu vas recevoir dans ton
cœur le cœur amoureux de Mignon : mon cœur vivra dans
toi, Stéphen! pourvu qu'il ne soit avili ni par tes actions,
ni par tes pensées, ni par tes paroles, mon cœur soufflera
dans ta voix des notes admirables, des trésors de mélodie
et de poésie; pourvu qu'il te souvienne de la pauvre fille
que tu as adorée, le cœur de Mignon te sera fidèle et te
portera bonheur!

» Quelques heures après cette scène, la jeune fille
vivait encore... mais elle allait mourir : Stéphen lui donna
un long et douloureux baiser; elle exhala son dernier
soupir, et le cœur de Mignon passa dans le cœur de
l'artiste.

» Deux ou trois jours après la mort de Mignon, Stéphen se hasarda, bon gré mal gré, dans la chambre de
la jeune fille. L'aspect de cette triste chambre inspira au
pauvre artiste de singulières idées, des regrets bien
amoureux, des enfantillages de sentiment, qui tenaient
de l'ivresse ou de la folie. Il touchait, un à un, doulou-
reusement, délicieusement peut-être, des chiffons, des
livres, des papiers, des riens qui avaient appartenu à sa
maîtresse! il baisait la trace de ses petits pieds, tout le
long du tapis! il répétait devant un fantôme des mots
de tendresse qu'il avait dits si tendrement à une femme!
il caressait la tête de Mignon sur un oreiller qui ne portait plus cette jolie tête! il babillait avec des fleurs toutes

» Elle me tendit la main ; elle me regarda longtemps ; elle ne riait plus.

» Il était déjà tard : il fallut se séparer. Nos petits arrangements furent bientôt faits : pour elle, ma chambre et mon beau lit, qui est couvert de dentelles ; pour Laurent, un tapis, un oreiller et une couverture, dans une espèce de placard ; pour moi, un manteau et un canapé, dans le trou que j'appelle mon boudoir. Je me retirai.

» Je m'assis un instant sur le canapé, pour me tâter le cœur. Presque aussitôt j'entendis un léger bruit dans la serrure. Ce bruit m'inquiéta, m'effraya, et je m'endormis en pressentant, hélas ! que je ne devais plus voir cette femme.

» Quand je me réveillai, il faisait grand jour ; jugez : il était onze heures ! Je me hâtai d'aller frapper à la porte de communication : point de réponse ! je frappai encore, une fois, deux fois, vingt fois : rien ! j'essayai d'ouvrir : la porte céda ; j'entrai : personne !

» La fenêtre était ouverte : je regardai au loin à travers les arbres ; j'écoutai le moindre frémissement du feuillage. Je ne vis qu'un paysan qui revenait de la ville ; je n'entendis que les oiseaux qui saluaient le beau temps.

» Ce moment fut triste ! Je me disais que je venais de perdre une richesse ; je me disais que des voleurs avaient emporté tout mon trésor.

» J'allai m'asseoir près du piano, qui est rempli maintenant de souvenirs, de mélodies et de bonnes pensées : tout à coup, j'aperçus au milieu du clavier, entre deux touches, un papier plié en forme de petit billet : je l'ouvris.

et je lus en tressaillant les mots et la signature que voici :

« Quand vous irez à Turin, dans un jour de curiosité,
» n'oubliez pas votre nouvelle amie. Ma maison est située
» dans la *Contrada Nova :* elle a une porte, et Laurent
» ne vous fera pas attendre. — COLOMBILLE. »

» Voilà tout! l'on ne peut échapper à sa destinée : la
mienne est de désirer ce qui n'est point possible, ou de
regretter ce qui ne l'est plus!... Mais quelle est donc
cette Colombille? »

VII

Marcel n'était plus seul dans sa solitude. Il s'avisa
peut-être de désirer ce qui lui paraissait impossible, ce
que l'on désire le plus! il ne tarda point à quitter le petit
ermitage de la marquise, pour aller à Turin, dans la *Contrada Nova*, où demeurait Colombille.

Marcel était un poëte, un poëte de la vie réelle : il se
prit à oublier tout à coup la bienheureuse maison et la
merveilleuse personne qu'il cherchait, pour rêver d'une
ancienne histoire, d'une poétique histoire qu'il avait lue
dans les *Confessions* de Jean-Jacques. Il se promena lentement, tout le long de la rue, sans prendre garde aux
vivants, cherchant quelque trace du passé, une porte, une
enseigne, une façade, un rien dédaigné par le temps, une
pierre dédaignée par les hommes, quelque chose d'à
demi visible, qui lui fît deviner dans la poussière et dans
l'ombre la petite chambre, la petite boutique où Jean-
Jacques Rousseau avait aimé madame Basile. Oui, il son-

geait à madame Basile! il croyait entrevoir cette jolie marchande, cette naïve et gracieuse femme d'un vieux mari, au moment où Jean-Jacques se présente devant elle, pauvre, honteux, tremblant, les yeux baissés, les mains tendues vers la charité d'une bonne âme! Il croyait assister à cette première entrevue où l'ami de madame de Warens se confesse à madame Basile! Enfin, Marcel frappa résolument à la porte de Colombille, bien décidé à offrir à une jeune femme, — comme Jean-Jacques, — sa petite personne et son petit talent.

La porte s'ouvrit de suite. On introduisit Marcel dans une chambre d'attente, dans un salon, dans un boudoir; on le pria d'avoir un peu de patience, parce que mademoiselle Colombille travaillait avec sa couturière, son coiffeur et sa modiste. Marcel demanda des nouvelles de M. Laurent; on lui répondit que M. Laurent faisait la sieste. Marcel déposa sur un meuble sa petite boîte à violon; il s'assit dans un coin de la chambre, dans la modestie d'une ombre que projetaient d'épaisses tentures; il s'efforça de deviner, non sans quelque frayeur, ce que pouvait être mademoiselle Colombille.

La chambre où il se trouvait, où il attendait en s'effrayant, n'avait rien d'effroyable pour un jeune homme bien né et bien doué : c'était une chambre coquette, parfumée, riante, où le goût et l'esprit du monde avaient imaginé des merveilles et des chefs-d'œuvre.

Les parois de cette salle étaient cachées sous une tenture blanche, coupée çà et là par des draperies flottantes d'un bleu céleste.

Des peaux de tigre et de panthère, travaillées avec un art infini, laissaient voir au milieu du parquet les couleurs, les dessins, les fantaisies bizarres d'une superbe mosaïque.

Les meubles, légers, capricieux et engageants, étaient enrichis d'incrustations magnifiques, de perles et de dorures.

Un lit de repos, blanc et doré, ressemblait à une longue corbeille ovale que l'on aurait suspendue à des branches d'arbre avec des flots de rubans; la mante qui le recouvrait était en drap de soie à broderies pleines et éclatantes, semé de figures mythologiques. Au lieu de fruits dans la corbeille, c'étaient des amours.

Le plafond, j'allais dire le ciel de ce boudoir, était jonché d'un immense bouquet de fleurs épanouies; la tige mobile d'une rose balançait négligemment une lampe bleue et transparente qui avait la forme d'un papillon aux ailes éployées : il s'en échappait un doux parfum pendant le jour, et une douce lumière pendant la nuit.

Dans un coin de cette Thébaïde du plaisir, du caprice et de l'opulence, il y avait sur un piédestal en marbre une allégorie du Silence, et de l'autre côté de la chambre une allégorie du Baiser. Ce Baiser en aurait appris à celui de Houdon.

Eh bien! tout ce luxe, ces meubles, ces tentures, ces parfums, cette corbeille d'amours épanouis, ces fantaisies équivoques, ces symboles de la statuaire païenne, cette galanterie à demi vêtue dans de beaux habillements, cette poésie provoquante d'un certain monde suspect, tout cela disparut bien vite aux yeux de Marcel, qui se prit à contempler un des ornements les plus délicieux et les plus périlleux de ce joli endroit : le portrait de Colombille, coquettement placé au-dessus du lit de repos.

Ce portrait, que le vaste relief d'un cadre superbe repoussait habilement dans une profondeur mystérieuse, était l'ouvrage d'un artiste de Florence, d'un artiste amoureux de son modèle : il y avait en effet bien de l'amour dans ce chef-d'œuvre! J'ai là, devant moi, ce beau portrait de Colombille, copié au pastel par une main fort habile et peut-être par une passion bien inspirée; cette copie me vient de Marcel lui-même. Colombille est debout, appuyée contre un massif d'arbres; elle contemple le ciel, et sa bouche entr'ouverte chante sans doute quelque mélodieuse prière. Elle est vêtue de blanc; sa tunique a des manches flottantes que l'on a retroussées jusqu'au coude, afin de laisser voir les bras les mieux faits et les plus caressants du monde. Elle a serré sa taille avec une cordelière de soie vierge; elle a eu la fantaisie de chausser des sandales antiques.

La beauté de Colombille, sur cette image, est une de ces perfections que l'on rencontre dans l'Italie méridionale : l'accomplissement des lignes, la délicatesse des contours, la vivacité ardente du regard qui n'exclut ni la grâce ni la douceur, une expression avide qui semble retourner une âme sur une figure. Quand une fois on a regardé ces grands yeux noirs qui vous frôlent et vous bravent, ces cheveux magnifiques et hardis qui jouent sur des épaules nues, ces formes qui tressaillent dans une

robe de peinture, ce front illuminé par une intelligence
exquise, cette bouche entr'ouverte, souriante et curieuse,
toute cette éblouissante personne, on se trouble, on s'é-
tonne, on songe, on babille avec soi, on fait son petit
roman, on se raconte quelque fabuleuse histoire qui se
dénoue bien près de Colombille !

Marcel, les yeux fixés sur ce portrait, imagina des contes à rêver debout. Chaque regard qu'il adressait à cette
image était une page éloquente, spirituelle, sentimentale,
qu'il donnait secrètement au roman improvisé de ses désirs et de ses rêves. Il dénouait sans doute ces contes, ces
histoires, ces belles rêveries, avec le cœur et la main de
Colombille, — au moment où il fut réveillé en sursaut,
dans son ambition et dans son bonheur, par les sons
d'une voix éclatante qu'il reconnut tout de suite : c'était
la voix de Colombille elle-même qui chantait, dans une
salle voisine, la première phrase d'un magnifique duo du
troisième acte de la *Norma*.

Marcel regarda lentement autour de cette chambre
mystérieuse où il venait de rêver si bien ; peut-être rê-
vait-il encore : il s'imagina qu'on lui parlait tout bas à
l'oreille, quoiqu'il n'y eût personne près de lui ; on disait
à ce pauvre rêveur : chante !

Marcel ne savait chanter qu'avec la voix de son violon ;
il ouvrit la petite boîte qui renfermait le précieux instrument ; il se recueillit, il s'inspira dans une rêverie nouvelle, il saisit son archet, et l'âme du violon se glissa
dans un rôle d'opéra. Cette âme chanteuse connaissait
tout le répertoire des belles mélodies, et rien ne lui était

plus facile que de répondre aux plaintes de Norma avec toute l'émotion d'Adalgise.

Colombille reconnut la *voix* de Marcel, cette voix qui avait déjà chanté pour elle seule, au milieu d'une forêt, dans un petit ermitage, pendant la nuit, les plus poétiques douleurs de la *Lucia.* Elle se troubla peut-être, un instant, une mesure, une note; mais elle reprit bien vite le chant de son personnage, et ce fut une vraie merveille que ce duo admirable, chanté à distance par une femme et un violon, avec un amour, une passion un enthousiasme chagrin, qui auraient fait envie aux deux plus grandes artistes de ce monde.

Les deux rivales, Norma et Adalgise, venaient de se réconcilier, de s'embrasser dans une des plus belles inspirations de la musique amoureuse de Bellini. Marcel était debout, les yeux baissés; il tenait encore son violon d'une main, et son archet de l'autre; il attendait, ou plutôt il *espérait*, en prêtant à ce mot ce que lui donne le sentiment délicat de la langue espagnole : un certain désir et un certain plaisir dans l'attente.

On ouvrit tout doucement une porte; on souleva une tenture, et Marcel aperçut Colombille qui lui souriait, qui lui tendait la main : Marcel s'agenouilla en pleurant, comme Jean-Jacques pleurait un jour aux pieds de madame Basile.

— Ami, lui dit-elle, l'âme de votre violon chantera ce soir avec moi, sur le théâtre Reggio; je croirai l'entendre... elle m'inspirera... j'oublierai le monde entier, et je ne chanterai que pour vous!

VIII

Voici une nouvelle lettre de Marcel, écrite peu de jours après la scène que je viens de raconter.

« Je connais maintenant cette jolie et admirable Colombille, dont je vous ai parlé ; elle est la chantéuse favorite du théâtre Reggio, de Turin : une grande dame à la mode de la galanterie, une princesse, une merveille, tout ce que vous voudrez de superbe et de charmant. Elle a fait les beaux soirs de presque toutes les scènes d'Italie. Elle a inspiré à Donizetti ses créations les plus passionnées, à Bellini ses soupirs les plus doux, à tous les maîtres contemporains leurs mélodies les plus touchantes. Elle a désespéré les plus nobles seigneurs de Naples, de Milan et de Venise. Elle s'est amusée, un jour, à tourner la tête au premier ministre d'Autriche, pour lui arracher la grâce de quelques proscrits de la Lombardie. Elle est née pour chanter et pour aimer, comme un oiseau ; elle a aimé et chanté toute sa vie.

» Quoiqu'elle n'ait point de fortune, Colombille est très-riche : elle a des trésors inépuisables dans la voix ; elle joue le rôle de la richesse avec une rare magnificence. Elle a une maison étincelante, une voiture attelée de chevaux de Bohème, des serviteurs nombreux, des caméristes, un intendant, un cuisinier, des parasites, des pauvres à l'année, deux ou trois galopins et des nègres de luxe.

» La loge de Colombille, au théâtre Reggio, ressemble à un vaste salon éclairé par des flots d'argent, d'or et de lumière. Chaque soir, elle y voit accourir et se prosterner à ses pieds toute la jeunesse, tout l'esprit, toute l'opulence, toute la galanterie intelligente de Turin. Elle reçoit tout ce monde empressé, jeune, riche, spirituel, bien plus dans sa loge que dans sa maison; on croirait qu'elle ne veut être coquette que dans une dépendance du théâtre, dans un appartement du soir, qui est peut-être aussi un petit théâtre machiné.

» Qui aime-t-elle? aime-t-elle quelqu'un? Toute la ville voudrait le savoir, et Dieu seul le sait! Il y a bien un harpiste que je soupçonne, un de ces éminents crétins qui deviennent des musiciens illustres; mais, ce râcleur est si déplaisant à force de vulgarité! il a si peu de figure et d'orthographe! il est si balourd et si prétentieux! il pue à la fois le parmesan et le musc! Quels cheveux pommadés de rance! Quelles oreilles, que l'on prendrait pour de certaines écailles abîmées par le couteau de l'écaillère! Et quel rire affreux, niais, stupide! un rire insupportable, si l'on n'en riait pas! Quand il dîne à la table de Colombille, il n'a l'air que de manger, et comme il mange! Dans toute sa personne, il semble n'avoir rien de propre que la main, parce qu'il est forcé de la nettoyer pour son état! C'est encore de l'orgueil, peut-être... mais, en conscience, il m'est impossible d'avoir peur d'un pareil galantin, qui est un exemple du certain degré d'intelligence que peut acquérir une huître.

» Il y a bien aussi un aimable gentilhomme, que j'accuse secrètement d'avoir su plaire à Colombille. Le comte Éric a de la jeunesse, de l'éclat, un tempérament spirituel, un esprit lettré, des mœurs faciles, un cœur deux

et honnête, le désir de la galanterie et le goût du plaisir
galant. Il a le caractère rose, comme son beau visage;
ses yeux et ses lèvres semblent toujours sourire à la vie,
comme s'il n'avait jamais souffert, comme s'il était sûr
de ne jamais souffrir. Ce bonheur souriant, cet esprit
content de tout le monde, cette douce humeur, cette
gaîté galante, me rassurent quelquefois. On ne peut pas,
on ne doit pas aimer Colombille sans chagrin, sans pâleur, sans colère, sans tristesse, sans passion et sans
jalousie, en ayant l'air d'être heureux de vivre!

» Ce soir, après le spectacle, Colombille ayant voulu se
promener à pied, au clair de la lune, Eric m'a poussé
vers elle, et m'a conseillé de lui offrir mon bras. Eh bien!
je vous le demande, est-ce que l'on prête à un ami le
bras sacré d'une femme que l'on aime? J'ai touché, j'ai
tenu pendant une heure le bras de Colombille! Elle m'a
dit beaucoup de bien d'Eric et beaucoup de mal du harpiste. En l'écoutant médire du musicien, j'ai recommencé
à avoir peur de l'huître.

» Il est vrai que j'ai peur de tout le monde, des gens
d'esprit et des imbéciles. J'ai peur de ceux qui connaissent Colombille et de ceux qui ne la connaissent pas. J'ai
peur des enthousiastes qui l'applaudissent et des indifférents qui oublient de l'applaudir. J'ai peur des visites
qu'elle reçoit et des visites qu'elle repousse. J'ai peur des
amitiés qu'elle avoue et des affections qu'elle dédaigne.
J'ai peur des misérables qui la servent, et j'ai osé lui demander, il y a deux jours, pourquoi elle souriait à son
coiffeur! Les passants eux-mêmes, les passants de la rue,

me font frémir, quand ils la regardent pour l'admirer ! Je
ne sais comment cela s'est fait... Mais, en ce moment, je
puis vous dire ce que disait Molière amoureux : « Tout ce
» que je vois, tout ce que j'entends, tout ce que j'ap-
» prends, toutes les choses du monde se trouvent avoir
» du rapport dans mon âme avec cette femme que j'aime ! »

» Colombille adore ce qu'elle veut bien appeler mon
talent ; elle me répète chaque jour que mon violon est un
instrument merveilleux, un petit corps habité par le génie même de la musique. Elle m'assure que mon archet
est une espèce de diapason enchanté qui lui donne le ton
du sentiment, du goût et du style. Quand elle doit chanter le soir, au théâtre, elle ne manque jamais d'étudier
son rôle avec moi, dans son salon, presque toute la journée. Je suis, dit-elle, son inspiration, son enthousiasme,
et l'âme de mon violon passe dans son cœur et dans sa
voix ; elle appelle cette âme de la mélodie : une *Égérie
qui chante !*

» Colombille me protége. Elle a eu la bonté de me faire
admettre, en qualité de premier violon, dans l'orchestre
du théâtre Reggio. Je me trouve si bien payé de ma peine
par le plaisir de l'entendre, que je n'ai rien voulu recevoir
de l'impresario, et je ne lui demande pas même un remerciement. Ah ! mon ami, quel bonheur d'aimer une
belle artiste, qui daigne parfois vous apercevoir du haut
de la scène ! quel bonheur d'assister au spectacle qui l'il-
lumine, au triomphe qui la couronne, à l'ivresse de cet
auditoire qui l'adore ! quel orgueilleux bonheur pour moi
de jouer un petit rôle dans ces grandes soirées, derrière

un pupitre de l'orchestre, derrière un cahier de musique!
Je l'entends et la regarde chanter; je peux la suivre des
yeux, de l'oreille, du cœur! je l'accompagne avec l'âme
de mon violon, et je m'imagine que je chante moi-même
avec elle!

» Oui! je suis bien heureux!... mais, si ce bonheur-là
durait longtemps, je crois que j'en pourrais mourir de
chagrin. »

IX

Marcel m'écrivait encore, quelques mois plus tard :

« Cher ami, je ne crains rien et je n'ai peur de personne! Elle n'a que du dédain, une espèce de mépris
joyeux pour le cuistre à la harpe; elle n'a que de l'amitié,
une sorte d'affection fraternelle, pour le comte Éric. Colombille n'aime que moi; elle m'aime tant et si bien,
qu'elle m'adore!

» C'est un beau miracle que je viens de faire : on ne
reconnaît plus Colombille, parce qu'elle paraît ne vivre
que pour moi seul! Le public, un certain public, qui la
voyait, qui la rencontrait partout, ne l'aperçoit plus
qu'au théâtre, sur la scène. Elle a fermé sa loge; elle a
presque fermé son salon. Elle a congédié la plupart de
ses gens, parce qu'ils faisaient trop de bruit dans nos
silences. Elle est devenue modeste, simple, humble,
pour ne point humilier ma pauvreté. Lorsqu'elle a chanté,
le soir, au théâtre Reggio, elle ne rapporte au logis aucun bouquet, aucune couronne; elle se contente de quelques violettes de Gênes que je lui offre, après le spectacle,

dans la coulisse où je l'attends. Quand elle a quitté son costume, elle glisse mes petites fleurs à la place qui leur plaît le mieux, tout près de son cœur, et c'est là que je les retrouve un peu plus tard ; mes violettes ne sont pas à plaindre : elles ne quittent le corps de Colombille, que pour passer la nuit sous son oreiller.

» Comme je lui dois désormais le bonheur de toute ma vie, je fais de mon mieux pour plaire à Colombille, pour la rendre heureuse avec mon seul amour. L'orgueil, la vanité, l'égoïsme, ne m'empêchent point de comprendre que mon amour a besoin d'être bien grand pour dominer une femme qui a toujours commandé à tout le monde. Entre nous, le passé de Colombille est un abîme, et je sens que je ne pourrai le combler qu'avec des trésors de dévouement et de passion.

» A force de vouloir charmer et séduire Colombille, j'arrive parfois très-naïvement jusqu'à la recherche et jusqu'à l'artifice de la coquetterie. Je songe à faire valoir, à ses yeux, avec une certaine grâce apprêtée, des enfantillages qui peuvent étonner une femme, chez un homme. Je trouve des mièvreries, des gentillesses, des mignardises, qui la flattent sans doute, et qui l'attachent à moi peut-être. En pareil cas, elle ne manque jamais de me demander avec une joie mêlée de quelque surprise : « Tu m'aimes donc bien ? » Il semble que la naïveté de mon amour la surprenne, comme quelque chose de nouveau dans ses amours.

» Je suis d'avis qu'on n'aime point avec l'esprit ; mais je crois qu'on peut aimer avec esprit, et je m'efforce d'être

spirituel jusque dans la passion. Je suis content, lorsque
j'ai réussi à donner une forme ingénieuse à une phrase
de tendresse. Je me félicite, lorsque j'ai prêté à mon
amour heureux quelque bonne fortune de langage. J'aurais honte de parler les lieux communs de la galanterie.
Je cherche bien souvent midi à quatorze heures, pour
trouver un mot à effet, qui ait l'air d'aimer spirituelle·
ment. Ma jalousie même, violente, horrible, insensée, ne
s'oublie jamais jusqu'à la parole banale, jusqu'à la plainte
vulgaire; elle a des colères qui courent après l'esprit,
des douleurs qui se croient forcées d'être spirituelles.
Colombille me dit quelquefois, en souriant à cet esprit
qui l'adore : « Tu sais aimer ! »

» Certes! je ne manque point de fermeté, de résolution, de courage et de force; j'ai appris de bonne heure
à lutter contre les intérêts et les affections de ce monde;
l'amitié des hommes et la galanterie des femmes n'ont jamais trouvé en moi, pour le briser, une espèce de roseau
peint en fer; eh bien ! voilà que j'éprouve un certain plaisir mêlé d'orgueil à m'affadir jusqu'à la niaiserie, à m'af-
faiblir jusqu'à la défaillance, aux pieds de Colombille : je
ne demande pas mieux que de m'abaisser, de m'humilier
devant elle, et je me pardonne toujours ces humiliations,
en songeant aux ravissements qu'elles me donnent. Je
ne m'effraie point d'une pareille lâcheté, qui a peut-être
quelque puissance, une puissance trop dédaignée par les
hommes amoureux : il n'est point impossible d'enchanter
une femme avec les tendres timidités de la faiblesse.

» Je dois avouer que ma faiblesse touche bien plus

l'imagination que le cœur même de Colombille. Elle est charmée de mes attendrissements; elle n'en est pas attendrie. Elle me regarde chanceler dans le chagrin, dans la défiance, dans la passion, dans la jalousie, en ayant l'air de me remercier de tant d'amour et de tristesse. Elle applaudit à un spectacle qui ne s'adresse qu'à elle et qui lui fait plaisir. Si elle s'aperçoit que je pleure, elle se hâte d'essuyer mes yeux en souriant; mes pleurs ne lui donnent jamais l'envie de pleurer : je puis dire qu'elle ne sait verser que mes larmes.

» Il n'y a que mon violon, l'âme de mon violon, qui trouve le moyen d'attendrir son cœur. Quand il me paraît que Colombille, assise près de moi, s'absente de mon amour pour courir dans les mondes équivoques de sa mémoire, l'âme de mon violon s'en va la surprendre dans quelque chemin de traverse. Alors, elle se repent de m'avoir quitté, de m'avoir trahi peut-être, en se souvenant; elle s'attriste, elle s'émeut, elle revient dans ma vie, dans mon amour et dans mes bras! Je me dis parfois, avec une secrète colère, en la voyant ainsi revenir de quelque affreux voyage dans le passé : C'est un cœur féroce que j'apprivoise !

» Le jour où l'âme de mon violon aura glissé sur ce cœur sans l'étonner et sans l'émouvoir, Colombille sera bien près de me tuer, de me dévorer.

» L'autre soir, en accompagnant la voix de Colombille qui chantait dans *la Sonnambula*, je pensais à un pauvre musicien d'un petit théâtre de Paris, que vous n'avez peut-être point oublié : c'était un malheureux, fort épris

d'une jolie comédienne qui l'avait aimé et qui l'avait
trompé; chaque soir, le musicien prenait sa place, bon
gré, mal gré, dans l'orchestre du théâtre, devant son
pupitre, et il accompagnait d'une main tremblante, sur
un violon qui était son gagne-pain, cette femme infidèle
qu'il aimait encore!

» Le souvenir du malheur de cet homme m'a désolé :
j'en ai tressailli, et l'âme de mon violon a brisé une corde
de mon instrument avec un bruit plaintif qui a troublé
les artistes de la scène. La douleur de ce musicien amoureux m'a navré; je me demande si, en me trompant, en
m'abandonnant, Colombille me laisserait assez de force
pour souffrir, pendant une heure, tous les supplices d'un
pareil martyre! Que Dieu me garde. »

X

Marcel se trompait assurément : il devait tôt ou tard
supporter un pareil supplice, plus d'une heure et plus
d'un jour. Il y a, pour l'amour heureux ou malheureux,
un tel besoin de souffrir et un tel charme dans la souffrance, que la force ne manque presque jamais au patient
le plus désolé, le plus abattu, le plus faible. Il aime à se
tourmenter lui-même, sans le savoir, et ce qu'il y a de
volontaire dans ce tourment lui prête une puissance qui
se renouvelle pour chaque douleur.

Il arriva qu'à la fin d'une triste soirée d'automne,
Colombille se prit à voyager dans les mondes suspects de
sa mémoire, comme nous le disait Marcel il y a un

instant. Elle s'en alla si loin, d'étape en étape, de souvenir en souvenir, que Marcel désespéra de l'atteindre et de l'arrêter dans sa malheureuse course. Il lui demandait d'une voix émue :

— Où êtes-vous ? où courez-vous ?

Colombille, les yeux à demi fermés, les yeux voilés peut-être par la poussière du *voyage*, se contentait de lui répondre avec un signe de la main, avec un geste qui avait l'air de dire : « Je suis là-bas... là-bas... à l'autre bout du monde ! »

De temps en temps, Colombille, muette, presque immobile, s'avisait de sourire, et la jalousie de Marcel avait bien le droit d'imaginer qu'on souriait à quelque ombre, à quelque fantôme de la vie galante. Parfois aussi, Colombille semblait écouter des voix mystérieuses qu'elle seule entendait ; elle relevait la tête comme pour mieux entendre : à coup sûr on lui parlait, on lui soupirait à l'oreille, et la jalousie de Marcel avait bien le droit de soupçonner que des amours invisibles, revenus de *là-bas*, babillaient avec l'imagination de sa maîtresse.

Marcel disait à Colombille, avec une contrainte, une timidité, une discrétion que les jaloux ne trouvent que dans l'excès même de la colère et de la douleur :

— Amie, puis-je parler ?... puis-je rester ?... Sommes-nous seuls ?...

Colombille ne répondait point ; apparemment, il y avait du monde autour d'elle : les revenants babillaient encore...

Une ou deux fois, elle se leva pour s'accouder à la

croisée : en regardant, les yeux fermés, elle voyait peut-être revenir les absents; elle apercevait peut-être les amours disparus, qui passaient encore sous sa fenêtre.

Quand elle revint à sa place, elle dit à Marcel :

— Vous êtes pâle, vous êtes blême, vous êtes vert... Je devine que vous vous ennuyez déjà près de moi!

L'ennui tuait Colombille : elle en mourait depuis deux heures; mais il lui semblait habile sans doute de reprocher à son malheureux amant de s'ennuyer auprès d'elle.

Marcel voulut appeler à son aide une douce influence qui lui avait déjà réussi : il espéra que l'âme de son violon ramènerait encore le cœur de sa maîtresse. Il essaya d'emprunter à cette âme, qui aimait si bien en chantant, une de ces mélodies pleureuses dont les larmes avaient réveillé plus d'une fois en sursaut l'imagination galante de Colombille. Marcel prit son instrument. L'âme du violon se mit à chanter, à pleurer, à supplier, à aimer; elle ne fit entendre que des mots, des soupirs et des notes qui adoraient; elle parla le langage désespéré de la passion et de la jalousie; elle poussa des cris charmants et affreux; elle tâcha de se glisser, par toutes sortes de tendresses et de caresses, dans la conscience infidèle d'une femme; elle improvisa des variations désolantes, sur les rôles les plus tendres, les plus passionnés de la chanteuse; elle épuisa le répertoire des plaintes, des gémissements et des sanglots de l'amour malheureux. Mais, cette musique, ce langage, cette éloquence, cette prière, ce désir, cette douleur, cette désolation, passèrent sur le cœur endormi de Colombille sans le remuer, sans le

réveiller ; ce misérable cœur n'eut pas un seul battement
pour applaudir à toutes ces belles mélodies du chagrin !

Colombille s'était réfugiée, ensevelie, dans les plis et
les replis du passé, comme dans un linceul qui l'empêchait de prendre garde au présent : ce soir-là, elle était
morte pour Marcel.

XI

Marcel ne devait être désormais, pour Colombille, que
le premier violon du théâtre Reggio de Turin.

Ce supplice qui l'avait tant ému, tant effrayé autrefois, dans l'infortune d'un pauvre musicien de Paris,
Marcel allait le connaître et le sentir tout entier. Le voilà
bientôt comme cet amant d'une petite actrice infidèle,
obligé d'accepter un rôle dans une comédie horrible, regardant chaque soir passer sur la scène une réalité adorable qui n'est plus pour lui que l'ombre d'un bonheur
adoré, accompagnant la voix amoureuse d'une artiste
qui ne lui dira plus un seul mot d'amour, s'attachant de
loin à cette belle robe qui s'agite sur un théâtre, à ce
beau linceul qui lui jette la cendre d'une passion !

Marcel commença par prendre son malheur en espérance, une espérance qui lui donnait quelque joie ; il se
trouvait encore bienheureux, tristement heureux, d'avoir
le droit de regarder et d'entendre Colombille, quand elle
chantait pour le public. En la voyant, il espérait sans
doute ce qu'il désirait, ce qu'il avait perdu. Il se disait
naïvement, avec l'orgueil de la plupart des amours

trahis : « On ne cesse point d'aimer du jour au lendemain; on n'oublie pas en une minute les folies que l'on
a faites et les folies que l'on a inspirées; on ne renonce
pas tout de suite à ce que la passion a de plus séduisant
et de plus affreux; l'infidélité peut se laisser gagner et
séduire par un caprice de mémoire, par un rêve, par une
idée, par un secret désir de plaire encore au cœur fidèle
qu'elle a trompé; oui, oui, Colombille me reviendra! »

Colombille ne se hâtait pas de revenir à l'amour, par
le chemin de la galanterie; Colombille avait mieux à
faire que de recommencer la lecture d'un roman qui
avait fini par l'ennuyer : elle avait besoin de lire quelque
livre nouveau, un livre vulgaire, mal écrit, grossier peut-
être, mais un livre qui pouvait ressembler à une nou-
veauté, pour le style et pour le sentiment; elle comptait
sur des détails imprévus. Marcel cessa d'espérer; il cessa
d'attendre le retour d'un cœur en voyage, et il se jeta
dans un tombeau, dans le regret, un soir qu'il avait trop
regardé Colombille.

La grande et malheureuse faiblesse de Marcel, ce fut
de se souvenir; il avait une mémoire impitoyable : il se
rappelait tout ce qu'il avait reçu, tout ce qui lui avait
paru bon et beau. En se souvenant ainsi, il regrettait;
en regrettant, il aimait plus que jamais, et il ne pouvait
point se résoudre à perdre ce que l'on avait fait sem-
blant de lui donner pour toujours. Bien des hommes
amoureux, spirituels, ardents et faibles ont passé par
cette épouvantable maladie de la mémoire.

Marcel personnifiait, avec un courage et une tristesse

déplorables, tout ce qu'il y a de terrible et de périlleux dans le regret de la passion. Il croyait impossible de remplacer une imagination et un corps infidèles; il désespérait de retrouver jamais, dans une créature humaine, ce qu'il avait aimé dans Colombille. A ses yeux, la femme était tout entière dans une seule femme; le jour où cette femme échappait aux caresses de son amant, Marcel n'avait plus rien à faire dans ce monde : le monde était vide ! Il n'y a que le regret qui fasse les grandes passions, les cœurs lâches et les amours vraiment malheureux.

XII

Lorsque Colombille chantait au théâtre, la jalousie glissait un chagrin nouveau dans les regrets de Marcel. Assis à sa place habituelle, devant un pupitre, son violon à la main, il regrettait le bonheur perdu en songeant qu'un autre homme sans doute l'avait trouvé; il croyait voir cet homme dans chaque spectateur qui s'avisait de sourire à la chanteuse, qui l'applaudissait avec un certain enthousiasme, qui lui jetait des fleurs avec une certaine prétention. Marcel accompagnait le chant de Colombille, les yeux fixés tour à tour sur la scène et sur la salle, épiant à la fois les regards de l'artiste et les regards du public, interrogeant les visages, étudiant les gestes, analysant les impressions de l'auditoire, se défiant de tout, jaloux de tout le monde, et croyant surprendre çà et là pendant toute la soirée des gens heureux qui devaient être les amants de Colombille !

On peut dire que chaque soir la secrète pensée, la secrète colère de Marcel assassinait plus d'un spectateur; il n'aurait pas mieux demandé que de tuer Colombille, et il l'aurait lui-même enterrée très-volontiers. Chaque coup d'archet de Marcel était un coup de poignard. En pareil cas, le musicien ne s'inquiétait guère de la musique; par bonheur, l'âme du violon continuait toute seule à faire son devoir : elle chantait juste!

Eh bien! telle était la tendresse, telle était la défaillance de Marcel, que souvent, après avoir tué Colombille au fond de sa pensée, au fond de sa haine, il la ressuscitait dans son amour, dans son enthousiasme, pour l'applaudir et l'admirer publiquement. Marcel avait horreur des bouquets et des couronnes qu'il voyait tomber chaque soir sur la scène, autour de la célèbre chanteuse; mais, d'ordinaire, à la fin de la représentation, quand on rappelait cette belle artiste pour la couvrir de fleurs, il prenait dans sa boîte à violon un petit bouquet de violettes, et il le jetait sur le théâtre, aux pieds de Colombille !

Après le spectacle, Marcel se cachait dans la pénombre d'une ruelle qui faisait face à la porte d'entrée des artistes : il attendait Colombille, et il la voyait monter en voiture; il suivait cette voiture bien longtemps, des yeux d'abord, et puis de l'oreille, et puis de tout son cœur. Il faisait courir son imagination derrière cette voiture, pour accompagner Colombille jusqu'au seuil d'une jolie maison de la *Contrada Nova*. L'imagination de Marcel se hasardait au delà du seuil de ce bienheureux logis : elle

refermait discrètement la porte qu'on avait laissée ouverte ; elle montait sans faire de bruit ; elle se glissait
dans un appartement dont elle connaissait toutes les
chambres, tous les secrets, tous les réduits ; elle arrivait
ainsi jusqu'aux genoux de Colombille, et l'imagination
disait au cœur de Marcel que Colombille semblait enchantée d'une pareille visite, enchantée de tant d'amour,
de mystère et d'audace !

Un soir, après avoir suivi Colombille, après l'avoir
accompagnée, après l'avoir visitée de cette façon, en
imaginant des choses impossibles, en rêvant debout au
milieu de la rue, Marcel s'avisa de lui écrire qu'il n'avait
plus qu'à se jeter sous les pieds de ses chevaux ! Il faut
rendre justice à Colombille ; elle répondit tout de suite à
Marcel ce mot charitable, bien digne d'une belle âme :
« Soyez tranquille ; j'ordonnerai à mon cocher de prendre
garde. »

De tous les rôles de Colombille, c'était celui de Desdemone, dans l'*Otello* de Rossini, qui plaisait le mieux à
l'amour malheureux de Marcel. Il se faisait sans doute
quelque terrible illusion, au dénouement de ce drame :
il voyait encore la tragédienne dans le personnage qu'elle
représentait ; il se sentait heureux de l'entendre expirer
sous la main du More ; il se disait peut-être que s'il ne
tuait pas lui-même Colombille, un autre amant, un autre
jaloux, pourrait bien avoir le courage et le bonheur de la
tuer. Cette douce espérance le consolait jusqu'au lendemain. Il est juste de tout dire : à chaque représentation
d'*Otello*, l'accompagnateur de Colombille, pour la ro-

mance du *Saule*, était précisément le grotesque et affreux
harpiste que vous savez; cette aggravation du supplice
de la jalousie était une circonstance atténuante en faveur
de Marcel, lorsqu'i prenait tant de plaisir à la mort tragique de Desdemone.

XIII

Depuis qu'il avait perdu, parmi les fantômes de la
galanterie, ce qu'il voulait bien appeler l'amour de Colombille, Marcel assistait aux spectacles du théâtre Reggio avec une solennelle tristesse : il y faisait son état de
musicien avec une mélancolie qui n'avait pas même le
sourire de certaines douleurs amoureuses. D'ordinaire,
les mélancoliques espèrent quelque chose, et ils sourient
encore; comme il n'avait plus d'espérance, Marcel ne
souriait à rien ni à personne.

Un soir, Marcel, qui semblait toujours pleurer en secret, au dedans, se prit à rire dans l'orchestre, en regardant Colombille qui chantait. Il se prit à rire tout bas,
tout doucement, pour lui seul; il se parlait, il babillait,
en riant, et l'on eût dit qu'il se racontait à lui-même les
histoires les plus divertissantes du monde. Marcel, qui
riait, fit rire tous ses camarades, tous ses amis du théâtre.
On le crut un instant guéri de sa faiblesse, de son regret,
de sa sottise. Un spirituel gentilhomme que nous con-
naissons, le comte Éric, le complimenta de ce retour de
gaîté, après avoir bien souvent raillé sa grande douleur.

Le lendemain et les jours suivants, Marcel riait encore;

il continuait à rire et à babiller pendant tout le spectacle. Il ne s'inquiétait ni de la scène ni de la salle; il levait rarement les yeux pour regarder Colombille; il n'était jaloux d'aucun spectateur, et il ne songeait seulement pas à jeter sur le théâtre, aux pieds de la chanteuse, son petit bouquet de violettes. Il avait une si bonne envie de rire, pour son amusement particulier, qu'il riait en jouant du violon, en accompagnant les chanteurs, aux passages les plus sérieux, les plus dramatiques et les plus difficiles.

On finit par croire que Marcel devenait un peu trop gai pour un homme si triste; Colombille pensa qu'il s'enivrait peut-être pour s'étourdir, et Colombille avait raison. Oui, c'était de l'ivresse, l'ivresse de la douleur, et Marcel chancelait déjà dans un accès de folie joyeuse, le verre à la main, un verre invisible que le regret ne cessait pas de vider et d'emplir, un verre où l'amour malheureux buvait, en riant, tout le fiel et toute la lie d'une mauvaise passion!

Marcel s'enivra si souvent dans ce verre ou dans ce calice, il s'enivra si gaîment avec le vin de la peine, qu'un jour, après avoir chanté un admirable solo de tendresse en faisant pleurer l'âme de son violon, il partit d'un grand éclat de rire qui épouvanta la salle tout entière : Marcel était fou! Il était devenu fou en riant, et la folie faisait ce qu'avait fait Colombille : elle riait de la souffrance de cet homme qui avait tant aimé à souffrir!

A son premier pas dans une maison d'aliénés, aux portes de la ville, Marcel demanda son violon. Il n'avait plus rien qui parlât dans son esprit, dans sa mémoire; il

6.

n'avait plus rien, dans son intelligence, qui lui fît entendre la voix du monde, le bruit de la vie; mais, au
fond de son cœur, sans doute, l'âme du violon chantait
encore.

Singulière folie! Marcel déraisonnait sur toute chose;
il avait tout oublié; il ne reconnaissait personne; il avait
perdu la conscience de lui-même; les sentiments et les
idées s'en étaient allés pêle-mêle par les blessures de son
cerveau; on devinait qu'il ne lui restait pas une seule
goutte du sang mystérieux de la vie intellectuelle. Eh
bien! je ne sais quelle prodigieuse puissance rendait parfois à ce fou la raison, l'intelligence, l'esprit, tout le sang
échappé naguère de son cerveau brisé : dès qu'il touchait
à son violon, Marcel était un homme raisonnable; dès
qu'il touchait à ces quatre misérables cordes d'un instrument que l'archet faisait tressaillir, Marcel tressaillait à
son tour, et il recommençait à penser, à se souvenir et à
vivre! il débitait les choses les plus sensées, les plus
justes, les plus vraies, les plus ravissantes, en musique!
Ce fou jouait tout son ancien répertoire, à la façon d'un
grand artiste; ce fou improvisait des chefs-d'œuvre, par
dessus le marché, sans une seule note de folie! L'âme
de son violon lui était restée fidèle : cette bonne âme
faisait de son mieux pour lui garder, après la mort de
l'esprit, une espèce d'immortalité du cœur.

Il y a çà et là, dans l'ombre, dans le silence, plus d'un
malheureux à peu près fou, plus d'une imagination malade, dont le mal ressemble à cette étrange folie de
Marcel. Dans les insensés dont je parle, l'intelligence

est endormie; l'âme veille encore. Ils sont peut-être morts par l'esprit; il leur arrive souvent de vivre par le cœur. Ils ne comprennent plus rien aux intérêts du monde qui les a blessés; ils ont perdu la mémoire de leurs désirs et de leurs passions; mais, quelquefois, dans leur abîme, dans leur folie, ils entendent et ils reconnaissent *l'âme du violon*, qui chante près d'eux : c'est la voix, c'est l'écho, c'est la plainte du sentiment, de la croyance et de la tendresse, — et tant que dure cette belle chanson, cette belle mélodie, on dirait qu'ils reviennent à la raison et au bonheur. N'est-ce point là un grand miracle? Ils ont oublié, en devenant fous, tout ce qu'ils ont souffert, tout ce qui a fait leur folie, et ils ne se retrouvent un instant raisonnables et heureux, que parce qu'ils s'en souviennent!

XIV

Le comte Eric me raconta lui-même, à Turin, la fin de cette histoire. Il m'annonça le singulier mariage de Colombille : Colombille venait d'épouser l'huître-harpiste que vous connaissez. Les nouveaux mariés passaient la moitié de leur temps à jouer aux cartes, en tête-à-tête; ils étudiaient ensemble des mélodies nouvelles, que le râcleur avait composées avec beaucoup d'airs connus; le dimanche, ils s'en allaient dîner en partie fine, dans une gargote, hors barrière; ils se grisaient avec du vin sucré, les jours de grande fête!

LE

CHASSEUR D'OMBRES.

I

Je lisais, il y a peu de jours, un livre tout plein d'une majestueuse grandeur : c'est l'*Histoire des Forêts*, une histoire qui pourrait être celle de la barbarie et de la civilisation. Forêts antiques, forêts vierges, forêts alpestres, forêts maritimes, forêts du monde entier, les voilà toutes dans le livre savant dont je parle : c'est un spectacle étrange, qui vous donne des étonnements, des éblouissements et des terreurs. On s'émeut, on admire, on tremble, on s'arrête pour écouter, on a peur d'entendre, on se trouve bien faible et bien humble, on se sent disparaître dans l'immensité de ces ombrages, de cette splendide végétation, de ces masses arborescentes de tous les pays.

Par malheur, au fond de ces forêts, l'histoire, l'esprit des siècles, le souffle des idées, l'influence des événements, n'ont rien laissé de visible : la grande créature de Dieu est absente ! Je suis de l'avis d'un critique spirituel, qui a écrit à propos de ce livre : « On ne fait point assez de rencontres dans ces *Forêts ;* rien n'y manque, sauf l'homme, l'homme qui seul peut donner une expression, de la vie et de la poésie à ces bois ; l'homme, fût-il seulement sabotier, bûcheron ou charbonnier... j'ai besoin de le voir et de l'entendre. »

Si vaste ou si étroite que soit une forêt, il faut que les génies familiers de l'histoire viennent la peupler et l'*enchanter ;* il faut que la voix du passé lui donne des échos ; il faut que l'on y surprenne la trace de l'humanité ; il faut que l'on y découvre des secrets, des trésors et des merveilles d'autrefois, à demi cachés dans la poussière, dans le feuillage et dans la poésie. Je vous demande un peu ce que signifie une grande et belle forêt, sur la terre ou dans un livre, quand on s'y promène sans pouvoir saluer un souvenir historique, sans toucher aux monuments et aux siècles, sans jamais entrevoir au fond des massifs les fantômes de la tradition, les revenants de l'histoire ?

Je connais un pauvre rêveur, un savant, un poëte, qui serait bien étonné, bien confus, bien indigné, s'il lisait l'*Histoire des Forêts* que je viens de lire ; il ne manquerait pas de s'écrier, en jetant au feu un pareil livre, comme s'il y jetait une branche morte, une branche stérile : des végétaux de toutes les sortes, des voûtes de

rameaux, des graminées gigantesques, des fourrés, des
taillis, des futaies, luxuriante verdure, et magnifiques
arbres partout!... mais, aucun mort qui ressuscite, dans
ces forêts; aucun brin de poussière humaine qui se soulève à votre approche; aucun fantôme qui glisse dans le
feuillage; aucune ombre qui traîne sa robe blanche à
travers les gazons! des arbres, encore des arbres, toujours des arbres!... mais, ne faut-il pas bien autre chose
que des arbres, pour faire une forêt?

II

Le rêveur, et peut-être le fou dont il s'agit, se laisse
vivre tout doucement dans le parc de Fontainebleau,
dans une petite maison qui ressemble à une vaste bibliothèque, sur la lisière qui touche à l'église d'Avon. Fontainebleau est un séjour fort triste pour tout le monde,
excepté pour lui : il s'y trouve à merveille, avec sa science,
avec sa sagesse, ou plutôt avec sa folie.

Quand je dis qu'il n'a point de tristesse et qu'il se laisse
vivre tout doucement, je me trompe : il pleure plus d'une
fois; lorsqu'une certaine image du passé voile ses yeux
mouillés de larmes, il croit entrevoir sous ses pieds un
abîme qui est une tombe. C'est là une grande intelligence
qui arrive à la folie, en se plaisant dans une grande douleur. Ce poëte naïf et désolé se nomme Pierre Marcou; on
l'a surnommé : *le Chasseur d'ombres.* J'ai là, devant moi,
une lettre que m'adressait, il y a peu de jours, Pierre
Marcou. Voici cette lettre, qui laisse deviner déjà la sin-

gulière extravagance d'un homme intelligent, et qui ex-
plique le surnom étrange qu'on lui a donné :

« Venez donc visiter , dans un jour de peine , ce coin
» de terre qui est si beau ! Dieu lui a prêté des paysages,
» des décorations, des spectacles admirables; l'homme
» lui a prêté des souvenirs, des monuments et des chefs-
» d'œuvre. La poésie a chanté dans tous les temps avec
» l'amour , avec la gloire, avec l'infortune, avec le génie,
» dans ce palais, dans ce parc, dans cette forêt, dans
» cette immense zone de verdure qui est un appendice
» historique à l'histoire de votre Paris !

» Venez donc admirer dans un jour de désœuvrement,
» dans une matinée de paresse, le mystère, le bruit, le
» silence, la splendeur, l'obscurité, les arbres et l'herbe
» fraîche de ma forêt ! On y peut faire les plus aimables
» et les plus utiles rencontres : pas plus tard qu'hier, j'ai
» rencontré la Poésie qui se moquait de la *Henriade* , au
» pied de deux chênes que l'on appelle *Henri IV* et *Sully*;
» j'ai rencontré l'Amour qui batifolait dans la *mare aux*
» *Eves ;* j'ai rencontré l'Histoire qui s'asseyait gravement
» à la *table du roi*; j'ai rencontré la Chanson, la muse de
» Désaugiers, qui fredonnait en chancelant tout près de
» la *grande treille ;* j'ai rencontré le Roman qui deman-
» dait à la *vallée de Franchart* ses secrets les plus terri-
» bles; j'ai rencontré la Pénitence qui pleurait sur le
» seuil de l'*Ermitage de la Madeleine ;* enfin, j'ai ren-
» contré la Peinture qui s'arrêtait à chaque pas, dans
» cette forêt féerique, pour contempler des toiles mobi-

» les, des tableaux prodigieux qui ont passé par le pin-
» ceau de Dieu et par la palette du soleil.

» Voici l'automne : venez vite ! voici la saison, le
» temps, le mois qui conviennent le mieux à la forêt de
» Fontainebleau. Elle commence à perdre un peu de son
» orgueil, de son éclat et de sa pompe ; elle s'attriste,
» elle se radoucit, elle s'humanise ; elle a déjà des feuilles
» mortes et des accès de mélancolie ; elle se désole par-
» fois, et l'on croirait qu'elle pleure, quoiqu'elle n'ait rien
» de commun avec les saules-pleureurs. On y voit reve-
» nir des ombres que je connais bien, des ombres qui
» s'étaient enfuies pendant l'été, à cause du bruit et de
» la foule : elles s'y promènent de nouveau ; elles glis-
» sent, elles jouent, elles dansent comme des nymphes,
» aux sons d'un orchestre invisible qui chante, avec les
» brises du soir, une belle symphonie inédite. Oui, voilà
» bien tous les génies familiers de la forêt, qui reparais-
» sent au-dessus de leur grande tombe. J'ai reconnu mes
» glorieux fantômes, mes revenants illustres, que la lu-
» mière des étoiles couronnait d'une douce auréole ! On
» m'appelle un *Chasseur d'ombres*, en riant, en se mo-
» quant de moi peut-être, parce qu'il me plaît de guetter,
» d'attendre ou de poursuivre à travers la forêt ces ima-
» ges mystérieuses, ces apparitions charmantes, ces
» voyageurs qui arrivent de si loin, ces absents qui re-
» viennent de la mort, ces vivants d'autrefois qui sortent
» un instant de leur tombeau et de leur histoire ! venez
» vite ; nous chasserons ensemble... La chasse aux om-
» bres ! Je trouverai peut-être le fantôme que je cherche

7

» et que j'appelle en pleurant; je ne vous l'ai pas dit en-
» core... Mais, voilà deux ans que je me désole à l'atten-
» dre! Il y a donc des ingrats et des infidèles dans la
» mort comme dans la vie ! »

III

Pierre Marcou ne se sentait pas de joie, un soir de la
semaine dernière, en me recevant dans sa jolie maisonnette, en me montrant ses livres, ses médailles, ses reliques, ses tableaux, ses meubles, sa servante et son
lévrier. Il semblait bien heureux d'une visite qui flattait
sa faiblesse. Il me remerciait à chaque instant d'avoir
accepté son invitation, d'avoir donné au chasseur d'ombres un compagnon crédule, qui daignait chasser avec
lui.

Le temps était superbe, ce soir-là, pour la chasse aux
ombres : un ciel doucement éclairé; des nuages qui voi-
laient parfois les étoiles, pour leur prêter un peu de mystère; des vapeurs légères, transparentes, qui passaient et
s'agitaient dans toute la forêt; une solitude attristante,
presque terrible, et qui avait un charme secret; un silence qui donnait des rêves à l'imagination; de loin à
loin, un murmure d'oiseaux qui n'avaient plus la force
de chanter, pour avoir trop aimé pendant le jour; çà et
là, des caquetages d'arbres encore tout verts, qui se moquaient des feuilles jaunes de leurs voisins; dans les massifs, à travers la découpure du feuillage, des clartés
capricieuses qui ne faisaient que paraître et disparaître,

comme si une puissance invisible avait voulu improviser des variations de lumière sur un rayon de la lune. ,

A sept heures, au seuil même de la forêt, Pierre Marcou me dit tout bas en ôtant son chapeau :

— Voici une ombre !

J'essayai de faire l'esprit-fort et de railler ; je voulus rire... et, chose étrange ! je devins sérieux tout de suite ; je me laissai gagner par cette folie qui m'invitait gravement à devenir fou : à mon tour, j'ôtai mon chapeau, et je saluai.

— Quelle est cette ombre? demandai-je à Pierre Marcou.

— Une femme spirituelle, me répondit-il en marchant ; une belle vieille dame qui se nommait mademoiselle Thévenin. Elle passa plus de vingt ans à Fontainebleau ; elle y mourut l'an dernier. Depuis sa mort, je la rencontre ce soir pour la première fois ; elle s'ennuie déjà dans l'autre monde ! Mademoiselle Thévenin nous a laissé le souvenir d'une vie brillante, incertaine et romanesque ; elle personnifiait avec beaucoup d'agrément une variété galante de cette jolie famille que l'on pourrait appeler les *Éphémères*. Elle était, par une équivoque alliance, la belle-cousine de Sophie Arnould et de Guimard, ces terribles Danaïdes qui jetaient à pleines mains l'or, l'argent, l'esprit et le cœur dans des gouffres insatiables, dans le luxe, dans le caprice, dans le plaisir et dans l'orgueil !

IV

— Mademoiselle Thévenin n'est pas seule... J'aperçois l'ombre de son ombre... un fantôme désolé qui se souvient encore d'avoir été un amant malheureux. Ce pauvre amant, trahi et toujours fidèle, s'était réfugié à Fontainebleau, dans une grande résidence de la rue de Ferrare ; il était riche, millionnaire, et il vivait avec une servante dans une vaste et mystérieuse solitude. Il vit s'effondrer, sans sourciller, les étages de la maison qu'il habitait, et qui avait commencé par ressembler autrefois à une élégante et galante demeure. Il sciait chaque jour les plus beaux ormes de ses vastes jardins. Il jetait de la cendre sur les allées de son parc. Il voulait s'ensevelir tout vivant dans une véritable thébaïde. Quand il sortait de son désert, ce n'était jamais que pour aller au tribunal ; ces jours-là, il disait à sa vieille servante : « Je vais entendre les hommes se lamenter, se disputer et s'insulter pour quelques sous ; je vais renouveler ma petite provision de mépris et de haine contre les peuples civilisés ! »

Quand on est riche, opulent, millionnaire, instruit, spirituel, on ne se condamne à vivre ainsi tout seul, misérablement, que parce que l'on n'a point réussi peut-être à vivre *deux ;* l'avarice elle-même est quelquefois une généreuse passion rentrée.

Pendant plus de quarante ans, le malheureux original dont je parle ne cessa point un seul jour de lire et de commenter, sans doute pour la plus grande tristesse de son cœur qui savait se tourmenter, le *Misanthrope* de Molière; il écrivait souvent des commentaires, avec de l'encre rouge, sur les marges d'une superbe édition de cette comédie, et parfois il montrait à sa servante la couleur de son encre, en s'écriant : « Voilà mon sang! »

Il m'est arrivé d'ouvrir et de feuilleter ce livre, cette brochure; j'y ai trouvé des observations qui trahissent un cœur blessé, un cœur qui saigne encore en se souvenant, à l'ombre et dans le silence. Assurément, c'est un amour bien malheureux, bien désolé, qui a écrit les phrases suivantes sur les marges d'un exemplaire du *Misanthrope* :

« Le plus grand homme de ce monde ne pèse pas autant qu'une dentelle dans la main d'une femme. »

« Les robes nouvelles d'une coquette sont les échantillons de son indifférence. »

« Il y a des femmes qui poussent la coquetterie jusqu'à ne point aimer l'amour qu'elles nous inspirent; elles dédaignent leur propre ouvrage. »

« C'est surtout avec les femmes que la pauvreté est un vice; je suis devenu riche trop tard. »

« Les femmes ont quelquefois des larmes qui ne sont seulement pas salées; on ne sait point où elles prennent ces larmes factices. »

« Aux yeux de bien des femmes, les absents sont des morts qui peuvent revenir; quand ils reviennent, elles leur en veulent beaucoup d'être revenus. »

« J'ai connu un homme courageux, résolu, plein de force et d'esprit, qui avait une faiblesse bien singulière,

une faiblesse qui touche terriblement à la niaiserie, à la
lâcheté. Quand il souffrait, quand il se sentait malade, il
attachait autour de son cou, en guise d'écharpe, un mouchoir bleu qui lui rappelait un amour d'autrefois; en
voyant et en touchant ce mouchoir, il se souvenait, bon
gré, mal gré, de la femme qu'il avait aimée, et il lui
semblait que ce souvenir devait porter bonheur à sa santé!
— Triste, triste, triste!

« Est-ce qu'il n'y a point, çà et là, quelques niais,
quelques misérables, quelques sublimes imbéciles, qui
ont porté secrètement des amulettes d'amour entre leur
peau et leur chemise!... Demandez à ces idiots si le talisman les a défendus contre la femme qui le leur avait
donné?... »

« Quand un homme amoureux s'avise de pleurer, ses
larmes commencent par plaire à la femme qui le désole :
on les prend pour une flatterie, on les accepte comme un
éloge; si de pareilles larmes coulent trop souvent, elles
déplaisent, elles finissent par inspirer de l'horreur à la
femme qui les fait couler : elles ne sont plus qu'un reproche, — qu'elle a sans doute mérité. »

« Il y a des hommes amoureux et obstinés qui attendent, toute leur vie, le retour du cœur d'une femme.
Quelle plaisante et misérable histoire, que celle de ces
pauvres amants dédaignés qui attendent un cœur en
voyage! Alceste a dû attendre fort longtemps, dans son
endroit écarté, le cœur de Célimène; l'*endroit écarté*
d'Alceste était sans doute le creux d'un orme. »

« Après tout, pourquoi donc imiter Alceste? pourquoi

donc haïr tout le monde, sous le prétexte de bien aimer une seule personne? Alceste est vraiment trop bon : il passe sa vie à lutter contre la ruse et le mensonge; il s'oublie, et il oublie tout, devant la beauté; il ne songe qu'à triompher de l'esprit à force de cœur; il se met en colère contre le sonnet à Philis; il s'amuse à gronder, à sermonner, à maudire une pécheresse incorrigible; au lieu de vivre, il a aimé! Il faut peut-être lui pardonner : il s'agite, mais c'est un dieu caché qui le mène, — un dieu qui a deux petites ailes empoisonnées. Décidément, il faut ressembler à Philinte, un homme poli, froid, dur et brillant, comme le marbre. »

Dans les petits commentaires dont il s'agit, le misanthrope de la rue de Ferrare paraît beaucoup se préoccuper de la fin probable de Célimène; il se demande souvent comment a pu finir la coquetterie de cette femme, et il se répond à lui-même dans ces mots qu'il a écrits sur le dernier feuillet de la comédie : « Célimène a fini par épouser cet horrible Philinte, après la mort d'E-liante. »

La Célimène de ce pauvre philosophe, de ce commentateur sentimental, était mademoiselle Thévenin, et il adorait sa Célimène! Oh! gouffre du cœur humain, qui n'est peut-être qu'un ruisseau!

Chose étrange, — mademoiselle Thévenin, aux premiers jours, aux premiers soirs de la vieillesse, se réfugia précisément dans un hôtel de la rue de Ferrare, tout près de ces mystérieuses masures habitées par un homme qui l'avait autrefois adorée! Alceste et Célimène se prome-

naient sans le savoir dans la même rue, presque dans les
mêmes jardins, l'un maudissant toujours le passé, l'autre
lui souriant encore !

Un mur chancelant, une tenture de charmille déchirée,
séparaient le bourreau et la victime, la coquetterie et la
passion du temps passé : si la passion avait frappé sur le
mur avec le bout de sa canne, si la coquetterie avait
frappé sur le rideau de verdure avec le bout de son éventail, — quelle surprise, quelle honte, quelle tristesse, et
sans doute quelle joie secrète, de se retrouver ainsi, bon
gré, mal gré, aux rayons du soleil couchant ! que de reproches, de confidences, de questions, de plaintes et de
soupirs ! Mademoiselle Thevenin aurait bien ri, peut-
être, en voyant pleurer ce revenant, ce fantôme de sa
jeunesse ; mais j'imagine que la coquetterie repentante
aurait fini par prêter son plus beau mouchoir de dentelle
à la passion, au regret, à la jalousie, pour essuyer les
dernières larmes d'un vieillard.

Le vieux misanthrope et la vieille coquette moururent
l'an dernier, presque en même temps, le même jour :
le fantôme d'Alceste poursuit l'ombre de Célimène !

V

Pierre Marcou m'entraîna par la main, avec une façon
de mystère, à petits pas, en s'arrêtant parfois pour écouter, jusque dans une clairière où se trouve l'église d'Avon.
Il se cacha derrière un grand arbre qui couronne le porche de l'église : sa main tremblait dans la mienne ; il s'a-

gitait, il s'impatientait, en regardant tour à tour le ciel
et la terre; le chasseur d'ombres se tenait à l'affût, et
il attendait avec une secrète inquiétude quelque bel oiseau
de la mort, un fantôme trop attendu! Je lui dis à voix
basse, en souriant :

— Vous ne voyez rien, vous ne voyez personne?

— Je l'attends depuis deux ans! s'écria Marcou, en
continuant de regarder autour de lui avec de grands
yeux effarés; elle se plaît donc beaucoup là-bas, loin de
moi, dans le silence, dans la poussière, dans la terre,
dans la nuit!

— De qui parlez-vous?

— Vous le savez bien!... je parle de ma fille! Elle
m'avait pourtant promis de revenir... Mais, que voulez-
vous? Une fille de quinze ans!... Cet âge est sans mémoire et sans pitié pour les pauvres pères! Tout le monde
l'adorait dans ce bon pays; eh bien! elle a oublié tout le
monde! Je vais vous dire combien elle était adorée. Un
soir, elle tomba malade, dans ma maison de Fontainebleau : le lendemain, des amitiés et des mains inconnues
vinrent jeter sous les fenêtres de ma fille une immense
jonchée fleurie, pour abriter son oreille contre le bruit
des voitures et des passants; et tant que dura le mal,
tant que dura la vie, la jonchée fleurie fut renouvelée
chaque jour! En pareil cas, chez les riches, on répand,
à grands frais, une vilaine litière de paille; ma fille, la
fille d'un homme de rien, avait chaque matin, sous sa
croisée, des gerbes éblouissantes, des tombereaux de
gazon et de fleurs!...

Et quand mon enfant fut morte,
Un prêtre, au seuil de la porte,
Jeta de l'encens au feu;
Et les anges, de leurs ailes,
Sur des palmes immortelles,
Portèrent son âme à Dieu !

Je laissai Pierre Marcou se souvenir et s'attendrir avec
un chagrin mêlé d'orgueil. La chasse aux ombres dura
trois heures, et il ne m'arriva plus une seule fois de sourire.

— Emmenez-moi !... emmenez-moi ! reprit Marcou en
me tendant les deux mains, en ayant presque l'air de me
supplier; je vois rôder autour de l'église une ombre in-
discrète, un fantôme fâcheux, qui m'interpelle tous les
soirs en riant, à l'heure où je viens attendre ma fille.
Cette ombre est incorrigible; elle joue, elle s'amuse, elle
rit toujours, absolument comme si elle était encore la
fille du Régent !

— La comtesse d'Egmont peut-être ?

— Non... la duchesse de Charollais. Elle se souvient
d'avoir fait ses premières dévotions à Fontainebleau :
elle quitte volontiers son ancienne abbaye de Chelles pour
venir folâtrer dans cette forêt. Elle fut, à coup sûr, l'abbesse la plus singulière de France et de Navarre : une
abbesse jeune, jolie, originale, audacieuse, qui raffole
de la musique et de la danse, qui adore les chiens et les
chevaux, qui tire des feux d'artifice en plein couvent, qui
joue aux bergeries de trumeau avec des danseuses de
l'Opéra, qui chasse à pied et à cheval dans tous les bois

du voisinage, et qui réveille ses religieuses à coups de pistolet!

— Avouez du moins que voilà une abbesse dont la figure, le caractère et l'esprit ne vont pas trop mal au monde un peu hasardé de la Régence?

— Taisez-vous... J'aperçois Christine de Suède! Quoiqu'elle ait une grande tache de sang à sa robe, je la préfère presque à la duchesse de Charollais! Christine souilla la majesté d'une résidence royale, en faisant assassiner son écuyer dans le palais de Fontainebleau, au fond de la *galerie des Cerfs*. Mazarin osa reprocher cette mort, cet assassinat, à la reine de Suède, qui se contenta de lui répondre en le traitant de faquin, de *faquin illustrissime!* Elle m'est apparue bien souvent dans la forêt : elle rôde autour d'un tombeau; comme elle se croit seule devant Dieu, elle s'agenouille sans orgueil, et je crois qu'elle prie sans colère! Mais elle a beau prier... il lui arrive de se souvenir, avec une joie féroce, du crime horrible qu'elle a commis. Je l'ai surprise plus d'une fois dépliant une petite feuille de papier, et lisant à haute voix sa fameuse lettre à Mazarin, une lettre qui commençait ainsi :

« Apprenez, tous tant que vous êtes, valets et maîtres,
» petits et grands, qu'il m'a plu de tuer un homme. Je
» ne dois aucun compte de mes actions à des fanfarons
» de votre sorte. Christine se soucie fort peu de votre
» cour, et encore moins de vous. Mon honneur l'a voulu :
» je me suis vengée. Ma volonté est une loi; vous taire

» est votre devoir. Bien des gens, que je n'estime pas
» mieux que vous, feraient très-bien d'apprendre ce qu'ils
» me doivent, avant de faire tant de bruit pour *rien!* »

— N'avez-vous jamais rencontré l'ombre de Monaldeschi, l'amant de Christine?

— Je la rencontre quelquefois dans les massifs d'Avon,
tout près de l'église; elle se cache de son mieux : elle a
peur du fantôme de la reine! au moindre bruit dans le
feuillage, Monaldeschi se réfugie dans la petite chapelle
qui lui sert de tombeau.

En ce moment, les arbres s'agitèrent autour de nous;
il me sembla que l'on sautillait sur les feuilles mortes;
je crus entendre je ne sais quels murmures, des sons confus et doux, étranges et mélodieux; on parlait à voix
basse, ou plutôt on chantait du bout des lèvres, et je
m'imaginai que ce pouvait être le chant ordinaire des fantômes. Pierre Marcou entendait comme moi, sans doute,
cette agitation, ce sautillement, ces mélodies, ces demi-
mots, ces demi-soupirs, ces demi-notes, ces murmures,
qui babillaient et fredonnaient à la fois. Il me dit, en
secouant avec sa canne, les branches d'un arbre :

— Ce ne sont que des fées qui jouent avec les nymphes; allons plus loin!

Les fées invisibles de Fontainebleau me rappelèrent le
livre dont je parlais il y a un instant; j'essayai de flatter
l'imagination poétique du chasseur d'ombres, avec un
peu de mémoire et de science.

— Vous avez peut-être raison, lui répondis-je, il y a

des fées dans toutes les forêts : « Raymondin rencontra
» Mélusine dans celle de Colombier, en Poitou ; c'est dans
» celle de Léon, en Bretagne, que Gugemer trouva la fée
» qui joue un si grand rôle dans sa mystérieuse aventure ;
» c'est dans une autre forêt que Graelent vit la fée qui
» l'enleva de son séjour d'Avallon ; on connaît les féeries
» de la forêt de Brecheliande, où résidait l'enchanteur
» Merlin ; en Lorraine, un petit bois porte le nom de
» *Haie-des-Fées ;* la *Roche-aux-Fées* se trouvait jadis dans
» la forêt du Teil ; c'est au pied des arbres que les fées
» aiment surtout à se montrer. »

Pierre Marcou me remercia par un sourire qui avait
de la joie et de l'étonnement ; ma crédule science l'avait
étonné, sans doute, et ravi. Après les Fées, les Ombres
arrivèrent en foule autour de nous.

VI

— Qui donc saluez-vous avec tant de respect autour
de la *Table-du-Roi ?*

— Vous le voyez bien !... Je salue ce gracieux cortége
de fantômes, ces ombres qui se préparent à s'asseoir sur
l'herbe, pour y parler encore de leur pouvoir, de leur
noblesse, de leur courage, de leur génie et de leur beauté
d'autrefois : c'est la cour tout entière de François Ier !
Voilà d'abord le roi chevalier, et puis le connétable de
Montmorency, le marquis de Mantoue, la duchesse d'An-
goulême, Léonard de Vinci, Éléonore d'Autriche, ma-

dame de Châteaubriand, Clément Marot, Marguerite de
Navarre, le Primatice, la duchesse d'Étampes, Diane
de Poitiers, et bien d'autres illustres représentants de ce
beau XVI⁰ siècle, qui laissait voir à ses horizons Léon X
et Luther, Henri VIII et Philippe II, François I⁰ʳ et Charles-Quint !

— Il me semble que Charles-Quint est un grand souvenir du palais de Fontainebleau ? Son ombre devrait être
là, parmi les fantômes de la cour de François I⁰ʳ !

— Ouvrez donc les yeux, et regardez ! Il n'est point
difficile de reconnaître celui qui faisait dire aux peuples
de son vaste empire : *Au moindre de ses mouvements, la
terre tremble!* l'ancien empereur et roi porte encore aujourd'hui son dernier vêtement de la vie, une robe de
moine! Quand il se croit bien seul dans la forêt, il se
souvient de ses travaux monastiques, et il continue à
fabriquer de petites horloges; ces horloges, qui vont
toujours mal, lui rappellent le divin horloger de ce
monde, de ce monde qui marche toujours, et alors il
s'incline, il se prosterne, il s'humilie! En ce moment, le
souverain oublie le moine : il fait de l'esprit, de la politique et de la galanterie avec la duchesse d'Étampes. J'imagine qu'il recommence à remercier la belle duchesse du
service que ses beaux yeux daignèrent lui rendre, à la
cour de François I⁰ʳ, dans le palais de Fontainebleau.
Vous savez que, sans madame d'Étampes, c'en était fait
peut-être de ce colosse impérial qui pesait sur l'Espagne
et sur l'Allemagne, en écartant ses pieds par-dessus la
France! Un diamant tomba du doigt de l'empereur, aux

pieds de la duchesse, et Charles-Quint s'en alla combattre dans les Flandres, en se moquant de la faiblesse du roi. Mais laissons là les rois, les empereurs et les duchesses; occupons-nous de cet homme... de cette ombre qui se donne la peine de raisonner avec Triboulet. Peintre, architecte, sculpteur tout à la fois, il fut le véritable créateur du palais de Fontainebleau !

— Le Primatice?

— François Ier a besoin d'un grand artiste, d'un artiste qui n'ait point de rivaux à redouter dans ce siècle des grandes choses de l'art, et le Primatice arrive en France pour y improviser des tours de force, des merveilles, des chefs-d'œuvre, tout un monde rempli de lumière, de mouvement, d'invention, de hardiesse, de grâce, de vigueur, de noblesse, de génie! Que vous dirai-je de cette tâche immense, si courageusement entreprise et si noblement achevée? Les portes du palais vous sont ouvertes : vous y trouverez, à chaque pas, à chaque regard, des statues, des meubles, des ornements, des tableaux, des mosaïques, des plafonds chargés d'or et de couleur, des fantaisies merveilleuses, des Odyssées en peinture, des fables racontées par un pinceau, toutes les magnificences tombées de l'esprit et de là main du Primatice! Ainsi métamorphosés par une collaboration glorieuse, par le génie et la royauté, les *Déserts* de Louis IX abritèrent pendant une belle partie du siècle de François Ier toutes les grandeurs qui régnaient en France et en Europe, les princes puissants, les soldats héroïques, les artistes célèbres, les savants illustres, les poëtes heu-

reux et les femmes d'élite ! Je viens de nommer Louis IX :
eh bien ! marchons encore..... nous irons saluer l'ombre
du roi saint Louis, au pied d'une petite colline que l'on
appelle la *Roche-qui-pleure*.

VII

L'ombre de saint Louis se fit attendre. Pierre Marcou
ne trouva rien de mieux à faire, en attendant la venue du
royal fantôme, que de me raconter l'histoire d'une apparition et d'un miracle. Il commença par me dire et par me
jurer que son histoire était vraiment historique ; il prit la
peine de me citer textuellement deux ou trois pages d'un
vieux livre qui n'a jamais été imprimé.

— Un jour de l'année 1259, Louis IX se promenait au
bras de son fils dans cette forêt qui n'était pas encore
percée pour la chasse. Il voulut se reposer un instant ; il
alla s'asseoir au pied d'une petite montagne , autour de
laquelle il n'y avait que de la désolation et du silence. Il
eut peur de ce coin de terre, dédaigné par les hommes,
oublié par Dieu ; il se releva bien vite, et au même instant
il crut entendre le bruit d'une goutte d'eau qui tombait
sur le sable : il tourna les yeux vers le sommet de la montagne, et il aperçut un homme, un homme qui pleurait
en chancelant. Une voix terrible, formidable, cria soudain
à cet homme désolé, à ce voyageur épuisé : *Marche!*
marche!

— Était-ce donc le Juif-Errant? le Juif-Errant à Fontainebleau?...

— Le Juif du Calvaire marcha et disparut; alors, par

un enchantement céleste, le rocher qu'il avait mouillé de
ses pleurs laissa tomber une goutte d'eau qui devait être
éternelle, une larme que l'on peut voir se détacher encore
du sommet de la *Roche-qui-pleure*. Après une pareille
rencontre et un pareil miracle, Louis IX se hâta de puri-
fier la résidence d'un roi chrétien, en y fondant un hôpital
et deux chapelles. Il daigna visiter avec toute sa cour la
Roche-qui-pleure : il s'agenouilla; il écouta longtemps le
bruit de cette goutte d'eau qui était, pour son indulgence,
une larme tombée des yeux d'un coupable; il pria pour
l'homme maudit, en songeant que le pécheur qui avait
pleuré s'était repenti. C'est peut-être le souvenir de ce
prodige, de cette goutte d'eau, de cette larme, qui attire
plus d'une fois l'ombre du roi saint Louis dans la solitude
de ses *Déserts*.

Pierre Marcou poussa un cri de joie, à demi étouffé
par un secret sentiment de respect; il frappa légèrement
sur mon épaule, et il me dit en me montrant du doigt la
colline merveilleuse, le rocher du Juif-Errant :

— Vous jouez de bonheur... J'aperçois le fantôme de
Louis IX! Et pour que rien ne manque à votre bonne
fortune, saint Louis n'est pas seul : je reconnais, auprès
du pieux monarque, des ombres qui n'ont pas la coutume de lui faire cortége, des hôtes du palais de Fontainebleau, des souverains qui ne personnifient pas précisément dans l'histoire la dévotion, la piété, l'enthousiasme
religieux : Henri IV, Louis XIII, le cardinal de Richelieu,
Louis XIV et Louis XV; suivez mon regard et ma
main... les voyez-vous?...

— Je les vois, et même je les entends! Saint Louis murmure une prière pour le triomphe de la religion. Henri IV se rappelle tout haut sa dernière entrevue avec le duc de Biron, un serviteur équivoque dont il fit abattre la tête. Le cinquième acte du drame se joua presque tout entier dans le palais de Fontainebleau ; le bourreau ne frappa le traître que dans l'enceinte de la Bastille. Louis XIII se raconte à lui-même, assez tristement, le front incliné, avec un sourire mélancolique, une brillante cérémonie qui eut lieu dans cette résidence royale : la création de quarante-neuf chevaliers de l'ordre du Saint-Esprit. Le cardinal de Richelieu improvise un cruel chapitre d'histoire, une impitoyable scène de comédie, sur les incidents comiques et sérieux de sa fameuse *journée des dupes*. Louis XIV se fait assez modeste pour se vanter d'avoir donné au palais de François Ier un appartement composé de cinq pièces, et tout rempli de ces petites merveilles que l'on appelle des meubles de Boule. Cet appartement était la profane retraite de madame de Maintenon. Enfin, le roi bien-aimé, Louis XV, oublie le *Parc-aux-Cerfs*, pour se souvenir d'avoir épousé à Fontainebleau Marie Leczinska, la fille de Stanislas roi de Pologne.

— C'est bien ! me répondit sévèrement Pierre Marcou ; mais, vous n'avez point parlé, ce me semble, à propos de Richelieu, d'une sombre apparition que fit un jour ce ministre dans la forêt de Fontainebleau. Cette forêt vit passer en 1642 une espèce de chambre mobile, une immense litière portée par dix-huit gardes-du-corps. Cette chambre contenait un lit, une table, une chaise, un médecin et un ministre ; le médecin était assis, le ministre était couché : ce ministre n'était rien moins que le cardinal de Richelieu qui s'en allait mourir à Paris.

Je m'inclinai, pour rendre hommage à la science historique de Pierre Marcou ; le chasseur d'ombres oublia ma faute : il se reprit à me sourire, et la chasse continua.

VIII

— Marchez doucement, sur la pointe des pieds, me dit Pierre Marcou ; ne troublez point... n'effrayez point ce joli fantôme qui joue là-bas, devant nous, au milieu du sentier : c'est l'ombre d'une belle enfant que la mort a rendue raisonnable ; elle était folle, dans la vie ! Quand elle m'aperçoit, le soir, dans la forêt, elle se cache, elle s'enfuit... Elle a honte de sa folie, la plus singulière et la plus poétique folie de ce monde !

— Comment se nommait cette folle ?

— Elle se nommait Jeanne ; elle était notre voisine, dans le village d'Avon ; elle avait seize ans tout au plus ; au temps où elle avait encore sa raison, elle adorait ma fille.

— Puisqu'elle adorait votre fille, parlez-moi de Jeanne...

— C'est toute une histoire ; la voici bien simplement. Le premier peut-être dans le pays, je devinai la folie de Jeanne, une folie qui commença par être calme, chaste,

réservée, sentimentale, presque muette, comme la mélancolie. Jeanne ne comptait plus dans la grande famille
de ce monde; elle n'était encore une créature humaine
que pour les yeux et le cœur de sa mère. Les paysans se
moquaient de Jeanne. Le chien du logis la regardait avec
dédain. Les oiseaux eux-mêmes venaient la braver : ils
avaient la confiante audace de se poser sur sa tête, avec
un petit ramage de mépris.

On consulta un médecin célèbre; le savant recommanda trois remèdes fort innocents, les seuls qui réus-
sissent parfois en pareil cas : le temps, le grand air et la
liberté. On permit donc à la folle de courir dans la forêt,
de sourire, de se taire et de pleurer.

On espérait beaucoup, pour la jeune malade, de la douceur, de l'influence du printemps, qui se faisait bien
attendre; le printemps fut de retour enfin, et la folie de
Jeanne prit tout à coup un caractère nouveau: au lieu de
sourire, la folle se mit à rire tout à fait; au lieu de se
taire, elle se mit à babiller bien ou mal, avec tout le
monde; au lieu de négliger sa parure, elle demanda
chaque jour ses belles hardes du dimanche; elle s'endi-
mancha de son mieux; elle devint coquette : sa coquetterie était presque raisonnable.

Un soir, elle dit à sa mère :

— J'ai vu le soleil !

Sa mère lui répondit en l'embrassant :

— Hélas! Jeanne, le soleil s'est montré aujourd'hui
assez beau, assez éclatant pour que chacun ait pu le voir
et l'admirer !

— Oui, répliqua la folle... mais je l'ai vu de près, comme je vous vois en ce moment... et il m'a parlé !

— Et qu'a-t-il daigné te dire, ma pauvre fille ?

— Il m'a dit qu'il m'aimait... il m'a promis de se marier avec moi !

— A quand la noce, Jeanne ?

— Dès que ma corbeille de mariée sera faite... Et c'est le printemps qui la fera !

N'était-ce point là une ravissante folle ? Il semblait à Jeanne que le radieux fiancé, l'éblouissant époux rêvé par sa folie, avait commandé à la nature entière l'écrin magnifique et les superbes présents de la mariée ; elle se plaisait à regarder tous les biens de la terre, toutes les beautés du ciel, tous les trésors naturels de ce monde, comme une richesse qui devait lui appartenir : à ses yeux, le printemps était un artiste admirable, un magicien infaillible, que le soleil avait chargé de lui fournir une merveilleuse corbeille de mariage !

Une pareille hallucination, qui me paraît, à vrai dire, une extravagance bien douce et bien consolante, servit à rendre Jeanne un peu plus folle, mais aussi un peu plus heureuse. Elle vivait joyeusement, orgueilleusement, dans l'attente de ce qu'elle appelait, comme toutes les demoiselles à marier, le plus beau jour de la vie ; elle rêvait délicieusement de son amour, de son bonheur, de sa puissance, de son futur époux qui était encore occupé dans le ciel.

La folie de Jeanne avait des caprices charmants, des traits de caractère incroyables. Quand elle avait ramassé

le matin, de l'herbe, des fleurs, des petites branches, —
c'était le soleil qui lui avait envoyé un bouquet; lorsqu'elle entendait le chant des oiseaux, — c'était le soleil
qui lui faisait donner une sérénade; si un rayon de lumière pénétrait dans sa petite chambre à travers les
rideaux, — c'était le soleil qui lui adressait un regard et
une caresse! Un jour, de grand matin, on trouva cette
bienheureuse Jeanne qui posait sa jolie bouche sur des
fleurs encore mouillées de rosée; on l'interrogea : elle
répondit qu'elle recueillait les larmes du soleil... Le soleil venait de la quitter, en pleurant, pour aller éclairer
le monde! Si le soleil l'avait écoutée, le monde n'aurait
pas vu clair, ce jour-là.

Jeanne, qui était l'amoureuse bien-aimée du soleil,
imagina, sans le vouloir, sans le savoir, de célébrer son
bonheur, ses espérances, son avenir et son amour; elle
procéda à la façon des simples amoureux d'ici-bas, des
poëtes sensibles de la terre, et un jour qu'elle se croyait
seule dans sa chambre, au coucher du soleil, elle se prit
à chanter les paroles suivantes, sur un air qui avait
quelque chose de vraiment céleste :

> Moi, la pauvre délaissée,
> Que le monde a repoussée,
> Oui, je suis la fiancée
> Du soleil qui m'aime tant !
> Chaque rayon de lumière,
> •Qui vient du ciel à la terre,
> M'apporte avec du mystère
> Un baiser de mon amant !

Chaque feuille, chaque rose,
Chaque fleur nouvelle, éclose
Sous les caresses du jour,
Jusqu'au papillon qui vole,
Tout est pour moi, sa parole,
Son regard et son amour !

———

Et je m'endors, encensée
Par Dieu même, et sa pensée
Me berce jusqu'au réveil...
Car me voilà fiancée,
Oui, fiancée au soleil !

Quand la nuit est moins profonde
Il me quitte pour le monde
Qu'il réveille et qu'il inonde
A grands flots d'or éclatant !
Et moi, la bouche posée
Sur les fleurs de ma croisée,
Je cueille et bois la rosée...
Fleurs qu'il verse en me quittant !
Et de sa part, pour me plaire,
Les oiseaux viennent me faire
Des chants qui ne cessent pas,
Jusqu'au soir où dans ma couche
Le soleil revient, se couche,
M'embrasse et dort dans mes bras !

———

Et puis, je rêve, encensée
Par Dieu même, et sa pensée
Me berce jusqu'au réveil...
Car me voilà fiancée,
Oui, fiancée au soleil !

Jeanne mourut avec toute sa belle folie, en souriant à son *fiancé*, dans un jardin, sur un véritable lit de fleurs; elle mourut bien fière et bien heureuse, les yeux fixés sur le soleil couchant qui venait, disait-elle, à sa rencontre!

Au moment où ma fille lui ferma les yeux, il n'y avait plus de soleil. Un petit enfant, qui connaissait la folie de Jeanne, se prit à dire en regardant la morte : les voilà mariés... Ils sont ensemble!

IX

— Tenez, me dit le chasseur d'ombres, voici une autre belle folie d'amour... Regardez bien ce fantôme qui joue avec un couteau ensanglanté!... Il a beau essuyer ce couteau avec sa bouche... le sang reparaît toujours! Ce petit malheureux a commis un grand crime, un crime abominable... mais, vous le dirai-je bien bas?... je ne peux m'empêcher de lui sourire, et de lui pardonner... presque! L'histoire de Maclou Gérard est romanesque, poétique et touchante; je m'en vais vous la raconter. Oh! oh! il me salue encore, comme tous les soirs!... Je lui rends son salut, parce qu'il a aimé!...

« Ce Maclou Gérard, reprit le chasseur, n'était qu'un simple villageois; mais ce villageois n'avait pas toujours vécu dans la petite ferme de son père : rien en lui n'appartenait aux coutumes, à l'ignorance, à la grossièreté du village.

» A l'âge de dix ans, Maclou Gérard fut installé dans l'opulente demeure d'un homme très-charitable, dans le

château de M. de Laborde, un des plus riches proprié-
taires du département. D'abord, le protecteur résolut de
faire, de son petit protégé, une créature utile et fidèle,
un de ces hommes de confiance qui s'attachent pour toujours aux intérêts et aux affections d'une famille, un de
ces domestiques si rares, si précieux, qui naissent, qui
vivent et qui meurent dans l'intimité officieuse, dans la
servitude paternelle du logis; un peu plus tard, l'excellent
M. de Laborde eut pitié de cet enfant qu'il aimait déjà
d'une douce affection, d'une tendresse véritable, et il se
promit, la main sur le cœur, de laisser tomber sur son
avenir les bienfaits de l'éducation, de l'intelligence mondaine et de la fortune.

» Maclou Gérard devint l'enfant gâté de la maison,
c'est-à-dire un grand personnage qui marchait avec orgueil, en commandant à tout le monde, bras dessus, bras
dessous avec mademoiselle de Laborde, la jolie fille de
son bienfaiteur.

» Mademoiselle Marie de Laborde avait justement le
même âge que Maclou Gérard; ils furent élevés ensemble dans le château, avec les mêmes soins, sous la
surveillance des mêmes maîtres, et ils s'aimèrent tout de
suite comme un frère et une sœur, en attendant le jour
de leur majorité amoureuse.

» A seize ans, mademoiselle Marie de Laborde était
une personne charmante, et Maclou Gérard était, sans
contredit, un jeune homme plein d'esprit, un jeune
homme vraiment distingué : le paysan avait cédé la place
à un fils de famille bien élevé; Maclou savait parler le

*   8

grec et le latin, beaucoup mieux que le curé du village
lui-même; il connaissait la peinture et la musique; il
dansait aussi bien que danseur du monde, et il tournait
les vers badins, à la manière des poëtes d'autrefois.

» M. de Laborde devina, un peu trop tard, la faute
qu'il avait commise, en élevant si haut un pauvre diable,
et il essaya de réparer sa sottise, avec une sottise nouvelle qui avait quelque chose d'étrange et de passablement odieux... — L'amour mutuel des deux enfants n'é-
tait plus un mystère pour personne; déjà les commères
donnaient à mademoiselle Marie le nom et le titre de madame Maclou Gérard; le magister, le médecin, le bedeau,
le percepteur, tous les esprits forts de l'endroit s'amu-
saient à marier, de confiance et par anticipation, la fille
d'un opulent propriétaire avec le fils d'un misérable fermier; hélas! ces bonnes gens allaient trop vite : leurs
secrètes pensées, leurs sympathies, leurs espérances
avaient compté sans la fortune, sans l'injustice et sans
l'orgueil de M. de Laborde!

» Au lieu de sourire et de tendre la main à son élève,
à son ami, à son protégé, M. de Laborde se prit à crier,
à jurer, à tempêter contre Maclou Gérard; il lui rappela
son humble origine, son installation au château, son enfance, son éducation gratuite, et il osa lui reprocher son
ingratitude; de l'ingratitude! mon Dieu!... parce qu'il
rendait hommage à la beauté, à la sagesse et au mérite
d'une jolie fille de seize ans! Enfin, M. de Laborde in-
sulta Maclou Gérard, comme l'on insulte d'ordinaire un
faquin ou un vagabond : et puis, il le chassa du logis.

comme l'on chasse un valet insolent ou un serviteur infidèle!

» Ce n'est pas tout : M. de Laborde lui imposa les
conditions suivantes que Maclou Gérard accepta sans
protester, sans murmurer, sans avoir le courage de se
plaindre.

» — Monsieur, lui dit le maître impérieux, vous irez
habiter, dès ce soir, la nouvelle ferme que je donne à
votre père, bien loin d'ici, à trois grandes lieues du
château!

» — Oui! répondit aussitôt le malheureux Maclou
Gérard.

» — Vous ne chercherez jamais à revoir ma fille?

» — Jamais!

» — Vous ne remettrez jamais le pied dans ce village?

» — Jamais!

» — J'exige plus encore de votre repentir et de votre
soumission...

» — Vous plaît-il que je meure?

» — Non; vous vivrez... c'est votre affaire! seulement, vous ne dépasserez jamais la lisière de la forêt.

» — Jamais!

» — S'il vous arrive, tôt ou tard, de rencontrer Marie...
Mademoiselle de Laborde, vous me promettez de ne point
lui parler, de ne point la regarder?

» — Je serai aveugle! je serai muet!

» — Allez donc... je vous pardonne!

» Le soir même, Maclou Gérard se dépouilla de ses
beaux habits d'emprunt, qu'il devait à l'orgueilleuse gé-

nérosité de M. de Laborde; il se hâta de revêtir le grossier
accoutrement de son village, et le lendemain le jeune
poëte du château se réveilla paysan, dans la triste et
obscure habitation de son pauvre père. »

X

» Durant le premier mois de son séjour dans la ferme,
Maclou Gérard s'efforça de suivre les modestes conseils
de sa conscience : il se condamna, de gaîté de cœur, à
toutes les privations, à tous les travaux, à toute la ru-
desse de la besogne villageoise. Il avait le talent de manier une plume : il se mit, sans hésiter, à manier une
bêche; il avait appris à labourer, jusque-là, le domaine
de l'histoire et de la poésie : il se mit bravement à pousser la charrue dans le désert stérile des bruyères; il s'était
assis autrefois à la table des bienheureux de ce monde :
il daigna s'asseoir sur un escabeau, et il consentit à manger à la gamelle, avec ses camarades, avec ses égaux; il
avait vu de près le bonheur, et il ne craignit point de sourire à l'infortune; il avait fait les songes les plus magnifiques, et il se consola des tristesses du réveil en attendant
des jours meilleurs et en espérant de nouveaux rêves!

» Il n'en fut pas ainsi bien longtemps : malgré toute sa
résolution, malgré tout son courage, Maclou Gérard se
laissa vaincre, et il mourut en vivant toujours, si je puis
le dire, dans cette lutte des regrets contre les devoirs, de
l'amour contre la pauvreté et de l'imagination contre la
conscience ! — Bientôt, sa force et sa volonté s'épuisèrent

à la peine et à la fatigue; son père commença à s'inquiéter du repos et de la vie de ce malheureux enfant. Maclou Gérard devint inquiet, morose et chagrin; il était
abattu jusqu'à la faiblesse; il se troublait sans raison; il
tremblait sans motif; il parlait aux arbres, aux animaux
et aux fleurs; souvent il s'avisait de rire et de pleurer
tout à la fois! — Un jour, Maclou Gérard trouva qu'il
était plus facile de mourir que de souffrir, et il résolut de se brûler la cervelle : par bonheur, un souffle mystérieux glissa tout doucement sur la poudre, et la poudre
mortelle s'envola; une main invisible poussa l'arme qu'il
tenait dans ses mains, et l'arme roula sous ses pieds;
Gérard était fou, — et la folie empêcha le suicide....

» Certes, la folie de Maclou Gérard n'était point une
démence furieuse, une de ces monomanies homicides qui
en veulent, à chaque instant, à la sûreté et à la vie des personnes. Non! l'extravagance de ce jeune homme était
calme, tranquille, douce, triste et résignée. Il se mit à
babiller tout seul, à babiller peut-être avec un interlo-
cuteur invisible, avec un ange, avec un dieu ou avec une
charmante femme qu'il avait adorée; il se mit à s'éloigner, en secret, de la maison de son père, et il s'enfon-
çait le jour et la nuit dans ces sombres forêts qui couvrent,
j'allais dire qui peuplent l'immensité de cet admirable
pays. Maclou Gérard était fou à la façon des mania-
ques et des mélancoliques; chez lui, les sentiments parlaient plus haut que les idées; le cœur avait absorbé
l'esprit; enfin, le malheureux ou le bienheureux fou pui-
sait dans son malheur assez de raison pour être libre.

8.

assez de folie pour sentir encore et ne plus penser! — Il
était si peu ce que l'on appelle un homme raisonnable,
que les jeunes filles de l'endroit l'embrassaient en souriant, sans rien désirer et sans rien craindre de ses innocentes caresses; il était si bien ce qu'on appelle un fou,
qu'il se vantait d'entendre tous les matins des oiseaux
qui parlaient la langue latine : ces oiseaux arrivaient, à
tire d'ailes, du beau siècle d'Auguste, et ils gazouillaient
les plus jolis vers d'Horace et de Virgile; il était si bien ce
que l'on appelle un insensé, que les enfants, les vilains
enfants du village, le poursuivaient sans cesse de leurs
clameurs, de leurs injures et de leurs frondes. On lui disait de valser, à la mode de la ville, et le pauvre malade
se prenait à tournoyer en cadence, en ayant l'air d'en-
traîner dans ses bras, de presser sur son cœur une belle
valseuse absente pour tout le monde, présente pour lui
seul; on lui disait de chanter, et soudain il se prenait à
fredonner une chanson qu'il avait composée dans un
accès de folie qui était sans doute un doux souvenir, un
doux reflet de ses anciennes rêveries de poëte!...

» Voici cette chanson :

      « Qui, le matin, à la chasse,
    De son nid, s'il voit sortir
    Un petit oiseau qui passe,
    Dans sa main le fait venir?...
    Oui, c'est Maclou l'innocent,
    Maclou, le fou du village,
    Oui, c'est Maclou le sauvage,
    Qui pleure et rit en chantant !

Et le soir, dans nos familles,
Qui sait faire, à ses chansons,
Pleurer les petites filles,
Rire les petits garçons ?..,
Oui, c'est Maclou l'innocent,
Maclou, le fou du village,
Oui, c'est Maclou le sauvage,
Qui pleure et rit en chantant !

Quand, de son aile brillante,
Un papillon fuit tout fier,
Ainsi qu'une fleur volante
Qui va le cueillir dans l'air ?..
Oui, c'est Maclou l'innocent
Maclou, le fou du village,
Oui, c'est Maclou le sauvage,
Qui pleure et rit en chantant !

» Un insensé qui déraisonne en prose et qui écrit des
vers à peu près raisonnables, n'est-ce point là le spectacle
mystérieux d'un phénomène fort étrange?

» Eh mon Dieu! l'inspiration poétique n'est-elle pas un
accès de fièvre, une ivresse, un véritable délire? — Les
songes ne viennent-ils point du ciel, à l'insu de l'homme
qui s'endort et qui rêve? Pourquoi la poésie ne viendrait-
elle pas de la même façon aux malheureux qui ressemblent à Maclou Gérard, à ces infortunés dont l'esprit
s'affaisse tout à coup et dont la raison sommeille? — Une
école religieuse a voulu voir dans la folie un éblouissement causé par le mirage de quelque vision céleste : en
pareil cas, nous a-t-on dit, c'est Dieu lui-même qui daigne visiter un homme, et qui l'aveugle en l'inondant des

flots de son étincelante lumière... Eh bien! Maclou Gérard, visité par Dieu peut-être, avait conservé, des splendeurs et des harmonies de la visite divine, un peu de
sentiment, d'enthousiasme, d'extase et de poésie!

XI

» La folie de Maclou Gérard dura deux ans.

» Un jour, mademoiselle Marie de Laborde, que vous
n'avez point oubliée, apparut tout à coup dans la maison
de Maclou Gérard : sans doute, elle eut bien de la peine
à reconnaître son ami, son frère, son amoureux d'autrefois, dans ce jeune homme si faible et presque mourant,
dans ce pauvre diable qui la regardait bouche close, avec
toutes les apparences de l'ébahissement et de l'idiotisme.
Mademoiselle de Laborde n'avait ignoré ni le désespoir,
ni la douleur, ni la folie de Maclou Gérard; mais jamais
elle n'avait deviné le désolant spectacle qui l'épouvantait
en ce moment. Pâle, chancelante, éperdue, à force d'é-
motion et de terreur, Marie s'agenouilla sur le carreau de
la chambre, et, comme une coupable qui s'humilie, qui
demande grâce, elle baissa tristement la tête et se prit à
pleurer!... Alors, Gérard se leva en souriant; il s'approcha de la jeune fille; à son tour, il se prosterna devant
elle, et du bout de ses lèvres émues, de ses lèvres tremblantes, il s'efforça d'essuyer ou de recueillir quelques
larmes!...

» — Vous me reconnaissez donc? lui demanda vive-
ment mademoiselle de Laborde; eh bien! tant mieux!...

car je viens vous voir, vous parler et vous sauver, entendez-vous?... Mais d'abord, viens çà, près de moi... que je t'embrasse et que je te gronde ! Je t'embrasserai, parce que je t'aime, et je te gronderai parce que je te déteste !...

» — Pourquoi? répondit Gérard à voix basse, et en se laissant embrasser.

» — Je vais te le dire : l'autre jour je m'étais égarée ; j'avais tant couru que j'arrivai, sans m'en apercevoir, sur la limite de la forêt ; bientôt, j'aperçus un jeune homme au beau milieu d'une prairie, de ce côté du village : autour de lui, sur sa tête, à ses pieds, partout, voltigeaient des oiseaux qui n'avaient point peur et qui chantaient ! J'appelai aussitôt : Maclou ! Maclou !... Mais l'ingrat me regarda sans mot dire ; les oiseaux s'envolèrent, et il disparut avec eux !...

» — C'est vrai !...

» — Écoute-moi bien, ami : Tu ne sais pas?... l'on veut me marier ! Oui, l'on veut m'obliger à devenir la femme d'un grand seigneur que j'ai vu deux ou trois fois seulement, dans les réunions de la ville : c'est un homme très-poli, très-empressé, très-galant ; il me regarde, il me salue et m'admire ; il m'adresse à chaque instant des flatteries qu'il appelle des éloges ; il me dit qu'il m'aime, qu'il m'adore, qu'il se meurt d'amour pour moi...Enfin, c'est un homme tout à fait ridicule, tout à fait insupportable, et je le hais ! Es-tu content?...

» Maclou Gérard ne répondait rien à toutes ces charmantes paroles : il se contentait de regarder Marie.

de l'écouter, de lui sourire, et mademoiselle de Laborde continuait toujours à parler :

» — Sois tranquille, va! mon père veut me marier le plus tôt possible; mais je ne suis pas sûre de le vouloir, et tout n'est pas dit sur l'époque probable de mon mariage avec M. de Lachapelle... D'ici là, je tâcherai de mettre à profit un grand projet qui intéresse notre bonheur, et qui réussira, je l'espère! Désormais, je viendrai te voir en secret, souvent, très-souvent; un de nos amis, un médecin célèbre, te visitera chaque jour, par mon ordre : grâce à lui, grâce à son dévouement et à ses lumières, tu ne souffriras plus; tu recouvreras ta force, ton courage, ton esprit et ta raison d'autrefois; bon gré, mal gré, il faudra que mon père consente à te recevoir au château; il te pardonnera, il te rendra son estime, son amitié, toute sa bienveillante protection; je t'aimerai, tu m'aimeras toujours, n'est-il pas vrai? Et nous serons heureux ! — Il est déjà tard, ami : séparons-nous; adieu, à revoir, à demain!... Et moi qui allais oublier... Vraiment, je suis folle! Tiens, Maclou, voici un petit présent, un petit souvenir que j'ai acheté à ton intention...

» — C'est un couteau! balbutia Gérard.

» — Oui, un joli couteau, avec ton chiffre et le mien; tu vois : il a une chaîne d'argent, et de cette façon tu pourras l'attacher à ta boutonnière...

» — Hélas! répondit le pauvre fou, un pareil présent, c'est une chose terrible, à ce que l'on assure, pour toutes les affections de ce monde; quand on nous le donne, un

couteau ne manque jamais de nous porter malheur!... Il
ne faut pas me le donner : il faut me le vendre... Prenez
donc cette petite pièce de monnaie ; vous m'avez vendu
un couteau : je vous l'ai payé, et nous sommes quittes !

» — A la bonne heure ! on me disait qu'il était fou...
mais je le trouve tout à fait raisonnable !

» — Vous plaît-il que je vous accompagne... à distance ?

» — A distance ?... A mon bras, Maclou, au bras de
ton amie et de ta femme !... Viens vite, et que le ciel
nous conduise toujours ensemble !

XII

» Il était environ six heures du soir ; Maclou Gérard et
Marie se mirent en route, et bientôt ils arrivèrent bras
dessus, bras dessous, au petit sentier de la Gaffe : la Gaffe
est une espèce de torrent qui roule dans un vallon. Le
petit sentier dont je parle est si étroit, si étroit, que deux
personnes pourraient à peine y marcher de face, et
Maclou Gérard eut le soin de faire passer devant lui
mademoiselle Marie de Laborde.

» — Halte là ! s'écria tout à coup l'insensé, en s'arrêtant au milieu de ce difficile passage ; quel est cet
homme qui a nom M. de Lachapelle ?

» — Vous le savez bien, Maclou ; c'est le mari que
mon père me destine !

» — Comme votre main tremble ?... Est-ce que vous
avez peur ?

» — Moi?... Quelle idée!... J'ai froid, voilà tout.

» — Vous voulez donc épouser ce misérable millionnaire?

» — Je vous l'ai déjà dit : jamais!

» — Vous mentez! vous l'épouserez demain, ce soir,
cette nuit... s'il me plaît de vous accorder mon consente-
ment... Et, par malheur, je le refuse! Vous n'épouserez
pas M. de Lachapelle!

» — Je l'espère bien!...

» — Et même vous ne le verrez plus!

» — Vous vous trompez, Maclou : il habite le château
depuis quelques jours, et je le verrai sans doute avant une
heure.

» — Vous ne rentrerez plus au château!

» — Qu'est-ce à dire, mon ami?...

» — Vous m'avez trompé, vous m'avez abandonné, et
je suis forcé de vous punir!

» — Mon Dieu! mon Dieu!... laissez-moi!...

» — Vous m'avez apporté un couteau, et je suis forcé
de m'en servir!

» — Maclou! Maclou! laissez-moi... ou je crie!

» — Personne ici pour vous entendre.

» — Au secours!... mon père, au secours!...

» — Personne ici pour vous secourir.

» — A moi! à moi!... je suis perdue... l'on m'assas-
sine... je me meurs!

» — Oui, oui, criez toujours, et mourez!

» Au même instant, Maclou Gérard frappa d'un coup
de couteau mademoiselle Marie de Laborde, il la poussa

ensuite sur le bord du sentier, et la jeune fille alla rouler et disparaître dans le torrent.

» Voici le comble de la folie : le meurtrier se prosterna aussitôt la face contre terre; il regarda bien attentivement au fond de la vallée, au fond du précipice; il se mit à ramasser de petites pierres, à cueillir de petites fleurs, et il les jeta, une à une, dans les eaux de la Gaffe, en murmurant d'une voix sourde :

» — Marie! voulez-vous encore épouser M. de Lachapelle? Voilà déjà votre bouquet de mariée!

» — Marie! à quand la noce? Voilà déjà les perles de votre parure!

» — Marie! voilà des bijoux, des colliers, des étoffes précieuses, des parfums, tous les trésors de votre corbeille de mariage....

» Et le malheureux continuait à jeter dans le gouffre du torrent, de l'herbe, des cailloux et de la poussière!

» Par bonheur, un homme, un ange gardien avait suivi les deux amoureux : c'était le brave Gérard, précisément le père de l'assassin; Gérard se précipita dans la Gaffe... et Dieu merci! mademoiselle Marie de Laborde vit encore. Elle se porte bien; elle a tout oublié; elle a épousé le grand personnage qui lui faisait horreur. Quant à Maclou, vous le voyez : c'est un mort qui se souvient d'avoir voulu tuer une femme avec un petit couteau. Jamais je ne l'ai vu babiller avec les ombres de la forêt... Je me trompe, il babille quelquefois avec un autre fou, un autre idiot, un autre innocent du pays. Bon! les voilà tous deux... Ils se tendent la main! Je me demande ce qu'ils peuvent se dire... Ils ont pourtant l'air de se comprendre ! »

XIII

— Cet autre fou n'avait qu'un seul nom que lui avait donné sa mère : *L'Innocent*. La pauvre mère disait de son fils que c'était *un joli enfant, âgé de trente ans*.

L'Innocent était grand, élancé, bien fait : il avait le corps d'un beau jeune homme. Son intelligence était mal venue, faible, chancelante : c'était l'esprit d'un enfant malade. Chez lui, l'idiotisme avait tué les sentiments et les idées de son âge : il vieillissait comme tout le monde ; mais son caractère, ses goûts, ses habitudes avaient gardé toute la simplicité, toute l'innocence de la vie enfantine. La folie avait dit à l'enfant : *Tu n'iras pas plus loin !* L'enfant avait obéi, sans le savoir, à cette voix impérieuse, et le pauvre idiot donnait chaque jour, suivant une expression de sa mère, le triste et plaisant spectacle des *enfantillages d'un homme*.

Dans le village d'Avon, où on l'avait placé chez une vieille parente, l'Innocent faisait la chasse aux oiseaux, avec un peu de sel dans la main ; il découpait sérieusement des images ; il cherchait des nids ; il inventait des jeux pour les filles, et il jouait bravement au soldat avec les garçons. Il sautait à la corde ; il gambadait avec les petits chiens ; il dessinait des bonshommes sur tous les murs du village ; il s'attelait, dans la campagne, à la ficelle d'un cerf-volant ; parfois il allait à l'école, avec des écoliers qui avaient l'âge de son esprit; il fallait souvent l'arracher aux amusements des bambins, pour lui faire la barbe.

L'Innocent avait une grande passion, bien innocente : il adorait la musique ! Une petite mendiante, une petite musicienne, venait tous les dimanches dans le pays, pour chanter, en s'accompagnant de la guitare, à la porte des guinguettes. Dès qu'elle prenait son instrument, l'idiot s'asseyait devant elle : il écoutait la guitariste, en rougissant, en tremblant de plaisir; il songeait à peine à essuyer ses grosses larmes; il tressaillait, il s'agitait, il avait la fièvre; il se pendait, si on peut le dire, aux cordes de la guitare et aux doigts qui les faisaient chanter; enfin, au dernier son de l'instrument, il se relevait tout d'un coup, sur la pointe des pieds, les regards tournés vers le ciel, comme s'il eût essayé d'atteindre la note disparue, en la suivant des yeux, du geste, de l'oreille et du cœur.

Lorsque l'Innocent fut mort, tous les petits garçons et toutes les petites filles du village voulurent l'accompagner jusqu'à sa dernière demeure. Ces petits êtres n'avaient rien encore de la cruelle petitesse des hommes : on devinait aisément qu'ils savaient regretter un ami, un *enfant*, un de leurs semblables; ils étaient bien tristes, ils ne disaient mot, ils ne songeaient plus à jouer.

XIV

Marcou me précédait silencieusement dans un petit sentier qui conduit au massif d'Avon : il rêvait assuré-

ment au fantôme bien-aimé de sa fille, à cette ombre charmante qui fuyait le monde, à cet âme oublieuse qui
dédaignait la folie de son père. Le bruit lointain d'une
fanfare fit tressaillir tout à coup ce pauvre rêveur; il
s'arrêta, baissa la tête comme pour mieux écouter, et
me dit en se tournant vers moi :

— Je n'entends que le bruit des trompettes; le vent
aura sans doute emporté le bruit des tambours! Chaque
soir, à la même heure, tambours et trompettes annoncent
aux fantômes de la forêt l'apparition d'une ombre glorieuse, l'ombre du premier empereur! Venez çà, sur ce
tertre... nous la verrons passer.

L'ombre de l'Empereur passa probablement tout près
de nous. Pierre Marcou agita son chapeau au-dessus de
sa tête; ses yeux étincelaient; sa bouche, qui ne disait
mot, avait l'air de pousser des cris d'enthousiasme.

— Où peut aller ainsi l'Empereur? demandai-je à
Pierre Marcou; ou va-t-il, chaque soir, à la même heure,
à travers cette forêt?

— Il s'en va secrètement dans le palais de Fontainebleau :
il prend sans doute quelque plaisir à revoir la *Galerie de
François Ier*, où il épousa, dans tout l'éclat de sa puissance et de sa gloire, une archiduchesse d'Autriche ; .
l'allée de l'Étang où il se promena avec un pape ; le jardin anglais qu'il fit dessiner par l'architecte Hurtaut; la
petite chambre où il signa son abdication, et cette cour
du Cheval-Blanc où il salua la Grande Armée, pleura sur
son drapeau, baisa l'aigle impériale, embrassa le général
Petit, et légua au monde entier le souvenir des *Adieux*

de Fontainebleau. J'ai vu tomber et s'abimer dans les gouffres de l'histoire bien des grandeurs souveraines ; j'ai vu, çà et là, dans l'étude et dans la contemplation des siècles, bien des chutes profondes, des infortunes éclatantes, des douleurs infinies ; j'ai aperçu des rois écrasés sous les débris du trône, des grands hommes de guerre qui succombaient dans la bataille en devinant la victoire, d'illustres innocents qui mouraient de la main du bourreaux, des princes exilés par leurs peuples, des martyrs qui s'en allaient vers Dieu par la route de l'échafaud ; mais rien dans les livres, rien de solennel, de douloureux et de terrible ne m'a plus ému, plus effrayé, plus remué, que le spectacle de ce dénouement d'une tragédie impériale !

Pierre Marcou ne songeait plus à sa fille : il vivait tout entier dans l'histoire et dans la mémoire de l'Empereur ; il ne pensait qu'à ce demi-dieu tombé qui avait été une des grandes impressions de son enfance, et qui était encore une des grandes émotions de sa vie.

— J'étais bien jeune, reprit-il en essuyant une larme... Je n'étais qu'un enfant, à l'heure suprême dont je parle ; eh bien ! je sentis au fond de mon cœur le retentissement de ce baiser que la gloire attristée venait de donner à un drapeau, à une aigle, à une armée, à une nation. Aussi, jugez de ma joie, lorsqu'un beau matin, à mon réveil, j'entendis parler de la résurrection de l'Empereur ! Oui, l'Empereur avait brisé son sépulcre de l'ile d'Elbe ; il avait trompé la vigilance de ses gardes ; il avait retrouvé ses apôtres, ses amis fidèles ; il s'était de

nouveau montré au peuple; il avait traversé la France;
il avait frappé, la veille encore, à la porte du palais
de Fontainebleau ! — Et le jour où l'on parlait de la
sorte, l'Empereur était déjà aux Tuileries, sur son
trône!... Plus tard, je me suis demandé bien souvent si
c'était là une fable, un roman, un poëme ou une histoire !

Singulier rapprochement dans les idées, dans les souvenirs, dans les illusions d'un pauvre visionnaire!.....
Nous avions fait à peine trente pas dans le sentier, après
le *passage* de l'Empereur, lorsque Pierre Marcou s'avisa
de reconnaître deux ombres qu'il rencontrait rarement
dans la forêt...

— Allons! s'écria-t-il, en me donnant l'exemple de la
justice et du respect, saluez deux grands noms et deux
grandes infortunes; saluez un roi qui se nommait Louis-
Philippe et un prince qui se nommait le duc d'Orléans!
C'est véritablement Louis-Philippe qui a ressuscité l'admirable création de François Ier et du Primatice; c'est
la royauté de 1850 qui a rendu au palais de Fontainebleau, avec une prodigalité patiente et habile, tous les
caprices, toutes les fantaisies poétiques du XVIe siècle,
et la sévère majesté de la cour de Henri IV, et l'élégance
du règne de Louis XIII, et la noblesse de Louis XIV, et
jusqu'aux brillantes ferrures forgées par les mains de
Louis XVI ! Tout a repris sa place d'autrefois : les portes,
les plafonds, les parquets, les meubles, les vitraux, les
chefs-d'œuvre, l'or, le marbre, la pierre, la couleur,
l'écaille, l'argent, l'émail, l'ivoire, les richesses et les
merveilles de trois siècles sont là, devant vous, pour les

menus plaisirs de la royauté de tout le monde! Ne soyez pas injuste, et saluons encore ces deux ombres malheu+reuses!

XV

Nous reprîmes le chemin d'Avon. En s'avançant vers la petite église dont j'ai déjà parlé, Pierre Marcou semblait oublier à chaque pas les empereurs, les rois, les princes, tous ces fantômes illustres qu'il appelait les revenants de l'histoire. Il recommençait visiblement à se souvenir de sa fille et à ne chercher que son ombre. Il voulut s'arrêter, pour la seconde fois, sous le porche de l'église : il s'agenouilla, il se prosterna, il colla sa bouche sur la fente d'une dalle, comme pour mieux appeler ou embrasser son enfant.

— Je me trompe, murmura-t-il en relevant la tête..... ce n'est point à la terre qu'il me la faut demander... c'est au ciel!..

Il tourna les yeux vers le ciel, en adressant à Dieu une prière muette, une secrète prière qui avait pour moi un langage merveilleux, des regrets qui suppliaient dans les regards, des paroles navrantes qui s'échappaient en larmes.

Quand il eut cessé de prier ainsi, Marcou s'appuya sur ma main pour se relever. Une fois debout, il regarda longtemps l'église, les pierres et les arbres; il se remit à marcher, en disant à l'ombre de sa fille que le ciel ne lui envoyait pas encore :

— A demain!

Je ne m'étonne plus que Pierre Marcou s'imagine entrevoir tant de fantômes autour de lui : il porte au fond de son cœur une tombe entr'ouverte, et il y regarde toujours son enfant.

LA

VÉRITABLE MORT DE VATEL.

———

I

Le dimanche 26 avril 1671, il y avait foule de beau
monde dans le célèbre hôtel de Carnavalet ; madame la
marquise de Sévigné, que rien ne pouvait jamais distraire du soin précieux de penser à sa fille, s'était mise à
l'écart dans un coin du salon, pour écrire, en toute
liberté d'esprit et de cœur, à sa chère Provençale, madame de Grignan.

— Madame, s'écria tout à coup le marquis de Villars,
en s'adressant à la spirituelle caillette de la cour de
Louis XIV, dites bien à cette ravissante fille que j'ai ré-
clamé, de votre faiblesse maternelle, le droit de prendre
une copie de son admirable portrait que voilà !

9.

— Madame, s'écria à son tour la jeune comtesse de Guiche, dites bien à notre amie de Grignan que je ferai coiffer une poupée, à son intention, afin qu'elle puisse adopter, le plus tôt possible, la nouvelle coiffure de madame de Nevers.

— Et vous, comtesse de Fiesque, demanda la marquise de Sévigné, n'avez-vous rien à jeter au bout de ma plume, à l'adresse des galères de Marseille?

— J'envoie aujourd'hui trois cents compliments à notre charmante *galérienne*, et je lui enverrai demain trois paires de souliers de *Georget*.

— Et vous, monsieur de Larochefoucauld?

— Je l'embrasse.

— Et vous, Brancas?

— Mandez-lui que j'ai versé dans un fossé, la semaine dernière; grâce à ma rêverie habituelle, je ne m'en étais guère aperçu, je vous le jure; mais mon médecin a eu la bonté de me prévenir que j'avais failli me rompre le cou.

— Et vous, monsieur de Montausier?

— Apprenez-lui, s'il vous plaît, que je m'approche de vous en ce moment, et que je vous donne un baiser... pour elle.

— Bien obligée, monsieur..... pour elle! — Et vous. Charles, quelle nouvelle adressez-vous à votre sœur?

— Je lui annonce que notre pauvre jardinier de Livry est mort, et que notre beau jardin en est tout triste.

— Et vous, Monsieur l'abbé Têtu?

— Daignez écrire à celle que vous appelez la plus jolie

fille du monde que je continue d'attendre, pour croire en Dieu, le jour où il plaira à Sa Majesté de faire de moi un évêque.

— Et vous, monsieur de Ménars?

— J'ai un plaisant malheur à lui apprendre : M. de Montlouet a eu la distraction de tomber de cheval et de se tuer, en lisant une lettre de sa maîtresse; à vrai dire, cette lettre était un congé en bonne forme : il y avait là de quoi perdre la tête... et l'étrier! Mais, voyez un peu l'instinct d'une pauvre bête : le cheval de M. de Montlouet s'en est allé tout seul, après la chute de son maitre, hennir et piaffer à la porte de la dame infidèle!

— Et vous, monsieur d'Hacqueville, que direz-vous, dans ce papier, à madame de Grignan?

— Je lui dirai, si vous voulez me le permettre, qu'elle recevra de ma part, avant huit jours, un récit exact de ce qui s'est passé à Chantilly, à la fête royale de M. le Prince.

— À merveille! Aussi bien, je lui parle déjà de l'horrible mort de ce malheureux Vatel, suivant une relation que Moreuil vient de me faire; voici toute l'histoire en détail, comme je la raconte à ma fille... vous en jugerez :

« Le roi arriva le jeudi au soir; la promenade, la colla-
» tion dans un lieu tapissé de jonquilles, tout cela fut à
» souhait. On soupa; il y eut quelques tables où le rôti
» manqua, à cause de plusieurs dîners, à quoi l'on ne
» s'était point attendu; cela saisit Vatel; il dit plusieurs
» fois : Je suis perdu d'honneur; voici un affront que je
» ne supporterai pas. Il dit à Gourville : la tête me tourne :

» il y a douze nuits que je n'ai dormi. Gourville le dit à
» M. le Prince : M. le Prince alla jusque dans la chambre
» de Vatel et lui dit : Vatel, tout va bien : rien n'était si
» beau que le souper du roi. Il répondit ; Monseigneur,
» votre bonté m'achève ; je sais que le rôti a manqué à
» deux tables. — Point du tout, dit M. le Prince, ne
» vous fâchez pas, tout va bien. — A quatre heures du
» matin, Vatel s'en va partout ; il trouve tout endormi ;
» il rencontre un petit pourvoyeur qui lui apportait seu-
» lement deux charges de marée ; il lui demande : Est-ce
» là tout ? — Oui, monsieur. — Il ne savait pas que
» Vatel avait envoyé à tous les ports de mer, Vatel attend
» quelque temps ; les autres pourvoyeurs ne vinrent
» point : sa tête s'échauffait ; il crut qu'il n'aurait point
» d'autre marée ; il trouva Gourville et lui dit : Mon-
» sieur, je ne survivrai point à ce nouvel affront ; Gour-
» ville se moque de lui. Vatel monte à sa chambre, met
» son épée contre la porte et se la passe au travers du
» corps ; il tombe mort. La marée cependant arrive de
» tous côtés ; on cherche Vatel pour la distribuer ; on va
» à sa chambre ; on heurte, on enfonce la porte : on le
» trouve noyé dans son sang ! On court à M. le Prince
» qui fut au désespoir ; M. le duc pleura ; on dit que c'était
» à force d'avoir de l'honneur à sa manière ; on le loua
» fort ; on loua et l'on blâma son courage. Gourville tâcha
» de réparer la perte de Vatel ; elle fut réparée : on dîna
» très-bien ; on fit collation, on soupa, on se promena,
» on joua, on fut à la chasse ; tout était parfumé de jon-
» quilles ; tout était enchanté : voilà ce que Moreuil m'a

dit, espérant que je vous le manderais. Je jette mon
» bonnet par-dessus les moulins, et je ne sais rien du
» reste.... »

— Eh bien ! madame, répondit M. d'Hacqueville, ce
que vous ne savez pas sur les causes réelles qui ont amené
la mort de M. Vatel, vous plairait-il de l'entendre ce soir,
de ma bouche ? Mon récit ne ressemblera guère à votre
lettre : vous avez écrit une petite fantaisie romanesque,
et je vous dirai tout simplement une petite histoire véritable, dans laquelle il ne s'agit ni de collation, ni de rôti,
ni de marée ; les bruits de cour ont fait de M. Vatel un
serviteur fanatique : mes souvenirs en feront, je l'espère,
un homme de cœur, un galant homme sensible, un malheureux fort à plaindre, et qui avait les plus tristes raisons
du monde pour se condamner à mourir !

A ces mots, la célèbre marquise et les hôtes magnifiques du salon de Carnavalet s'empressèrent autour de
M. d'Hacqueville ; madame de Sévigné oublia, pour un
instant, sa chère fille de Provence, et l'historien de Vatel
parla ainsi :

II

— L'infortuné maître d'hôtel de M. le Prince n'était
point un domestique ordinaire ; il avait ce que l'on trouve
rarement sur les banquettes d'une antichambre ou d'une
office : de l'esprit, un langage facile, de la grâce dans les
manières, des habitudes mondaines et une figure distinguée. Il avait appartenu d'abord à M. Fouquet, le surin-
tendant, qui le traitait avec cette intimité honorable que

l'on doit à un serviteur toujours fidèle et toujours de bon
conseil. Pélisson estimait le caractère de Vatel, et notre
excellent La Fontaine faisait un pompeux éloge de son
instruction cachée et de sa modeste finesse. M. le Prince
lui-même daignait le consulter sur des intérêts d'une secrète importance, et bien des gens de qualité s'avisaient
de prendre l'épée mercenaire du maître d'hôtel pour une
vaillante épée de gentilhomme.

Vatel avait la louable coutume de tout sacrifier à l'ad-
ministration rigoureuse de son service; mais, ses devoirs
une fois remplis, Vatel, qui était jeune, spirituel et bien
fait, se plaisait à partager les minutes de ses rares loisirs
entre l'étude qui lui enseignait à vivre et l'amour qui lui
enseignait à aimer la vie : il adorait tous les livres nouveaux qui avaient de l'éloquence et toutes les jeunes
femmes qui avaient de la beauté; il admirait tous nos
grands poëtes, et il raffolait de toutes nos grandes dames;
seulement, comme il lui était impossible de s'adresser
aux coquettes célèbres de la cour, il s'en prenait, à cœur
joie, aux petites bourgeoises et aux jolies grisettes de
la ville : sans doute, il les habillait, par la pensée, de
tout le luxe, de toute la splendeur, de toutes les grâces
empruntés des boudoirs de Versailles, et l'imagination
de l'amoureux faisait le reste!

Un soir, il n'y a pas longtemps de cela, comme il courait à l'aventure, dans une chasse amoureuse, au fond
de je ne sais quel faubourg de Paris, Vatel rencontra une
jeune personne, simplement vêtue, simplement jolie,
qui marchait à petits pas, en sautillant sur le pavé de la

rue. Il en fut charmé tout de suite, et, entre nous, cette
jeune fille était charmante : elle était si propre, si fraîche,
si légère, si gracieuse, qu'avec elle, vraiment, le plus
sage serait devenu le plus fou, et Vatel perdit, à la première vue, ce qu'il avait encore de sagesse, peu de chose,
hélas! presque rien, un éclair, comme dit quelquefois
notre adorable marquise.

Ce soir-là, Vatel avait caché, avec un soin extrême,
les apparences distinctives de sa dignité domestique : il
s'était déguisé à la manière des amants mystérieux, et il
portait bien ou mal la petite veste, le petit chapeau, les
habits râpés d'un courtaud de magasin qui a revêtu ses
hardes du dimanche. Ainsi affublé d'un accoutrement
d'emprunt, Vatel s'arrogeait le droit de traiter, avec toute
la hardiesse de la galanterie plébéienne, avec tout le lais-
ser-aller de la boutique, les jolies ouvrières, les piquantes
artisanes que le hasard poussait tout doucement sur son
passage : entre l'aune et l'aiguille, pensait-il peut-être,
il n'y a guère que la distance d'un chiffon ou que la lon-
gueur d'une aiguillée de fil : un fil, un chiffon !… fragiles
obstacles, que la jeunesse déchire ou brise sans y prendre
garde, en s'amusant, avec un doux propos, avec un
serment, avec un baiser !

Vatel avait hâte de briser, entre ses doigts, le fil qui
le séparait de cette jeune fille; il la regarda de son mieux,
bien longtemps, comme il sied aux séducteurs de regarder
une jolie femme, et l'ouvrière qui ne voulait, sans doute,
rien recevoir d'un inconnu, d'un étranger, s'empressa de
lui rendre tous ses regards, toutes ses tendres œillades.

Bientôt, la grisette entra dans un magasin de la rue Saint-
Denis, et Vatel se mit à l'attendre sur le seuil de la porte ;
au bout de quelques minutes, la grisette, assise devant
le comptoir, s'aperçut en soupirant qu'elle avait oublié
ses économies de la semaine, et la voilà forcée de dire
adieu, pour un jour, à ses magnifiques emplettes. Vatel
s'approcha du maître de la maison et lui demanda, le
plus naturellement, le plus audacieusement du monde :
Combien vous doit ma cousine ? — Vatel paya sans hésiter
le prix des fournitures ; ensuite, il offrit son bras à cette
parente improvisée, et il l'entraîna dans la rue, en lui
disant à haute voix : Où allons-nous, cousine ? — La jeune
fille lui répondit, en riant : Chez moi, mon cousin, au
faubourg Saint-Antoine. — Que l'amour nous mène !.....
murmura Vatel ; et l'amour les mena si bien, si lentement, à travers les détours galants d'une école buissonnière, qu'ils n'arrivèrent que fort tard dans la soirée,
après trois heures de babillage, à la porte du modeste
logis de l'imprudente grisette. La jeune fille dit à Vatel
qui se préparait encore à la suivre :

— Grand merci, monsieur..... vous n'irez pas plus
loin !... Les mauvaises langues du voisinage n'auraient
qu'à jaser sur mon compte, et je ne possède, pour unique
fortune, que le petit bénéfice de mon travail et de ma
sagesse... Au revoir !

— Au revoir... Où ?

— Dans la boutique de la rue Saint-Denis.

— Quand ?

— Le plus tôt possible... Demain... Ne faut-il pas que

je rende l'argent que je dois... et que je n'ai pas emprunté?

— C'est juste... A demain!

Vatel se pencha sur la jeune fille et lui prit au moins trois baisers...

— Que faites-vous donc, monsieur? s'écria la grisette.

— Je viens de prendre l'intérêt de mon argent...

— Fi, monsieur! n'avez-vous pas de honte de faire l'usure!

— Adieu, mademoiselle Denise!

— Adieu, monsieur l'usurier!

III

Le lendemain, à la même heure, nouvelle rencontre chez le marchand de la rue Saint-Denis, nouvelle promenade, nouvelle école buissonnière, et un peu plus tard, nouvelle usure au profit de l'inexorable prêteur. Denise eut beau dire et beau faire : Vatel refusa obstinément de recevoir le capital de ses avances, et il arracha, m'a-t-on dit, à la faiblesse ou à la pauvreté de la jeune fille le droit de toucher, chaque soir, sur ses deux joues, l'intérêt usuraire de son argent.

Que vous dirai-je? les baisers vont vite!... En peu de jours, le caprice de Vatel devint une passion, et les grisettes de Paris ont presque toutes le cœur sur les lèvres! Pourtant, Vatel jouait de malheur dans le succès de son intrigue amoureuse : impossible de négliger les devoirs de sa charge, quand bon lui semblait, au gré de son

amour, pour venir soupirer dans la mansarde d'une grisette; d'ailleurs, Denise elle-même n'avait-elle pas des
précautions à prendre et des mesures à garder? Pour
sourire à son bel amoureux, une seule fois par semaine,
Denise profitait en secret de l'absence d'une vieille
femme qu'elle appelait sa marraine, et les deux amants
n'avaient guère le droit de s'adorer que le dimanche!

Un soir, en s'agenouillant aux pieds de Denise, Vatel,
qui n'était pour elle qu'un pauvre ouvrier de Versailles,
aperçut au doigt de sa maîtresse une bague enrichie
d'une perle précieuse. Vatel se releva comme un jaloux,
comme un furieux, tout prêt à lui reprocher, à grands
cris et à grands gestes, la honte d'une infidélité, le crime
d'une spéculation affreuse; mais, l'innocente Denise répondit à ce cruel accès de jalousie et de colère, en donnant sa jolie main à baiser, en disant avec une douceur exemplaire :

— Mon ami, ce riche bijou est un souvenir de mon
père, tout ce qu'il avait conservé de son ancienne fortune; ce soir, je l'ai mis à mon doigt, par mégarde, en
fouillant dans les petits joyaux de mon pauvre écrin;
pardonnez-moi la douleur que je vous ai causée : je vous
pardonne l'injure que vous m'avez faite. S'il vous sied
encore d'être injuste et de calomnier la bonne foi de
votre Denise, tenez, monsieur, prenez cette malheureuse
bague qui n'en peut mais... Ouvrez la fenêtre de ma
chambre, et jetez hardiment cette perle, ce souvenir,
cette relique, dans le ruisseau du faubourg!

Aussitôt dit, aussitôt fait : la jalousie de Vatel ne vou-

lut pas céder au charme de ces naïves paroles ; il ouvrit
la croisée de la mansarde ; il s'empara de la bague de
Denise et il la jeta, sans pitié, dans le ruisseau.

Eh bien ! Denise se montra ravissante toute la soirée ;
elle s'efforça de plaire à ce fou furieux qui la maltraitait
de la sorte, et je vous demande si nos grandes dames de
la cour auraient oublié dans une caresse, comme Denise,
le sacrifice d'un joyau superbe, d'un souvenir précieux,
d'un véritable trésor, qui était peut-être sa seule opulence !

IV

Précisément, le lendemain de cette étrange scène, dont
il déplorait déjà la brutale injustice, Vatel se promenait
dans les jardins de Versailles, bras dessus, bras dessous,
avec son excellent ami M. Gourville ; les deux promeneurs
devisaient sérieusement des réjouissances printanières
qui se préparaient à grands frais, sous les ombrages de
Chantilly, à propos de la visite prochaine de Sa Majesté
aux dieux hospitaliers de M. le Prince... Tout à coup, au
détour d'une allée, l'allée des Philosophes, je crois, le
malheureux Vatel poussa un cri à demi étouffé par la surprise, par l'émotion, et il s'assit en tremblant, ou plutôt il se laissa tomber sur un banc de pierre, les yeux
fixés sur une belle dame qui s'en allait, derrière la verdure naissante des charmilles, côte à côte avec un beau
gentilhomme de la cour...

— Mon Dieu ! s'écria Vatel, ayez pitié de moi ! Une pareille ressemblance ! Oui, c'est bien elle... Quel honneur

et quel malheur pour un pauvre diable de mon espèce!...
Je souffre, j'ai la fièvre, j'étouffe!

— Mon cher Vatel, lui demanda Gourville, perdez-
vous la tête?

— Non, pas encore; mais je sens que je la perdrai
tout à l'heure...

— Pourquoi?

— Parce que je viens de voir cette femme.

— Vous la connaissez?

— Beaucoup... C'est ma Denise, ma belle Denise!

— Vous êtes fou!... C'est madame la duchesse de Ventadour; elle n'est à Versailles que depuis ce matin.

— Depuis ce matin, seulement?

— Sans doute; elle arrive du fond de sa terre de La-
motte, où elle vivait comme une recluse, par l'ordre de
son mauvais sujet de mari... Elle appartient aujourd'hui
à la maison de *Madame*.

— Ah! je respire!... Et ce jeune homme qui l'accompagne, en lui comptant fleurette?

— C'est le chevalier de Tilladet, son noble cousin, un
parent généreux qui l'aide à se venger des outrages de
M. de Ventadour... et l'on assure dans le monde que la
vengeance est complète.

— C'est singulier! cette ressemblance m'effraie encore, et je suis presque jaloux de ce chevalier de Tilladet..... N'y pensons plus!.... J'y pense toujours..... J'y
penserai jusqu'à la soirée de dimanche... Ce soir-là, je
retrouverai ma Denise... et j'oublierai la duchesse!

— Quelle est donc cette merveilleuse Denise dont

l'image vous poursuit sans cesse, et que vous aimez à retrouver sous les apparences d'une grande dame de Versailles?

—Cette merveille charmante, Gourville, c'est une petite ouvrière, rien que cela! mais une ouvrière d'élite, une grisette bien élevée, qui a des façons élégantes, un langage rempli de noblesse, des airs aristocratiques, et les mains les plus blanches, les plus fines, les plus princières du monde! Je l'aime, Gourville, et je l'aime chaque jour davantage; tôt ou tard, Denise deviendra ma femme, et quand elle aura le droit de porter, avec l'aide de Dieu et de ma fortune, du satin, du velours, des plumes, des dentelles, Denise vaudra pour tous les yeux, pour tous les cœurs, la plus fière duchesse de France!

V

Le dimanche suivant, Vatel fut encore plus exact que de coutume au rendez-vous de la mansarde; l'honnête homme amoureux se promettait déjà de confier à Denise son nom véritable, son état, ses projets, ses espérances; il préparait à plaisir son petit discours, sa douce demande en mariage... Mais, cette fois, hélas! personne pour lui ouvrir la porte dérobée de la maison du faubourg; personne pour le recevoir, pour lui sourire, pour l'embrasser! La soirée du dimanche, la semaine, quinze jours, un mois tout entier se passèrent ainsi: pas plus de Denise dans la mansarde que dans les salles étincelantes du palais de M. le Prince! Et pour que rien ne manquât à ses regrets, à sa douleur, Vatel reçut un matin, au moment de son départ pour les fêtes de Chantilly, ces quelques lignes d'écriture, tracées par la jolie main de Denise :

« Vous m'avez trompée : vous n'êtes pas un ouvrier de Versailles nommé Julien ; vous êtes monsieur Vatel, au service de M. le Prince. J'ai quitté ma chambrette du faubourg Saint-Antoine, et bientôt je quitterai Paris, afin de ne jamais vous revoir. Adieu, monsieur ; c'est bien mal, allez, d'avoir ensorcelé une pauvre fille, trop misérable pour devenir votre femme, trop orgueilleuse pour continuer à être votre maîtresse.

» DENISE. »

Ce billet fut un coup de grâce pour l'esprit et pour le cœur du malheureux Vatel. Il suivit, à distance, la maison de son maître, en pleurant comme un insensé, incapable de rien prévoir, de rien ordonner, dans l'intérêt de son service extraordinaire : étonnez-vous, après cela, que Vatel ait passé douze longues nuits sans dormir, et que le rôti ait manqué, non pas seulement à la table du roi, mais à vingt-cinq tables du souper royal de M. le Prince !

VI

A Chantilly, le souvenir de Denise prit tout à coup, aux yeux de Vatel, la forme, les apparences, la figure, la réalité vivante d'une femme, et cette femme, c'était encore madame de Ventadour, que le maître d'hôtel amoureux avait déjà rencontrée une fois dans les jardins de Versailles ; l'apparition toute naturelle, la présence bien simple de la duchesse, au milieu des magnificences de la fête, inspira soudain à ce pauvre inconsolable des idées étranges, des enfantillages, d'innocentes folies qui étaient les dernières illusions, le dernier bonheur d'un amour malheureux ; il lui sembla, de nouveau, que la belle suivante de *Madame*, c'était Denise en deux personnes : l'une qui l'avait adoré dans une mansarde ; l'autre qui le méprisait sans doute dans un palais. De loin ou de près, à l'affût des regards, des gestes, des paroles de la duchesse, Vatel cherchait à surprendre dans ses yeux, dans ses moindres mouvements, dans le son de sa voix, quelque chose de charmant, un doux souvenir qui signifiât pour lui seul : c'est elle ! c'est Denise ! Enfin, il s'imagina que madame de Ventadour avait daigné lui sourire tristement, avec une tendre pitié, et Vatel s'écria, au fond de son cœur : Mon Dieu ! dites à la duchesse de disparaître au plus tôt et à Denise de revenir au plus vite !

VII

Dieu entendit, à coup sûr, le secret langage de Vatel, et si la duchesse ne disparut pas tout à fait, du moins elle permit à Denise de se montrer encore !... Le roi fit son entrée à Chantilly, jeudi au soir ; à onze heures environ, après avoir donné ses ordres pour le dernier service de la table royale, Vatel supplia Gourville de le remplacer dans l'exécution de quelques détails de sa charge, et il s'en alla rêver dans le parc que l'on avait éclairé, comme par

enchantement, aux lueurs magiques d'une immense cons-
tellation de lumières. Le hasard, qui est bien la plus charitable divinité de ce monde, prit pitié de ce triste rêveur
qui se promenait à une pareille heure, en soupirant, en
souffrant, en ayant l'air d'attendre quelqu'un ou de chercher quelque chose : debout au milieu d'un vaste bosquet
de tilleuls fleuris, Vatel aperçut, au reflet des girandoles
enflammées, une jeune femme qui marchait lentement,
à travers les splendeurs de cette poétique solitude, les
pieds sur la terre, les yeux et la pensée au ciel ; elle
s'avança vers lui, sans le voir, sans l'entendre ; elle
l'effleura du bout de sa robe... et Vatel, entraîné par une
inspiration mystérieuse, irrésistible, s'agenouilla sur
l'herbe, en murmurant le nom de Denise !

Qui le croirait ? À ce nom qui n'était pas le sien, madame de Ventadour cessa de voyager dans les nuages,
pour redescendre sur la terre ; elle se prit à dire, d'une
voix émue :

— Vous m'avez appelée, et me voilà... qui êtes-vous ?

— Vous le savez bien, madame !... vous le savez bien,
Denise !... Je suis Vatel pour tous les autres : je ne suis
Julien que pour vous seule !

— D'où venez-vous ?

— J'arrive d'un monde où l'on souffre, où l'on gémit,
où l'on meurt à chaque instant !

— Quel est ce monde ?

— Le monde de l'amour qui se souvient et qui regrette !

— Vous vous souvenez ?...

— De Denise !

— Vous regrettez?...

— Denise, toujours Denise, Denise et vous, madame!

— Je suis la duchesse de Ventadour!

— Ah! Denise, ma belle Denise, est-ce que je ne vous vois pas, est-ce que je ne vous reconnais pas tout entière, à travers les diamants et les dorures de votre robe?... Oui, oui, j'ai provoqué, je ne sais comment, la curieuse coquetterie d'une femme de qualité; elle s'est amusée à me séduire, à m'enchanter, à me perdre... et moi, crédule, je vous ai aimée, madame la duchesse!... Je vous ai adorée, Denise!... Laquelle de vous deux aura la bonté de me répondre, de me consoler, de me plaindre?

— Monsieur Vatel, vos singulières paroles offensent la duchesse de Ventadour... Mon pauvre Julien, viens çà, tout près de moi, dans la mansarde de Denise!...

VIII

A minuit, des fusées volantes annoncèrent le feu d'artifice que l'on allait tirer sur la grande pelouse du château; madame de Ventadour tendit sa main à Vatel, en lui disant à voix basse :

— Adieu, Julien! Je vous ai parlé pour la dernière fois, peut-être, et c'en est fait à jamais de votre bien-aimée Denise : vous ne rencontrerez plus à Versailles que madame la duchesse de Vantadour! Le roi, fatigué de ce qu'il appelle ma coupable extravagance, m'a donné à

10

choisir entre l'ennui de mon ménage et la solitude des
Carmélites : j'ai promis à Sa Majesté de m'ennuyer rai-
sonnablement ; je vais essayer de tenir ma parole, avec
la grâce de Dieu et les bons conseils de Madame. Mon
cœur reste avec vous, Julien, et je n'emporterai à Versailles que les futiles apparences de ma personne !

— Partez donc, madame ! répondit tristement le maître
d'hôtel; emmenez bien vite la duchesse... J'ai découvert
le moyen infaillible de toujours garder ma Denise !

Madame de Ventadour disparut dans les massifs du
parc, et au même instant, l'horizon s'illumina des gerbes
éblouissantes du bouquet d'artifice; Vatel contempla de
loin ce magnifique spectacle, à travers la découpure des
arbres; et puis, en un clin d'œil, l'horizon redevint tout
noir : après le bruit et la lumière, — le silence, l'obscurité, rien, le néant ! Vatel regagna la route qui touchait
au seuil du château; en voyant un nuage de fumée
qui s'élevait encore du milieu de la pelouse, il se mit à
dire, les yeux mouillés de larmes :

— Oh ! mon triste bonheur qui n'a duré qu'un instant !
oh ! misérable feu d'artifice qui n'a duré qu'une minute !

A quatre heures du matin, Vatel continuait à se promener dans les jardins de Chantilly et à se désoler de
plus belle; la tête lui tourna tout à fait, au souvenir de la
duchesse : il monta dans sa chambre, et pour ne plus
quitter sa Denise qu'il avait retrouvée dans le parc, sa
Denise qu'il croyait voir encore, il se prit à l'envelopper
de sa pensée amoureuse, et il se tua d'un coup d'épée ! —
Vous le voyez, marquise, continua M. d'Hacqueville, ne

s'adressant à madame de Sévigné : mon récit ne ressemble pas à celui de Moreuil, et je vous assure que la marée de Chantilly n'a rien à faire dans la véritable mort de Vatel.

— Ma foi! répliqua la spirituelle marquise, mon histoire est faite, et je n'en changerai pas une syllabe; seulement, je vais annoncer à ma fille une seconde édition de cette vilaine nouvelle, revue, corrigée et considérablement augmentée.

Madame de Sévigné termina ainsi la lettre qu'elle adressait à madame de Grignan :

« D'Hacqueville, qui était à tout cela, vous fera des re-
» lations sans doute; je n'en sais pas davantage; je pense
» que vous trouvez que c'est assez; je ne doute pas que
» la confusion n'ait été grande : c'est une chose fâcheuse,
» à une fête de cinquante mille écus. »

Une chose fâcheuse!... O Vatel! que l'oraison funèbre de madame de Sévigné te soit légère!

LE

MOUCHOIR DE BÉRÉNICE.

___

I

J'en suis fâché pour les jardins de Versailles, qui ont peut-être le droit d'avoir de l'orgueil ; mais, il faut arracher à la guirlande poétique de leur royale histoire une petite fleur célèbre qu'ils ont dérobée, une fleur modeste, délicate, tendre, mélancolique, une espèce de fleur sensitive qui appartient à l'histoire des jardins de Vincennes : je parle de mademoiselle de La Vallière.

On a beaucoup écrit sur cette fille d'honneur de *Madame*, devenue si vite et si bien sœur Louise de la Miséricorde ; on reviendra plus d'une fois encore sur cette douce figure historique, sur cette noble et touchante physionomie qui représente un des plus jolis romans du cœur

10.

du grand siècle, d'un siècle dont le cœur n'était pas précisément un vrai romancier ; triste et beau roman, qui
commence sous le regard amoureux de Louis XIV, et qui
finit sous l'austère parole de Bossuet !

Je n'ai point à raconter la vie romanesque de mademoiselle de La Vallière ; le mouchoir de Bérénice ne renferme pas un long récit, un livre, une chronique : c'est à
peine si, en l'agitant et en le chiffonnant de mon mieux,
j'en pourrai faire tomber un souvenir et un parfum de
cette exquise créature que madame de Sévigné appelle
une *petite violette cachée sous l'herbe*. Je suis de l'avis
d'un grand écrivain de notre temps : « Mademoiselle de
La Vallière est de ces noms qui ont toujours jeunesse et
fraîcheur en France ; sans prétendre rien découvrir de
nouveau en elle, on peut se donner le plaisir de la consi-
dérer un moment. »

C'est donc à Vincennes, et non point à Versailles, que
commencent véritablement les amours de Louis XIV
avec Louise de La Vallière. C'est bien à Vincennes que se
passe la fameuse et charmante scène des *charmilles*.
C'est dans le petit parc voisin de Saint-Mandé, que le
roi surprend le secret d'une belle et naïve passion, le
premier battement d'un jeune cœur, le premier soupir
d'une douleur qui s'ignore peut-être elle-même. Cet
amour, cette passion, cette douleur, deviendront un
peu plus tard, dans la réalité et dans l'histoire, toute la
grâce, tout le charme, tout le sentiment, toute la poésie
des galantes faiblesses de Louis XIV.

Un soir, à Vincennes, Louis XIV et Béringhen s'avi-

sèrent de suivre les filles d'honneur de *Madame*, qui cou-
raient je ne sais où, un peu au hasard, à l'aventure, à la
grâce de l'amour, en riant, en chantant, et ne s'arrêtant
parfois que pour soupirer. Elles arrivèrent ainsi, par les
massifs, par les taillis, la robe légèrement relevée à cause
des broussailles, jusque dans le petit parc de Saint-
Mandé, au fond d'un berceau de charmilles. Louis XIV
n'était pas loin : les premières amours du souverain
allaient naître dans ce berceau, parmi les fleurs, aux premiers rayons du soleil du grand roi.

On s'assit à l'ombre des charmilles ; on devisa des
gentilshommes qui avaient le mieux dansé au ballet de la
cour. Mademoiselle de Pons se souvenait du comte de
Guiche ; mademoiselle de Chimerault pensait encore au
marquis d'Alincourt ; mademoiselle de Lude trouvait que
rien n'était comparable à la danse du comte d'Armagnac ; mademoiselle de La Vallière osa parler du roi, et
ne parla guère que de lui, disant d'une voix tremblante
que le roi était bien beau, bien spirituel, bien généreux
et magnifique, ajoutant que le roi dansait comme un
demi-dieu, et finissant par avouer qu'on l'aimerait à en
mourir…. s'il n'était pas roi ! Le roi, qui écoutait, faillit
se trahir.

Un temps admirable, c'est-à-dire le temps le plus abominable du monde, favorisa la fin de cette petite scène
des charmilles : la pluie tomba tout à coup avec un orage ;
on s'effraya, on se dispersa, on se mit à courir pour chercher un abri ; par malheur, mademoiselle de La Vallière
boitait… un peu… avec beaucoup de grâce et de coquet-

terie sans doute... mais enfin elle boitait ! Elle se laissa devancer par ses compagnes, si bien qu'elle se trouva toute seule dans le parc ; je me trompe : elle se trouva deux ! Louis XIV était près d'elle, sans prendre garde à la pluie qui se moquait de l'étiquette, et il leur fallut rester ensemble, bon gré, mal gré, jusqu'à la dernière goutte de l'averse. Je me souviens d'avoir lu, à propos de cette rencontre, que Louis XIV amoureux était bien capable d'avoir *préparé* la pluie et *machiné* l'orage.

Mademoiselle de La Vallière avait grand'peur, dans ce parc, entre deux simples rideaux de charmilles, avec un pareil gentilhomme qui n'avait, à ses yeux, que le tort peut-être excusable de commander à tout le monde. Elle avait peur du mauvais temps, de la solitude, de l'ombre, du silence, du roi, d'elle-même. Louise se prit à trembler ; elle se laissa tomber sur un banc de verdure, en pleurant, en pleurant avec le pressentiment de la peine ; Louis XIV se pencha vers la fille d'honneur, en tremblant à son tour, et il essuya les pleurs délicieux qui coulaient déjà pour lui.

La pluie cessa ; les amours mouillés secouèrent leurs ailes, en même temps que les oiseaux. Le roi et mademoiselle de La Vallière regagnèrent le château, chacun de son côté, à la douce clarté de ces belles étoiles qui devaient illuminer, pendant bien des années, les fêtes les plus galantes de la monarchie.

Si la cour avait daigné jeter, ce soir-là, un regard curieux sur une fille d'honneur qui rentrait dans les appartements de *Madame*, on aurait aperçu peut-être, dans

les mains de mademoiselle de La Vallière, un mouchoir
qui n'était pas le sien, un mouchoir richement brodé,
qui portait le chiffre du roi. Pendant toute cette cruelle
et enivrante soirée, Louise essuya plus d'une fois son
front qui rougissait déjà, et ses yeux qui pleuraient encore, avec ce merveilleux mouchoir qu'elle devait conserver bien longtemps, jusqu'à son dernier regret, jusqu'à
sa dernière larme.

II

Au mois de mai 1664, peu de jours avant la solennelle
inauguration de Versailles, Louis XIV voulut visiter avec
sa cour, mais dans le plus modeste appareil de sa grandeur, le nouveau palais de la royauté, la nouvelle merveille de la royauté.

Tandis que Louis XIV essayait de reconnaître à grand'-
peine, une à une, toutes les magnificences de sa royale
demeure, avec Colbert, Mansard, Le Brun, Girardon et
Le Puget, la cour se dispersa dans les jardins, dans les
grottes, dans les bosquets, dans tous les détours mystérieux d'un admirable labyrinthe. Les hommes d'État et
es hommes de guerre se tinrent à l'écart, sur l'escalier
des *Cent-Marches*, qu'on appela plus tard l'*Escalier des
Géants*. Les princes de l'Église, les hôtes sévères du
maître de Versailles, se réfugièrent dans l'*Allée des Philosophes*, en parlant des grandes choses du ciel et de la
terre. Les beaux-esprits, les poëtes, les artistes se ca-
chèrent au milieu des fleurs et des parfums, dans la

petite Provence de l'Orangerie. Les gentilshommes jeunes et frivoles disparurent dans les massifs du parc, pour y tenter déjà les échos avec des fadaises, des serments et des soupirs. Les pages du roi et les filles d'honneur de Madame se groupèrent sur le Tapis-Vert, sur ce tapis de gazon que la main de Le Nostre a déroulé dans les jardins de Versailles, pour abriter les jolis pieds des promeneuses de la cour, — étoffe précieuse dont les franges touchent presque aux marches de la grande terrasse et aux bords de cette vaste nappe damassée que l'on appelle la grande pièce d'eau.

Voyez un peu l'innocent esprit des nobles demoiselles de ce temps-là! Au lieu de courir et de folâtrer dans l'immensité des jardins de Versailles, les filles d'honneur essayèrent de marcher d'un bout du Tapis-Vert à l'autre, les yeux masqués d'un mouchoir, sans dévier ni à droite ni à gauche, sans toucher au sable des deux allées latérales, sans franchir les limites, les bords, le cadre fleuri de ce vaste tableau de verdure. Singulier passe-temps! Elles mettaient de l'obstination à réaliser un caprice impossible : elles avaient beau dire et beau faire, elles déviaient de çà et de là, jusqu'aux derniers brins d'herbe de la bordure; elles recommençaient, elles s'avançaient à petits pas comptés, et le problème de la ligne droite était toujours à résoudre.

Mademoiselle de La Vallière elle-même s'avisa de chercher la solution introuvable; elle noua son mouchoir autour de son front, sur ses yeux, et, chose étrange!... ce mouchoir était le mouchoir des charmilles, le mouchoir brodé de Louis XIV ! Le chiffre royal se balançait sur le visage de la fille d'honneur : on eût dit qu'elle portait déjà, publiquement, une chaîne, un bandeau et une livrée.

Les petits pieds de mademoiselle de La Vallière n'y voyaient guère mieux que les petits pieds de ses maladroites compagnes; Louise marcha si bien sur les brisées de toût le monde, elle fit tant de faux pas, elle dévia du Tapis-Vert avec une gaucherie si chancelante, que la jeune fille fut saluée à son tour, dans le cercle de ses amies, par le bruit des épigrammes, des moqueries et des chansons.

— Monseigneur ! s'écria tout à coup mademoiselle de La Vallière, en s'adressant au nouvel évêque de Condom, qui la regardait de loin avec une charitable tristesse; vous qui êtes un des flambeaux de notre sainte Église, dites-moi ce que signifie un pareil mystère? Vous semble-t-il impossible, tout à fait impossible d'arriver ainsi, à tâtons, toujours tout droit, jusqu'au bout de ce grand tapis de verdure?

— Ma fille ! lui répondit Bossuet à voix basse, quand on est jeune, crédule, faible et jolie, il ne faut point s'aventurer sur les tapis de la cour, avec un bandeau sur les yeux et sur la conscience. On s'avance au hasard, on hésite, on tâtonne, on dévie, on chancelle, et l'on tombe pour ne plus se relever, *dans le rebut du monde!*

Mademoiselle de La Vallière n'en était pas encore à comprendre *le rebut du monde* de Bossuet; elle renoua le mouchoir sur ses yeux et le bandeau sur sa conscience;

elle continua de s'aventurer sur le Tapis-Vert, en chancelant, et cette route devait la conduire jusqu'à la porte
d'un couvent. Dix ans plus tard, en voyant quelque belle
pécheresse de la cour s'en aller au hasard, les yeux masqués, les yeux fermés, comme une pauvre aveugle, sur
l'immense Tapis-Vert de Versailles, Bossuet murmurait
tristement, au souvenir de mademoiselle de La Vallière :
« Laissez-la faire, et pardonnez-lui, mon Dieu !... la voilà
» sur le chemin des Carmélites ! »

III

Le mouchoir de Louis XIV, trop déplié sur le Tapis-
Vert de Versailles, n'est plus un mystère pour personne.
Mademoiselle de La Vallière est presque une royauté pour
toute la cour, une royauté d'un jour, une royauté sans
couronne, mais, enfin, une petite royauté qui fait tressaillir et pleurer la véritable reine de France.

Il faut rendre justice à cette douce puissance, à cette
aimable souveraineté qui dura autant qu'un rêve : mademoiselle de La Vallière n'est point la favorite d'un roi;
elle est l'amante d'un homme qui règne. Elle aime pour
aimer, pourvu qu'elle soit aimée. Elle n'a point d'autre
ambition, ni d'autre intérêt, ni d'autre orgueil que son
bonheur à demi caché par sa modestie. Elle est honnête,
elle paraît vertueuse dans les défaillances publiques de sa
vertu. Elle est généreuse et ne se résigne à recevoir que
pour pouvoir donner. Sans être spirituelle, elle a l'esprit
le plus délicat de la tendresse. Point coquette, et d'un

cœur simple qui se donne trop bien ; faible , et n'ayant de
force que pour souffrir quand on ne l'aimera plus; vivant,
malgré le monde, au fond de son âme charmante où se
trouve toute sa vie; mademoiselle de La Vallière n'a rien
d'une souveraine couronnée par le caprice ou par la passion d'un roi : elle ressemble déjà à une religieuse, même
quand elle ne pense pas encore à se réfugier dans la religion. Son amour, timide, triste, craintif, effrayé, à demi
pénitent, a toujours l'air de porter un chapelet et un voile
noir.

Peu de jours après la scène du Tapis-Vert, le palais de
Versailles commence à vivre et à s'agiter officiellement,
royalement, au bruit des spectacles, des extravagances
et des plaisirs. Les fêtes de 1664 devaient célébrer, en
apparence, l'inauguration de Versailles; mais elles ne
célèbrent, en réalité, que le premier avénement amoureux du grand règne ; elles ne s'adressent, à travers la
pompe de l'étiquette, à travers les semblants de la royauté,
qu'aux beaux yeux de l'amour et de mademoiselle de La
Vallière. Les fêtes de 1664 durèrent dix jours ; elles furent préparées par Vigarani qui dressa les machines, par
Lulli qui composa la musique, par Benserade qui inventa
les compliments, par Périgny qui rima les devises, par
Molière qui écrivit la poésie galante de la *Princesse d'É-*
lide. Mademoiselle de La Vallière joua un rôle de comédie
pour avoir une occasion de parler tout haut de son amour,
avec la tendresse et l'esprit de son personnage. Louis XIV
applaudissait, avec les plus doux battements de son cœur,
à de jolis vers de Molière, qui étaient une engageante

flatterie pour les passions naissantes du souverain de
Versailles.

Les princes et les sujets inventèrent des folies, pour
rendre hommage à l'héroïne de ces royales solennités. On
imagina de ressusciter, du bout de je ne sais quelle baguette magique, tous les personnages de l'Arioste; il ne
s'agissait de rien moins que de souffler une seconde vie,
une vie réelle, la vie humaine, à la fable la plus poétique,
au poëme le plus fabuleux de ce monde. Le roi avait tout
simplement demandé aux ordonnateurs de la fête une
nouvelle traduction de l'Arioste, non pas en vers ou en
prose, mais en chair et en os, rien que cela, une traduction qui devait donner à la poésie, et de la façon la plus
poétiquement visible, une figure, des gestes, le regard,
la parole, la vie !

Louis XIV, c'était le brave et malheureux Roger, qui
s'en allait avec ses nobles compagnons d'aventures dans
le palais enchanté d'Alcine : Roger portait ce jour-là, par
extraordinaire, un costume grec, parsemé de feuilles
d'or et de pierres précieuses; Roger avait la meilleure
envie d'éblouir tout à fait la belle Angélique et mademoiselle de La Vallière.

Ogier-le-Danois, Renaud, Dudon, Astolphe, Brandi-
mart, Richardet, Olivier, Ariodant, Zerbin, Griffon-le-
Noir, avaient ensorcelé le duc de Noailles, le duc de
Foix, le duc de Coislin, le comte de Lude, le prince de
Marsillac, le marquis de Villequier, le marquis de Soye-
court, le marquis d'Humières, le marquis de La Vallière,
le comte d'Armagnac, qui croyaient le plus sérieusement

qu'il leur était possible à cette prodigieuse métamorphose de la cour de France. Roland, sous les traits de
M. le duc de Bourbon, eut le malheur de manquer trois
fois de mémoire !

Les quatre âges, les saisons et les heures jouèrent un
rôle superbe sur le théâtre royal de ces magnifiques fantaisies. L'or, l'argent, l'airain et le fer servirent à forger
des couronnes et des joyaux, que des comédiens jetaient
à mademoiselle de La Vallière par-dessus la tête du roi
et de la reine de France. Les heures avaient emprunté,
pour marcher, les pieds les plus mignons de la cour de
Versailles : Louis XIV les embrassa toutes, et plus d'un
gentilhomme envia cette bienheureuse façon de faire le
tour du cadran; au coup de minuit, *sonné* par une d'elles,
Louis XIV embrassa douze fois cette heure mystérieuse,
qui était mademoiselle de La Vallière.

Il n'y eut que le vent qui ne voulut pas prendre la
peine d'être le flatteur du roi, dans les fêtes et les flatteries dont je parle : à la fin du troisième jour, il souffla si
mal et si fort qu'il faillit emporter tous les plaisirs de
l'île enchantée; le vent joua le rôle d'un raisonneur dans
cette extravagante comédie de Versailles. Au moment où
ce rude et singulier importun s'avisait de sermonner la
cour de France, précisément après la représentation des
Fâcheux, le roi demanda au duc d'Orléans :

— Vous souvient-il d'avoir vu un moulin à vent, à la
place où s'élève aujourd'hui la chapelle de mon palais?

— Oui, répondit le duc, le moulin est parti... mais je
m'aperçois que le vent est resté.

Le vent qui soufflait sur le palais devait emporter un jour bien des choses et bien des personnes : la puissance, le génie, l'orgueil, le caprice, le luxe, la passion, la poésie, la gloire, la noblesse, la couronne, la royauté, le monde entier de Versailles !

En 1664, le vent n'emporta presque rien : il emporta doucement dans le feuillage de l'*île enchantée* le mouchoir de mademoiselle de La Vallière, un mouchoir royal, qui était de mise en de pareils jours, en de pareilles fêtes. Les filles d'honneur se jetèrent à l'envi sur ce brin de toile et de dentelle qui s'envolait, qui voltigeait dans l'île ; elles le suivaient peut-être en y voyant un présage, une espérance, une promesse du hasard ! Ce fut mademoiselle de Mortemart qui saisit au vol ce précieux mouchoir, qu'un amour invisible semblait dérouler comme une banderolle : elle le rendit respectueusement à mademoiselle de La Vallière, sans doute avec le regret de ne pouvoir pas encore le déchirer ; les jolies mains de mademoiselle de Mortemart cachaient les griffes de madame de Montespan.

IV

Dans ce beau temps-là, dans ce siècle qui eut le bonheur de découvrir le pays de Tendre, la galanterie était une passion, même quand elle n'était point de l'amour. Elle avait quelque chose de sérieux et d'orgueilleux ; elle se mêlait aux plus graves intérêts ; elle touchait, avec un pli de sa robe, aux plus fières grandeurs de ce monde. Cette galanterie, spirituelle, noble et cavalière, courait

les aventures en souriant au danger autant qu'au plaisir.
Elle cachait l'impudeur à force de fierté, et la faiblesse à
force de courage. Elle enseignait à bien vivre; mais, elle
enseignait aussi à bien mourir. Elle était la meilleure
occupation et la folie la plus raisonnable de la noblesse,
de la fortune et de l'intelligence. Elle charmait, elle
amusait les plus grands rois, en sachant au besoin les
faire pleurer.

La galanterie a été la première inspiration et la première ambition du règne de Louis XIV. A Vincennes et
à Versailles, la galanterie ne ressemble d'abord qu'à
Égérie : elle murmure, elle babille, elle inspire, elle con-
seille peut-être, à voix basse, derrière un buisson de charmille; puis, elle se hasarde en pleine cour, en plein soleil
monarchique : elle devient une puissance visible, quoiqu'elle essaie encore de se voiler ; elle se laisse couronner,
bon gré, mal gré, comme mademoiselle de La Vallière;
elle gouverne sans le savoir : elle porte le sceptre du roi,
— de la main gauche.

Louis XIV daigna suivre les bons conseils de cette gracieuse majesté. Il commença par mettre beaucoup d'amour
dans sa grandeur, en attendant qu'il y mît beaucoup d'orgueil et beaucoup de gloire.

La flatterie s'en mêla, non sans quelque plaisir pour
elle-même : on voulait être galant, sentimental, langoureux, pour mieux faire sa cour au jeune souverain de la
galanterie; on ne songea qu'à aimer et qu'à plaire; on rou-
coula dans tous les bosquets de Vincennes et de Versailles. La tragédie et la comédie consentirent à se mettre

de la partie, c'est-à-dire de la flatterie; elles payèrent
leur tribut poétique aux tendres faiblesses du monarque :
Molière jeta la *Princesse d'Élide* aux pieds de la galanterie; Racine laissa tomber, dans la cassolette galante de
Louis XIV, le joli bouquet de *Bérénice*, un bouquet tout
entier, des alexandrins et des madrigaux en fleurs, comme
il convenait à un grand poëte amoureux. Racine avait les
mœurs, le goût, l'esprit et le cœur de son siècle; il a dépensé beaucoup d'amour dans ses chefs-d'œuvre, et il a
beaucoup aimé, ce qui vaut mieux.

Bérénice est une traduction érotique d'une ligne de l'an-
tiquité, à l'usage de la cour sentimentale de Louis XIV ;
c'est un tableau d'histoire, *miniaturé* sur une feuille de
rose; c'est une tragédie qui ne doit pas être déclamée :
elle doit être gazouillée. Il faut à ce galant petit chef-
d'œuvre, non pas la scène d'un théâtre, mais la verdure,
l'ombre et le mystère du parc de Versailles; *Bérénice* a
besoin, non pas d'être jouée par des acteurs, mais d'être
chantée par des rossignols.

La cour de Versailles convenait admirablement à ces
élégantes amours de tragédie, à ces passions doucereuses
qui flattaient le cœur bienheureux de Louis XIV. Les
désordres et les emportements de Phèdre, d'Hermione,
de Roxane, auraient fait peur à l'amant de mademoiselle
de La Vallière. Racine daigna s'intéresser à l'amoureuse
quiétude de son maître, et il composa *Bérénice* entre
deux langueurs de la Champmeslé.

Bérénice, une tragédie de circonstance, fut représen-
tée pour la première fois sur le théâtre du palais de Ver-

sailles. On se contait bien bas à l'oreille, autour du roi, toutes sortes d'historiettes, avant la représentation de cet à-propos tragique; on osait dire que les comédiens allaient représenter en même temps Titus et Louis XIV, Antiochus et le comte de Guiche, Bérénice et la duchesse d'Orléans; on disait que Racine avait essayé de jeter un peu de *tristesse majestueuse* sur le fantôme de Marie de Mancini que Louis XIV avait aimée; on disait que le poëte avait appelé à son aide toutes les ressources de son génie, les trésors les plus délicieux de son cœur, les délicatesses les plus subtiles de son esprit, les accents les plus mélodieux de la langue divine, pour révéler à mademoiselle de La Vallière, dans une fiction de théâtre, la triste réalité de son prochain avenir.

Il n'est donc point difficile de deviner aujourd'hui quelle émotion vraie, quelle émotion profonde et terrible dut accueillir la nouvelle tragédie de Racine, à la cour de Versailles, parmi ces spectateurs qui se souvenaient de Marie de Mancini, qui regrettaient encore la duchesse d'Orléans, et qui s'apitoyaient déjà sur mademoiselle de La Vallière.

V

Le soir de la représentation de *Bérénice*, entre la collation et le spectacle, mademoiselle de La Vallière se retira dans une petite chambre de son appartement, qui lui servait d'oratoire et de *reposoir*, si on peut le dire; depuis quelque temps, elle venait y reposer son pauvre cœur.

tous les jours, dans la prière, dans la contemplation, dans un nuage mystique.

Mademoiselle de La Vallière ouvrit le livre des affligés qui croient : l'*Imitation*. Elle pria, elle oublia, elle se consola un instant, elle monta vers le ciel dans un rayon de la grâce chrétienne. Par malheur, un peu de poussière mondaine traversa ce beau rayon d'en haut, ce chemin lumineux des âmes repenties : l'image d'un homme effaça tout à coup la grande image de Dieu, et Louise retomba dans le monde.

Mademoiselle de La Vallière ferma le livre. Elle prit, dans une cassette, des lettres qu'elle voulait relire pour la centième fois au moins. Elle les déplia une à une, sur son prie-dieu, sans trembler, mais non sans rougir. Elle souriait en les lisant; elle baissait les yeux après les avoir lues, comme pour se recueillir, comme pour mieux se souvenir. Ces lettres lui avaient été adressées, à Vincennes, par un amant qui se nommait Louis XIV.

Mademoiselle de La Vallière fouilla dans un petit meuble qui renfermait ses bijoux les plus précieux. Elle dédaigna de regarder les riches joyaux qui appartenaient à la maîtresse du roi; mais elle regarda longtemps, elle contempla avec de grands yeux d'enfant étonnée, quelques anneaux bien simples, un petit collier, un porte-bouquet qui portait des fleurs flétries, une miniature mal ornée, des riens qui auraient fait pitié à l'ambition, à l'orgueil et à la coquetterie. Dans ces riens charmants qui caressaient sa mémoire, elle prit une petite bague qu'elle passa bien vite à son doigt; elle baisa cette bague en pleurant, et je me demande s'il n'y avait point, dans ce mystérieux baiser de mademoiselle de La Vallière, un secret adieu qu'elle adressait à sa jeunesse, à sa puissance et à son amour!

Comme elle allait refermer le meuble aux souvenirs et aux bijoux, Louise se troubla : elle tressaillit, elle devint toute rouge, et puis toute pâle; elle chercha, elle fouilla de nouveau dans le coffret; elle poussa un cri de douleur, en devinant qu'une main jalouse, envieuse, impitoyable, lui avait dérobé le mouchoir de Louis XIV, le mouchoir des *Charmilles*, du *Tapis-Vert* et de *l'Ile enchantée!*

Mademoiselle de La Vallière sortit de l'oratoire pour aller au théâtre, en pressentant qu'il lui arriverait malheur. Il en est de certains pressentiments comme des rêves dont parle un écrivain célèbre : parfois! ce sont des nouvelles d'en haut, des messages secrets que le ciel nous envoie, pour nous laisser deviner ce qu'il nous est impossible de voir ou d'entendre.

VI

Malgré la présence du roi, de la reine, des grands seigneurs, des grandes dames, d'une cour jeune et brillante, la salle de spectacle du palais de Versailles était lugubre ce soir-là; il s'y passait quelque chose d'étrange au fond de tous les cœurs. Le silence même de cette foule qui attendait l'apparition de Bérénice avait un mystérieux langage qui murmurait un dialogue des morts : c'était le bruit que faisaient, en passant dans toutes les mémoires,

deux ombres, deux fantômes, la duchesse d'Orléans et
Marie de Mancini.

Pendant toute la représentation, le souvenir de ces
deux femmes souffla dans chaque vers, dans chaque
soupir du poëte, une plainte, un gémissement, un san-
glot, quelque chose de douloureux qui venait du monde
réel. Louis XIV, en écoutant Bérénice, crut entendre
une voix cruelle qui lui parlait des amours malheureux
de sa première jeunesse; il oublia sa grandeur, son titre,
son rôle, son masque, sa propre tragédie de l'orgueil, et
il pleura comme le dernier des hommes amoureux, au
risque de laisser tomber ses larmes sur le front incliné
de mademoiselle de La Vallière. Le grand Condé pleurait
avec le roi; les courtisans les plus brillants et les plus
polis, — brillants et polis comme le marbre, — pleuraient aussi; les filles d'honneur seules ne pleuraient pas :
elles enviaient peut-être l'abandon et l'infortune de Bérénice !

Louis XIV baissa les yeux, pour ne point voir mademoiselle de La Vallière, et mademoiselle de La Vallière
faillit s'évanouir, quand le héros de la tragédie vient dire
à la femme qui l'aime : *Il faut nous séparer!* N'était-ce
point là un affreux avertissement pour une autre Bérénice? *Il faut nous séparer!* Mademoiselle de Mortemart
est sortie de la chambre des filles d'honneur de *Madame* :
elle se nomme madame de Montespan; elle a pénétré
dans les appartements du roi, grands et petits; elle gouverne presque, à son tour; elle est spirituelle, d'un esprit
éblouissant comme son visage; elle a déjà reçu le droit

d'humilier ses égales et ses rivales; on dit qu'elle a des philtres souverains pour se faire aimer, des philtres qu'elle compose avec de l'audace, de la coquetterie et de la beauté; elle n'a plus que bien peu de place à prendre pour occuper la place tout entière. Mademoiselle de La Vallière sait tout cela, et il lui semble que le roi lui-même vient de lui dire avec le poëte tragique : *Il faut nous séparer!*

Et tandis que toute la salle s'agitait, dans une dernière émotion provoquée par le dénouement de la tragédie, on emmenait, on emportait mademoiselle de La Vallière qui venait de s'évanouir tout à fait.

VII

La nouvelle tragédie de Racine devait avoir pour mademoiselle de La Vallière, une suite imprévue, un sixième acte, un épilogue.

Louise ne parut point au bal qui suivit le spectacle; on l'oublia sans doute, on la dédaigna peut-être : elle resta seule dans son appartement, tout entière aux émotions et aux terreurs que lui avait données Bérénice. Cette douce et lamentable histoire d'une héroïne tragique lui revenait dans la conscience et dans le cœur. Mademoiselle de La Vallière, avec une mémoire impitoyable, se rappelait toutes les situations, toutes les scènes, toutes les douleurs poétiques de la tragédie; elle refaisait ce triste poëme, en se souvenant, et sa bouche tremblante glissa plus d'une fois dans ses souvenirs le dernier mot, le dernier cri du poëte : *Il faut nous séparer!*

Mademoiselle de La Vallière ouvrit, à la hâte, un coffret que nous avons déjà vu dans son oratoire, le coffret aux illusions et aux bijoux; elle y voulait jeter, comme dans un gouffre, une bague qu'elle y avait prise avant le spectacle, une bague qui était le premier anneau d'une chaîne déjà brisée. Eh bien! que l'on juge de la surprise et de l'émotion de mademoiselle de La Vallière! En ouvrant le coffret, elle trouva, elle reconnut tout de suite le mouchoir disparu, le mouchoir volé, le mouchoir de Louis XIV! Le voleur l'avait un peu chiffonné et déchiré en plus d'un endroit; on avait gâté, presque effacé le chiffre royal, et, à la place même de ce chiffre, on avait écrit sur un petit carré de papier quatre mots qui renfermaient beaucoup de choses, des regrets, des humiliations, des souffrances et des larmes : *le Mouchoir de Bérénice!*

Mademoiselle de La Vallière s'agenouilla sous la main invisible qui venait de la frapper; elle se crut perdue dans ce monde et peut-être dans l'autre; elle désespéra de tous et de tout; elle s'abîma dans sa faiblesse, dans sa terreur, dans une vraie folie de chagrin, de crainte et de repentir; en ce moment, elle crut entendre des voix mystérieuses qui lui disaient tour à tour :

Qu'as-tu fait de ton nom?

Qu'as-tu fait de ton honneur?

Qu'as-tu fait de ta conscience?

Qu'as-tu fait de ton Dieu?

Mademoiselle de La Vallière se releva en invoquant,

pour se sauver, un miracle qu'elle devait appeler plus tard un *coup de miséricorde ;* le miracle se fit peut-être : Louise aperçut au fond de sa chambre, dans l'ombre, l'évêque de Condom lui-même, debout, les yeux tournés vers le ciel, priant pour elle.

— Mon père ! mon père ! s'écria la pénitente, aux pieds de l'évêque : j'ai marché au hasard, les yeux et la conscience fermés, sur ce grand tapis de fleurs qui est là-bas... j'ai dévié, j'ai chancelé, et me voici tombée dans *le rebut du monde !* Mon père, marchons ensemble et conduisez-moi...

— Où donc, ma fille ?

— Aux Carmélites !

— Non, répondit Bossuet, il faut que Dieu seul vous y mène par le chemin des épreuves !

Les épreuves de mademoiselle de La Vallière, à la cour de Louis XIV, furent bien longues et bien rudes ; Dieu la prit en pitié : il consentit à l'arracher aux insultes du roi, aux dédains d'une favorite, aux railleries de toute la cour ; il la mena aux Carmélites par la main de Bossuet.

Près d'entrer au cloître, un calice plein de lie à la main, mademoiselle de La Vallière distribua à des amies qui ne l'aimaient point toutes ses petites richesses, des joyaux, des bagues, des *souvenirs* de sa jeunesse et de son amour. Elle rendit à la reine le portrait du roi ; elle donna à madame de Montespan le mouchoir de Bérénice, encore mouillé de ses larmes ! Elle pressentait, elle se vengeait, sans le savoir.

PIERROT.

I

Le tribun improvisé du Palais-Royal, au 12 juillet 89, l'ami de Danton et de Robespierre, Camille Desmoulins écrivait à sa femme, quelques jours avant de mourir, une lettre testamentaire dont les détails, d'une admirable simplicité, empruntent quelque chose de plus grave encore, de plus poétique, de plus solennel, à ce récit que vous allez lire, et que je vais extraire du dernier écrit du *vieux cordelier*.

« J'ai découvert une fente dans ma prison; j'ai appli-
» qué mon oreille; j'ai entendu gémir; j'ai hasardé quel-
» ques paroles, et j'ai encore entendu la voix d'un malade
» qui souffrait; il m'a demandé mon nom et je le lui ai dit.
» O mon Dieu! s'est-il écrié à ce nom, en retombant sur

» son lit d'où il s'était levé, — et j'ai reconnu distincte-
» ment la voix de Fabre d'Églantine. — Oui, je suis
» Fabre, m'a-t-il dit en soupirant; mais toi, ici! La con-
» tre-révolution est donc faite? »

Quelle entrevue et quelle singulière reconnaissance!
Après la scène des girondins qui s'exercent, dans une
prison, au jeu de la guillotine, afin de s'essayer à mourir,
quelle scène d'une tragédie incroyable, dans ce terrible
rapprochement de Fabre d'Églantine et de Camille Desmoulins!

Près d'expirer, pour satisfaire aux grandes fatalités
révolutionnaires, ils parlèrent, sans doute, bien plus de
leur passé que de leur court avenir, et tous deux se sur-
prirent peut-être à regretter ces beaux jours de la jeunesse,
où l'un faisait des rêves et de la poésie, où l'autre fécon-
dait une seule ligne de Jean-Jacques, méditait silencieusement sur Molière, et pensait le *Philinte* qu'il nous a
légué.

Étrange miracle! La révolution, dont nul encore n'a su
mesurer l'épouvantable grandeur, donnait du courage
aux âmes les plus molles et les plus indécises : tous ceux
qui n'avaient eu ni assez de force, ni assez de vertu pour
apprendre à bien vivre, trouvaient au pied de l'échafaud assez d'entraînement et d'audace pour savoir bien
mourir : les hommes, les femmes, les enfants, de tous les
partis et de toutes les classes, mouraient sans peur comme
des héros, ou sans se plaindre comme des martyrs.

En un pareil moment qui avait, pour eux, toute la

solennité lugubre de l'heure suprême, Fabre d'Églantine et Camille Desmoulins ne laissèrent tomber de leurs lèvres mourantes aucun reproche, aucun murmure, contre les amis de la veille qui étaient devenus les accusateurs et les juges du lendemain. Leurs premières paroles furent calmes, tranquilles, un peu tristes, mais toujours résignées; ensuite, ils entamèrent un long entretien qui devait durer toute la nuit, et qui ressemblait à un dernier adieu adressé par deux écrivains, par deux poëtes, à la littérature, à l'imagination et à la poésie.

Qui le croirait? dans cette prison dont le seuil touchait presque aux marches de l'échafaud, les deux captifs se prirent d'abord à deviser de toutes les belles choses littéraires de leur siècle et de leur pays; ils s'avisèrent d'évoquer, par la pensée, toutes les illustrations, tous les chefs-d'œuvre, toutes les gloires de la France poétique. Bientôt, de l'histoire des livres, ils passèrent à l'histoire des hommes; des drames écrits, aux drames réels; des tragédies imaginaires du théâtre, aux tragédies vivantes de la scène révolutionnaire; des héros de la rampe, aux personnages de la place publique; des tribuns de Rome, aux tribuns de Paris; de Cicéron aux girondins; de Catalina à Robespierre; du sénat à la convention, et de la mort de César à la mort de XVI.

— Ami! s'écria Fabre d'Églantine, ce que nous disons là, à propos de la chute retentissante du dernier roi de France, me rappelle une singularité secrète qui se rattache à la triste destinée de ce malheureux prince, une aventure simple et terrible à la fois, un mystère qui est, à mon sens, un exemple et une preuve de la grande loi des expiations humaines.

— Quel est ce mystère?... Parle, et parle vite : il est déjà tard; encore quelques heures peut-être, et une voix souveraine criera derrière nous : Laissez passer la justice du peuple!

II

— « Eh bien! Camille, répondit aussitôt Fabre d'Églantine, il y avait en 88, aux environs de Sainte-Menehould, je ne sais plus quel grand village dont le bien-être ressemblait à de la richesse, et voici pourquoi : la pêche était abondante et heureuse; le commerce d'échange, de frontière à frontière, produisait chaque jour de bons petits résultats; et souvent il se mêlait, aux chances du travail et du trafic quotidiens, quelque chose qui avait toutes les apparences de la maraude et de la contrebande.

» A ce difficile et dangereux métier, parmi les maraudeurs les plus adroits et les contrebandiers les plus intrépides, un jeune homme surtout se faisait remarquer dans le village, à force d'audace, d'intelligence et de bonheur : ce paysan se nommait Pierrot Dubourg.

» En 89, les épargnes, les économies équivoques de Pierrot étaient déjà considérables. Jeune, beau, brave et presque riche, Pierrot s'ennuyait d'être seul dans sa jeunesse et dans sa fortune; il se mit donc à chercher une bonne âme charitable, qui consentît à le débarrasser de la moitié de son argent et de la moitié de son bonheur. Un soir, il rencontra à Varennes, où toutes les femmes sont belles, une belle et innocente fille qui s'appelait, je crois, Geneviève-la-Brune ; Pierrot et Geneviève s'aimèrent tout d'abord, en courant, en volant, à la première vue, comme des héros de roman, ou comme les oiseaux, qui sont les amoureux les plus romanesques de ce monde.

» Quelques mois après cette amoureuse rencontre, comme l'union des deux villageois, si poétiquement commencée à la face du ciel et des anges, allait se terminer prosaïquement à la face de l'autorité religieuse d'une petite ville, Pierrot se prit tout à coup d'une grande passion pour les voyages ; il supplia sa jolie fiancée d'attendre encore et de patienter, le moins tristement qu'il lui serait possible ; il quitta sa maîtresse, ses camarades, sa famille, pour venir visiter Paris, avec beaucoup d'argent, beaucoup de curiosité et beaucoup de jeunesse : charmants trésors qu'il appelait en riant ses provisions de voyage.

» A Paris, les grands et les petits trouvent toujours, sans trop de peine, des conseillers, des conducteurs, des amitiés complaisantes qui les exploitent et qui les perdent ; les chevaliers d'industrie sont de toutes les tailles, de tous les rangs et de tous les états. Le pauvre Pierrot fut introduit dans les meilleures antichambres du faubourg et de la chaussée ; il eut, chaque soir, un tabouret d'honneur à l'office de ses nouveaux amis, et pour comble de gloire il reçut un jour, du cocher de M. le comte de Fersen, le droit d'aller faire à l'hôtel une partie de lansquenet.

» Nul, dans son village, n'aurait su reconnaître le bienheureux Pierrot : il portait, pour son agrément personnel, une livrée *officieuse*, qui n'appartenait à aucune maison de Paris, mais qui lui donnait tous les dehors d'une servitude passablement dorée : habit cousu de galons, veste de velours, des flots de dentelles, une perruque poudrée, des aiguillettes, une épée et une culotte de soie ; en vérité, n'était-ce point là un brillant gentilhomme de la cour ou un beau valet de comédie ? Je crois même que M. Pierrot s'avisa d'acheter une tabatière, toute pleine de tabac d'Espagne, et dont il se servait le plus ridiculement du monde, sans doute afin qu'on le prît tout à fait pour un véritable gentilhomme. Il va, sans le dire, que notre paysan-gentilhomme fut dupé, volé, conspué par tous les petits marquis, par toutes les petites comtesses de l'antichambre, du grenier et de l'office.

» Le matin, le soir, la nuit, Pierrot allait se clouer à une chaise crasseuse, en tête-à-tête avec des laquais et des servantes, avec Mascarille et Marton ; l'on jouait gros jeu, dans le salon de la livrée, et en peu de temps, Pierrot perdit une bonne portion de ses épargnes, l'argent qui devait servir à ses emplettes amoureuses, à sa corbeille de mariage, au luxe et à l'orgueil de Geneviève la mariée.

» Et puis, des festins par ci, des spectacles par là, et de jolies cameristes un peu plus loin ; enfin, un beau jour, de carte en carte, de cornet en cornet, de verre en verre, et de camériste en camériste, Pierrot trouva, dans le fond de sa bourse, de quoi payer tout juste les frais de son retour au village... Mais il eut honte d'un pareil retour, auprès de Geneviève, sans fortune, sans bonheur, sans corbeille de mariage : l'humiliation et les guenilles de l'enfant prodigue lui faisaient peur !

» Pierrot pensa qu'il était plus facile de se venger que de se repentir : il résolut bravement de se venger de tout le monde, et pour entamer le chapitre de ses vengeances, il commença par bâtonner publiquement, aux yeux de son maître, le misérable cocher de M. le comte de Fersen. En ce moment-là, le comte s'était embossé déjà dans sa voiture ; l'automédon galonné se disposait à faire claquer son fouet... Et soudain le forcené Pierrot frappe sur le cocher, le cocher tombe violemment du haut de son siége, M. de Fersen s'élance dans la cour de l'hôtel !... on appelle des gardes ; on relève la victime ; on s'empare de l'agresseur, et voilà Pierrot dans le fond d'une prison criminelle, accusé d'avoir voulu donner la mort à un de ses semblables, à grands coups de bâton.

» Un mois plus tard, une jeune fille se présenta dans un hôtel garni du faubourg Saint-Antoine, et demanda instamment à visiter M. Pierrot Dubourg. Vous le devinez, sans doute : c'était Geneviève ! Seule et amoureuse, fatiguée d'attendre son amant, son mari, qu'elle accusait d'inconstance, Geneviève s'était mise en route pour venir à Paris, pour y chercher et y surprendre un infidèle : l'hôtesse du faubourg lui annonça la faute, l'accès de colère, tout le malheur de Pierrot, et Geneviève en eut presque de la joie : dans sa pensée, le crime et l'emprisonnement valaient encore mieux que l'inconstance!... »

— Tais-toi ! d'Eglantine... murmura Camille Desmoulins, en interrompant le récit de son compagnon d'infor-

tune... Voici le porte-clefs du Luxembourg qui vient nous
chercher... adieu !

— Non ! répliqua l'auteur du *Philinte* , je ne vois plus ,
à travers les fentes de la cloison , le pâle reflet du falot...
Je n'entends plus le bruit des clefs... Encore une fausse
alerte, Camille !... Il me paraît que les Saturnes de la
révolution ne sont pas décidés à nous dévorer, à leur premier appétit de demain... Ecoute-moi donc, Camille :
je continue.

— Parle vite, mon pauvre Fabre, parle vite ! au cadran
tout rouge de l'horloge révolutionnaire, les heures, les
minutes, les secondes se suivent et ne se ressemblent
pas...

III

— « Camille, reprit tristement Fabre d'Églantine, les
femmes sont nées pour protéger, pour défendre tour à
tour les innocents ou les coupables qu'elles aiment ! Geneviève réussit à sauver Pierrot de la prison , de l'infamie,
de la mort peut-être, et si une pareille victoire coûta
quelque chose à la vertu de la jeune fille, elle coûta bien
cher, aussi, à l'avenir d'un roi de France...

— D'un roi de France !

» Oui, Camille, du roi Louis XVI ! Dans l'intérêt de
son amoureux bien-aimé, Geneviève s'adressa d'abord à
la police et aux juges : on eut la bonté de lui dire que
justice sera faite, et on la mit à la porte.

» Geneviève s'adressa au souverain lui-même, par voie

de supplique : le souverain eut la bonté de ne pas lui répondre.

» Geneviève s'adressa à l'*Autrichienne* de Paris; un
matin, elle se précipita sous les pieds des chevaux de la
reine, en lui demandant la vie et la liberté d'un homme :
hélas! le moyen, pour Marie-Antoinette, de relever en
courant cette jolie malheureuse, elle que l'on attendait
peut-être, ce jour-là, dans le palais de Versailles, pour
le banquet contre-révolutionnaire des gardes-du-corps!

» Geneviève s'adressa, à tout hasard, à un officier
suisse, à un puissant personnage, dont il te souvient sans
doute, et qui se nommait M. le baron de Besenval. Tu le
sais, comme moi, Camille : M. de Besenval était, à cette
époque, le familier camarade du comte d'Artois, le protégé de Louis XVI, le confident flatteur de la reine, et le
bouffon cynique de toute la cour; à ces causes, il n'était
guère difficile, pour M. de Besenval, de délivrer un
obscur prisonnier, recommandé par les plus touchantes
prières, par les regards les plus doux, par les plus belles
larmes du monde.

» M. de Besenval résista, bien longtemps, aux pleurs
et aux supplications de Geneviève, sans doute afin de
prendre une cruelle revanche contre la résistance désespérée de la jeune fille.

» Enfin, un beau jour, après bien des stations inutiles dans les petits appartements de M. de Besenval,
Geneviève s'élança de l'hôtel de son noble protecteur,
avec les apparences d'une émotion singulière : elle était
pâle, agitée, toute tremblante; elle baissait honteuse-

ment la tête... elle pleurait! Mais, entre nous, Camille, elle pleurait, peut-être, à force de reconnaissance et de joie... car, désormais, elle était bien sûre de la vie et de la liberté de son amant!

» La semaine suivante, Pierrot Dubourg était libre! — Comme il venait à peine de franchir le dernier seuil, le dernier obstacle de sa prison, Pierrot fut abordé par une vieille femme qui lui demanda son nom et lui ordonna de la suivre. Je ne sais pourquoi ni comment, Pierrot se hasarda sur les pas de cette femme, au travers des rues d'un faubourg, et à une heure déjà fort avancée; ils arrivèrent bientôt à l'angle d'une petite maison isolée: la vieille ouvrit la porte en faisant jouer un ressort caché dans la muraille; elle entraîna Pierrot par un escalier couvert de tapis; et puis elle le poussa dans une chambre mystérieuse, en lui disant à voix basse: Attendez!

IV

» Pierrot attendit, sans trop de frayeur, mais assez ému d'une pareille aventure; il essaya de venir à bout de son trouble, de son émotion... et au même instant la boiserie d'un meuble s'ouvrit avec une façon de miracle: une femme brillamment vêtue, jolie, belle, mais triste et les yeux baissés, s'approcha tout doucement du jeune homme; elle murmura le nom de Dubourg; elle lui tendit sa main; elle s'avança pour l'embrasser... et Pierrot poussa un cri terrible, un cri de désespoir, à cette magique apparition de Geneviève!

» Oui, c'était bien elle, c'était Geneviève, et en la retrouvant ainsi, riche et brillante, Pierrot ne voulut comprendre qu'une seule chose douloureuse : c'est que Geneviève était à jamais perdue pour l'amour et pour le bonheur de toute sa vie ! Alors, sans daigner attendre de sa bouche une confidence ou un aveu, l'infortuné se prit à lui reprocher ce luxe d'emprunt, cette richesse équivoque, toute cette splendeur de la veille qui était, à ses yeux, la récompense honteuse, la preuve accablante d'une faute de Geneviève; furieux, hors de lui, Pierrot s'avisa de vouloir briser les meubles, déchirer les dentelles, éparpiller sous ses pieds tous les charmants trésors du boudoir, et je crois même qu'à la façon de Desgrieux chez Manon Lescaut infidèle, il essaya de frapper Geneviève, dans un bel accès de colère, de regret et d'amour.

» Geneviève se contenta de le plaindre, au fond du cœur, et de se taire.

» Bientôt, pressée de questions, d'excuses et de larmes, par son amoureux d'autrefois, la jeune fille consentit à lui raconter l'histoire aventureuse de son voyage à Paris, l'histoire de ses pas chancelants dans la grande ville, de ses démarches, de ses prières, de ses instances, à l'adresse de tout le monde, et à l'intention d'une personne bien-aimée; et lorsque la pauvre Geneviève eut parlé, en rougissant, de son protecteur, de M. le baron de Besenval, de cette puissance intéressée, inexorable, qui ne donnait rien pour rien, elle ajouta bien bas, et en pleurant :

12

» — Tuez-moi, Pierrot... Mais enfin, c'est ainsi que je
vous ai sauvé !

» Étrange retour de tous ceux qui savent aimer !... Si,
comme je le disais tout à l'heure, Pierrot avait toute la
violence jalouse de Desgrieux, il en avait aussi toute
l'amoureuse faiblesse : après avoir bien crié, bien juré
contre Geneviève, il s'agenouilla devant elle ; il se mit à
la prier, à la supplier ; il sembla lui demander pardon
pour la douleur qu'elle lui avait causée, pour le mal qu'elle
lui avait fait, pour l'infidélité qu'elle avait commise ; il
essaya de l'envelopper, de la cacher dans ses bras, comme
s'il eût voulu jeter un voile sur le passé..... Mais Geneviève n'avait rien ni de l'esprit, ni du cœur, ni de la
conscience de Manon Lescaut : dans sa folle et secrète
pensée, elle valait encore sans doute le caprice, la fantaisie, la prodigalité galante d'un grand seigneur désœu-
vré ; mais elle n'était plus digne, à ses propres yeux,
l'innocente ! de la tendresse, du dévouement, de la vie
tout entière d'un honnête homme amoureux : hélas ! il
lui manquait, pensait-elle, l'unique dot, l'unique opulence des filles pauvres qui se marient au village !

» Geneviève repoussa les tendres et sincères paroles de
Pierrot ; il eut beau faire, et beau dire, et beau revenir à ses
pieds : elle fut inflexible ; elle renonça, en un instant, à
son amour, à ses amis, à sa famille, à son honneur, à
tout ce qu'elle avait adoré jusque-là ; elle remit aux mains
de Dubourg ses hardes, ses bijoux de paysanne, en le
chargeant de les porter à sa vieille mère... Et quelques
jours plus tard, à son arrivée au fond de sa province,

quand on demandait à Pierrot des nouvelles de sa Geneviève, il répondait sans hésiter : elle est morte ! — Mon Dieu ! n'était-elle pas morte pour lui ? »

V

— Mais, qu'y a-t-il de commun entre l'histoire de Pierrot et l'histoire du dernier roi de France ? demanda Camille Desmoulins.

— Nous y voici ! répliqua Fabre d'Églantine.

« Dès ce moment, au souvenir de son ancienne maîtresse, Pierrot Dubourg détesta, d'une haine sans pareille, tout ce qui tenait de près ou de loin à la grandeur, à la noblesse, à la royauté de son pays. Louis XVI avait naguère dédaigné les humbles suppliques de Geneviève dans l'intérêt d'un coupable : Pierrot haïssait Louis XVI ; Marie-Antoinette avait dédaigné les prières et les larmes de Geneviève : Pierrot haïssait Marie-Antoinette ; le baron de Besenval avait séduit et corrompu Geneviève : Pierrot avait horreur du baron de Besenval et de tous les nobles corrupteurs de son espèce ; Pierrot aurait incendié la France tout entière, pour voir s'abîmer, dans les flammes d'une immense fournaise, un roi, une reine et un courtisan ! — Eh bien ! qu'il attende !...

» L'année suivante, le 21 juin 91, une voiture qu'escortaient mystérieusement deux ou trois gardes-du-corps se dirigeait à la hâte vers la frontière ; la voiture s'arrêta un instant sur une place publique. Un homme, un passant, Pierrot Dubourg, s'avisa de regarder attentivement le cocher qui conduisait ce mystérieux carrosse, et il reconnut aussitôt son camarade de Paris, celui qu'il avait si bien maltraité, le cocher de M. le comte de Fersen; il s'avança vers la portière de la voiture, et, à sa grande surprise, à sa grande haine, il crut reconnaître, en un clin d'œil, le roi de France, la reine de France, toute la famille royale!... Pierrot en parla bien vite à Drouet, le maître de poste de Sainte-Menehould; Drouet en parla aussitôt à la municipalité locale, et tous les deux furent chargés de se mettre à la poursuite de Louis XVI. Pierrot et Drouet réussirent à devancer le roi : ils firent barricader le pont de Varennes; ils assemblèrent la garde nationale, et déjà c'en était fait du monarque et de la monarchie.

» Le 25 juin, Latour-Maubourg, Pétion et Barnave ramenèrent leurs tristes majestés à Paris; tu sais le reste, Camille, et tout cela parce qu'il avait plu à un homme de la cour d'échanger l'autorité, la justice du roi, contre l'innocente beauté d'une jeune fille. On peut le dire, même à propos de Geneviève et du baron de Besenval : ce ne sont pas les rois, ce sont les royalistes qui perdent les royautés! »

— Et Pierrot? demanda Camille Desmoulins.

— Il est devenu plus tard un agent secret de la police politique, sans doute pour assister de bien près aux vengeances du peuple contre les nobles. Il ne manque pas une seule fête sanglante de la place de la Révolution... il touche presque aux marches de l'échafaud... Je te le montrerai peut-être demain!

.... Telle fut, m'a-t-on dit, la dernière nuit, la nuit suprême de Fabre d'Églantine et de Camille Desmoulins; le lendemain, 5 août 1794, les deux amis se trouvèrent de nouveau côte à côte sur la charrette qui les portait au supplice.

— Fabre! balbutia Camille, en descendant de la charrette, où est donc Pierrot Dubourg?

— Le voilà! murmura le poëte.

— Pierrot! reprit Camille Desmoulins, en s'adressant à un jeune homme affublé d'une façon de costume officiel, et qui se tenait immobile tout près de la guillotine, qu'as-tu donc fait de Geneviève-la-Brune?.....

A cette affreuse question, en un pareil lieu, dans de pareilles circonstances, Pierrot se troubla; il regarda tristement Camille; une larme glissa sur sa joue flétrie, et le malheureux répondit à voix basse :

— Elle était la courtisane d'un aristocrate : elle est morte avec la Dubarry!

Quelques jours après cette scène, après cette rencontre, au pied de l'échafaud révolutionnaire, Pierrot fut envoyé à Nantes, avec une mission secrète, — à la chasse des suspects et des chouans.

VI

A Nantes, Pierrot trouva un collègue ou un complice tout à fait digne de lui : ce collègue n'était qu'un agent de bas étage, une espèce d'espion, mais il avait le génie de l'inquisition politique : il devinait ce qu'il ne savait

pas comprendre; il sentait, il flairait ce qu'il ne voyait
pas encore. Il excellait à *chasser*, comme il le disait lui-
même, les ennemis de la République; il ne se sentait pas de joie et d'orgueil, quand il avait réussi à jeter
une tête dans sa gibecière. Cet homme se nommait
Clisson.

Pierrot et Clisson habitaient le même logis, — peut-
être pour mieux se surveiller dans l'exercice de leurs horribles fonctions.

A l'époque dont il s'agit, la fille de Clisson, une belle
jeune fille nommée Fleurette, avait pris la mystérieuse
habitude de se hasarder chaque soir dans une chambre
isolée de la maison de son père; cette maison était située
dans la rue *Basse*, au fond d'un vieux faubourg, et la
chambre abandonnée dont il s'agit avait vu mourir la
mère de Fleurette.

Une fois dans la sombre solitude de cette salle, la jeune
fille posait tout doucement, sur un meuble, un falot dont
la triste clarté avait quelque chose d'effrayant en un pareil lieu; elle s'approchait avec respect de ce lit où elle
avait reçu, de sa pauvre mère, des adieux et des baisers
suprêmes; elle prenait dans les plis de sa robe retroussée
des bouquets éclatants dont elle se plaisait à émailler la
couche mortuaire, comme si elle eût voulu jeter sur un
fantôme un magnifique linceul de fleurs et de verdure;
ensuite elle tirait, d'une cachette qu'elle avait pratiquée
dans l'édredon de l'oreiller, un livre bien dangereux, un
livre maudit à cette époque... un livre de messe!... Et la
jeune fille, agenouillée au pied du lit, j'allais dire aux

pieds de sa mère, lisait à voix basse une prière pour les morts.

Un soir, après avoir longtemps pleuré, longtemps prié, suivant la secrète coutume de sa piété filiale, Fleurette entendit au loin, dans les rues du voisinage, des voix confuses, des clameurs équivoques; les cris se rapprochèrent peu à peu; on vociférait dans la foule ! *A bas le chouan! à bas le traître! à bas l'aristocrate!* Fleurette entr'ouvrit une fenêtre, sans penser au danger de sa curiosité imprudente : elle aperçut presque aussitôt un homme qui s'avançait en courant dans la rue, pour se dérober, sans doute, au châtiment de la justice populaire. Malgré l'horrible péril qui le menaçait et qui allait déjà l'atteindre, le malheureux s'arrêta tout à coup, les yeux fixés sur la fenêtre entr'ouverte et sur la jeune fille qui venait de l'entr'ouvrir : il mesura d'un seul regard la distance qui le séparait de cette croisée, dont la hauteur n'était pas précisément bien effrayante; il prit tout son courage, tout son désespoir à deux mains, et il s'élança comme un insensé, au risque de se briser la tête contre la muraille!... Fleurette jeta un cri de terreur; elle saisit son falot; elle s'enfuit toute tremblante, et la justice du peuple continua de fureter dans les rues du faubourg, à la piste d'un aristocrate. — L'aristocrate s'était réfugié chez un agent de police !

Quoiqu'elle eût grand'peur des passants inconnus qui s'avisaient de pénétrer, la nuit, dans une maison, par la porte de la fenêtre, Fleurette ne tarda point à se rassurer sur l'étrange visite qu'un homme avait daigné lui rendre.

dans la chambre de sa mère ; elle regretta d'avoir si mal
accueilli le malheureux visiteur; elle résolut de réparer
une faute qui lui semblait un véritable crime de lèse-
hospitalité, et, instinctivement, elle se promit de n'en
rien dire à son père qui lui faisait peur.

Fleurette puisa dans le sentiment d'un devoir imaginaire la hardiesse de se lever pendant la nuit, de traverser
la cour, son petit falot à la main, de monter sans crainte
un escalier dérobé, de pousser d'une main ferme la porte
qu'elle avait laissée entr'ouverte en fuyant, et de s'aventurer ainsi, toute seule, dans cette chambre sépulcrale,
habitée par la mémoire de sa mère.

Jugez de sa douleur et de son effroi : au premier pas
qu'elle tenta de faire, au premier regard qu'elle essaya
de jeter dans cette salle, elle aperçut, tout près de la fenêtre, un homme étendu sur le parquet, pâle et immobile comme un mort; elle eut peur! mais une voix charitable semblait lui dire : Marche ! marche ! et la jeune
fille se mit à marcher; Fleurette avait toujours peur...
mais une puissance invisible la força de s'agenouiller devant cet homme, et la voix charitable, qui était celle
du pressentiment sans doute, continua de lui parler au
fond du cœur.

Elle lui disait :

« — Prends pitié de ce malheureux, de ce proscrit !

» — Que me faut-il faire? répondait la conscience de la
jeune fille.

» — Pose ta main dans la main de ce jeune homme...
Eh bien ?

» — Sa main n'est pas froide, s'écria Fleurette... il vit encore !

» — Soulève tout doucement sa tête, écarte les boucles de cheveux qui couvrent son front et qui cachent une blessure...

» — Du sang !...

» — Oui, du sang qu'il faut étancher avec ton mouchoir, Fleurette !

» — Le voici.

» — Un peu d'eau sur ses yeux, sur ses lèvres, sur toute sa figure...

» — J'ai versé sur lui ma dernière goutte d'eau.

» — A merveille ! Regarde maintenant, Fleurette : voilà ton miracle ! »

VII

Fleurette regarde le pauvre blessé qu'elle avait secouru... et, au même instant, le jeune homme passa la main sur son front, pour en écarter, à son tour, les boucles de ses longs cheveux noirs ; il rouvrit lentement ses yeux dont le premier regard s'en alla caresser le charmant visage de la jeune fille ; il voulut se relever... mais les forces lui manquèrent tout à coup, et il tomba aux pieds de Fleurette, aux pieds de son sauveur, à genoux, les mains jointes, dans l'attitude d'un malheureux qui souffre et qui supplie.

Le jeune homme et la jeune fille se contemplèrent longtemps en silence, et l'on eût dit que quelque chose d'ex-

traordinaire venait de s'opérer en eux : ils échangèrent
des regards et des sourires tout pleins de douceur, et
dont le secret n'appartenait encore qu'à Dieu seul; ils
tressaillirent en même temps, sous l'influence d'une volonté irrésistible qui les entraînait, qui les poussait l'un
vers l'autre; enfin, dominée par un pouvoir surnaturel
qui donnait à son cœur et à son esprit l'éblouissement
d'une extase, Fleurette s'avança vers ce jeune homme
qui avait l'air de l'appeler et de l'attendre : elle osa lui
prendre la main qu'il avait osé lui offrir, et, après un moment d'incertitude qui était le dernier effort de sa pudeur
contre la fascination qui l'avait éblouie, Fleurette lui dit
d'une voix émue :

— Je ne sais pas qui vous êtes, mais il me semble que
je vous connais déjà; je ne vous ai jamais rencontré dans
ce monde, mais il me semble que je vous ai déjà vu cent
fois au moins; vous ne m'avez jamais parlé sans doute,
mais il me semble que je me rappellerai le son de votre
parole, pour peu qu'il vous plaise de me répondre; nous
sommes bien étrangers l'un à l'autre, et pourtant il me
semble que je vous aime et que je vous ai toujours aimé...
Qui donc êtes-vous?

— Un malheureux.....

— J'en étais sûre!

— Un proscrit.....

— Je m'en doutais!

— Des ingrats m'ont trahi; en me voyant, le peuple a
crié : Mort à l'aristocrate!.... et quelques méchants m'ont
blessé.

— Quel est votre nom? votre état? votre famille? D'où venez-vous et où allez-vous?

— Vous le saurez demain.....

— Comme il vous plaira... A demain! D'ici là, vous serez sous ma protection et sous la protection de ma mère qui est dans le ciel! Adieu.

— Adieu!.... J'ignore, à mon tour, qui vous êtes; notre vieille amitié... commence aujourd'hui seulement; vous le disiez tout à l'heure, nous sommes bien étrangers l'un à l'autre, mais il me semble aussi que je vous ai déjà aimée, que je vous aime et que je vous aimerai toujours.

— Je l'espère!

Le lendemain, à son réveil, le protégé de Fleurette trouva, dans la chambre qui lui servait de refuge, de petites provisions que sa protectrice avait eu le soin d'y apporter, à l'intention de son nouvel ami; il trouva sur un meuble des brochures, destinées aux menus plaisirs de sa journée; il trouva du linge, des vêtements, tout ce qu'il lui fallait pour opérer en lui une élégante métamorphose; certes, c'était là un beau rêve pour un proscrit... et il sommeilla tout le jour, tant il avait peur de réveiller les souffrances et de dissiper les songes heureux!

VIII

Le soir venu, cette femme, cette jeune fille, qui était si belle et si bonne, prétexta sa visite habituelle dans la chambre de sa mère, pour visiter un beau jeune homme

qu'elle s'était promis de sauver par la seule puissance de
son dévouement et de son courage : elle le força de s'asseoir dans un fauteuil qui touchait presque à celui qu'elle
venait de prendre; elle lui dit en le regardant avec une
attention toute joyeuse, comme si elle eût admiré, dans
sa personne, un changement qui était son ouvrage :

— A la bonne heure! je vous reconnais à grand'peine,
et je vous en félicite! Dieu merci, vous voilà revenu de
votre terreur, tout à fait remis de votre fatigue, et votre
blessure était heureusement fort légère; il vous reste
quelque chose à m'apprendre, n'est-il pas vrai?... Parlez-
moi donc, mon ami, je vous écoute.

— Mon récit ne sera pas bien long, Fleurette, car la
seule noblesse de ma famille est déjà la moitié de mon
histoire; je suis le comte Louis de Figeac.... un royaliste, un aristocrate, un émigré!

— Mon Dieu! s'écria l'innocente jeune fille, cette
pauvre émigration est donc rentrée en France?

— Non, mais j'ai voulu y rentrer, et le ciel a récom-
pensé mon audace : je vous ai vue, et je suis sûr de me
souvenir de Fleurette.

— Et le motif... le motif réel de votre voyage dans ce
pays, par le temps qui court, par la haine qui veille, par
les lois impitoyables qui punissent les traîtres?

— Je vais vous le dire : ma mère, qui m'attend dans
ce monde affreux que l'on appelle l'exil, possédait autrefois, dans les environs de la ville de Nantes, une vieille
résidence dont elle adorait la vaste et solennelle tristesse;
c'était là une magnifique solitude, qui se peuplait, aux

yeux de ma mère, des grands noms, des beaux souvenirs de son illustre famille; ce qu'il y avait surtout de
bien cher et de bien précieux pour elle dans cette noble
thébaïde, c'était la mémoire, c'était le fantôme d'une enfant qu'elle avait perdue, d'une jolie fille qu'elle pleurait
encore après cinq ans de douleur, de regrets et de larmes.
La veille de son départ pour l'Allemagne, avec la douce
pensée, avec la douce illusion d'un retour en France, ma
mère s'en alla planter, en pleurant, sur la tombe de sa
fille, aux bords du marbre tumulaire, une petite fleur,
un lys du jardin, dont le double symbole représentait, au
fond de son cœur, la noblesse presque royale de sa race
et l'innocence presque divine de son enfant! La pauvre
femme se trompait, aussi bien que toute l'aristocratie
française : le simple voyage des aristocrates a duré plus
d'un jour; il durera bien des années peut-être, et ma
mère commence à désespérer de pouvoir s'agenouiller
encore sur le tombeau de sa fille! Je suis maintenant son
fils unique, Fleurette, et le moindre désir, la moindre
volonté de sa malheureuse vieillesse est un ordre pour
moi : elle m'a ordonné de revenir secrètement en France,
de me glisser dans le jardin de notre domaine de Figeac,
de prier pour elle sur la terre bénite qui garde les dépouil-
les mortelles de ma sœur, et de dérober à la tombe la
fleur qu'elle y avait plantée, le lys qu'elle avait arrosé de
ses larmes ! Eh bien ! chose étrange, incroyable miracle !
l'orage a passé sur sa fille sans briser le marbre qui la
couvre, sans briser la fleur qui la couronne..... Oui, j'ai
retrouvé sur son trône de gazon le lys symbolique, le lys

tant regretté par ma mère; je l'ai baisé cent fois en soupirant, je l'ai cueilli d'une main avide.... Il est là, sur mon
cœur, et je le garde!

— Louis, s'écria Fleurette après avoir réfléchi un instant... Louis, donnez-moi cette fleur!...

— Il vous plaît de la baiser à votre tour, et de l'adorer?

— Il me plaît de la recevoir de vous, mon ami, comme
un souvenir de votre estime, comme un présent de votre
amitié!

— Prenez-la donc comme un témoignage de ma reconnaissance, et puisse-t-elle vous porter bonheur!... Je
vous donne un trésor qui n'est pas à moi seul, Fleurette;
mais, vous avez sauvé le dernier enfant de ma pauvre
mère, et la joie de ma mère me pardonnera!

— Je la garderai, à votre place, avec un amour, avec
un respect, avec une piété bien dignes de votre sœur et
bien dignes de votre mère... Oh! je vous le jure, je ne
perdrai cette fleur qu'en perdant la vie!

A ces mots, Fleurette courut à l'autre bout de la chambre : elle se glissa dans l'alcôve; elle prit, dans l'édredon
de l'oreiller, un livre de messe dont j'ai déjà parlé au
début de cette histoire; elle plaça le lys tumulaire dans
ce missel qu'elle referma bien vite, en disant à M. le
comte de Figeac :

— Je viens de faire hommage de votre inestimable présent à la mémoire de ma mère; de cette pieuse façon, la
fleur que vous m'avez donnée ne sortira point de la grande
famille maternelle!

L'hospitalité offerte au proscrit dura huit jours; ce qui

se passa dans l'oratoire hospitalier de Fleurette, quelles
paroles, quels regards, quels soupirs, quels serments furent échangés entre un jeune homme et une jeune fille,
l'Amour le sait! Un matin, presque avant le lever du
soleil, Fleurette entra précipitamment dans la chambre
de M. de Figeac qui dormait encore :

— Louis! s'écria-t-elle, en le réveillant; debout, et
suivez-moi! Votre présence dans cette maison n'est plus
un mystère; on soupçonne, on accuse indistinctement
tous les habitants de la rue Basse, même mon père! Si
vous saviez pourtant ce que c'est que mon père! On parle
de visites domiciliaires... Allons! voici un déguisement,
un peu d'or, un certificat de civisme que j'ai trouvé dans
un portefeuille, et en route! adieu...

Le comte de Figeac réussit à s'embarquer à bord d'un
navire neutre; dès ce moment, il ne restait plus à la
jeune fille, pour se consoler, qu'une fleur de lys dans un
livre de messe : le souvenir et la prière!

IX

Ce n'est pas tout : un soir, la foule républicaine, qui
avait déjà poursuivi M. le comte de Figeac, vint frapper
à la porte de Clisson, à la porte de l'agent de police, sous
la conduite de Pierrot!.... La porte de l'agent s'ouvrit
aussitôt, au premier cri, au premier coup de hache du
peuple; l'attroupement dont il s'agit se précipita dans
toutes les chambres de cette demeure, sans découvrir le
coupable qu'il cherchait pour le livrer à une terrible justice. Comme on allait en finir avec cette perquisition

officielle, qui faisait sourire Clisson, Pierrot s'avisa de pénétrer hardiment dans la chambre d'une jeune fille : Pierrot osa porter sa main profane sur le lit de Fleurette, sur
l'oreiller qui soutenait d'ordinaire la plus jolie tête de la
ville; au même instant, on vit rouler sur le parquet de la
chambre un livre mystérieux dont les feuilles laissèrent
tomber, en s'entr'ouvrant, quelque chose de suspect qui
ressemblait à une fleur de lys... — Une fleur de lys et un
livre de messe! la religion et la royauté, toutes deux
alors en révolte contre la nation! Il y avait là, pour Clisson et pour Fleurette, de quoi se faire tuer au moins
deux fois!...

On interrogea le père, qui tremblait de peur et de rage,
et la fille, qui avait conservé toute sa fermeté, malgré le
souvenir d'un dévouement qui était un crime.

— Quel est ce livre? demanda Pierrot. Il me semble
que c'est un livre de messe!

— Oui, c'est un livre de messe! répondit Fleurette.

— De qui tiens-tu ce livre?

— Elle ne le tient pas de moi, murmura Clisson... Je
ne crois qu'au diable!

— Je le tiens de ma mère qui croyait en Dieu! répliqua la jeune fille; quant à l'histoire de cette fleur de lys
qui vous effraie, c'est un secret, un secret de conscience,
et je le dirai à mon confesseur, dès qu'il y aura, comme
autrefois, un confessionnal pour les pécheresses repen-
tantes!

— D'ici là, tu iras dire ton secret au tribunal du
peuple!

— Mon cœur m'inspirera!

— La justice te jugera, belle repentie!

— Dieu jugera mes juges!

— Et Dieu te maudira, comme je te maudis! s'écria Clisson; *à bas les chouans! à bas les fleurs de lys! vive la République!*

Traduite à la barre d'un tribunal redoutable, Fleurette essaya de raconter l'histoire d'amour que vous venez de lire; elle n'oublia rien de tout ce petit mystère du cœur, dont les détails se trouvent tout entiers dans les journaux et dans les souvenirs de la révolution. Elle parla des pieuses visites qu'elle rendait chaque jour à l'ombre de sa mère, un livre de messe à la main; elle parla de ce malheureux aristocrate que la foule poursuivait dans la rue Basse, et qu'elle avait recueilli dans sa maison; enfin, elle parla de la fleur qu'elle lui avait prise et de l'amour qu'elle lui avait donné...

— Oui, ajouta Fleurette sans trembler et sans rougir, je m'accuse d'avoir aimé un gentilhomme; je l'ai caché pendant huit jours, et à l'insu de mon père; un matin, j'ai réveillé en sursaut M. le comte de Figeac : je lui ai conseillé de fuir, et moi seule ai protégé sa fuite!

— Ta grâce est dans tes mains, citoyenne! lui dit avec douceur l'homme du peuple qui présidait le tribunal; tu dois connaître le nouveau refuge de ce royaliste : où est-il? où se cache-t-il maintenant?

— Je l'ignore, répondit la jeune fille; mais ce que je puis vous apprendre à coup sûr, c'est qu'il est sauvé!

Quant à Fleurette, c'en était fait de sa vie ; elle était perdue !

Près de mourir sur un échafaud, la jeune fille tira de son sein une fleur, la fleur de lys qu'elle avait trouvé le moyen de dérober aux visiteurs révolutionnaires ; elle la glissa, bien secrètement, dans une boucle de ses cheveux ; elle poussa un profond soupir ; elle dit adieu de loin à celui qu'elle avait aimé ; elle baissa la tête... et les deux fleurs ensanglantées roulèrent dans le panier du bourreau !...

En voyant mourir Fleurette, Pierrot se prit à sourire ; il souriait au passé : il lui semblait que Geneviève mourait pour la seconde fois sur un échafaud. Il répétait à voix basse le mot qu'il avait dit à Camille Desmoulins : « Elle était la courtisane d'un aristocrate... elle est morte avec la Dubarry ! »

En rentrant dans son habitation de la rue *Basse*, Pierrot trouva Clisson qui pleurait : cet homme était redevenu père, juste au moment où il n'avait plus de fille ; ses entrailles venaient de remuer... son cœur battait sans doute... ses yeux avaient des larmes !

Pierrot s'en alla dénoncer les larmes paternelles, les larmes *suspectes* de Clisson, — et il disparut ensuite pour continuer un peu plus loin sa petite besogne, sa vengeance révolutionnaire.

Il faut tout dire : près de sortir de Nantes, il faillit étouffer au coin d'une rue ; le sang de Geneviève, mêlé peut-être au sang de Fleurette, commençait à lui monter à la gorge.

X

Pierrot trouva le moyen de se faire confier une nouvelle mission secrète, une mission de propagande révolutionnaire. Quoique la Gironde eût déjà donné bien des
victimes et bien des bourreaux à la Révolution, ou plutôt
à la Terreur, Pierrot fut chargé d'exciter, de remuer, à
Bordeaux, dans le peuple, dans la foule, chez les enthousiastes et les fanatiques, les terribles passions du terro-
risme.

Un matin, la populace de la ville, dirigée par un commissaire improvisé, par Pierrot Dubourg lui-même,
s'avança dans la commune de Pessac, jusqu'au seuil
du fameux château de Malartic; ce château avait appartenu à un pauvre diable de royaliste, à un patriote-
aristocrate qui venait d'expier, sur l'échafaud de la place
Saint-Julien, le tort d'avoir crié : *vivent les Morts !*... au
bruit d'une hache qui emportait, à la fois, les vivants les
plus obscurs et les plus illustres. La populace, ivre et furieuse, brisa, d'un seul revers de sa main formidable, les
grilles de cette vieille résidence que l'imagination de la
foule, éblouie par les prestiges d'une rumeur fabuleuse,
se plaisait à inonder de tous les trésors, de toutes les
merveilles de la richesse aristocratique.

— Qui cherchez-vous? que voulez-vous?... demanda
soudain, en chancelant sur les degrés du perron, un serviteur octogénaire qui avait accompagné son malheureux
maître jusqu'aux marches ensanglantées de l'échafaud.

— Nous ne cherchons personne, répondit le commis-

saire du peuple; nous ne voulons que la fortune mal
acquise d'un aristocrate, et nous l'aurons !

— Diable! et où donc est-elle, cette fortune?

— Dans les caves, dans les greniers, dans les appartements du château.

— A la bonne heure! et l'héritage de M. de Malartic
vous appartient, sans doute?

— Il appartient à la nation !

— Où voyez-vous la nation, s'il vous plaît?

— La voilà!...

À ces mots, le commissaire du peuple déploya un immense drapeau tricolore qu'il agita d'un main convulsive;
la foule enthousiaste se prit à crier : Vive la république !
et l'orateur officiel ajouta d'une voix retentissante :

— Citoyens! là où est le drapeau, là est la France!

— A merveille! répliqua le vieux gardien du logis; la
France vient frapper à la porte d'un royaliste : que la
porte s'ouvre, à deux larges battants, devant elle!...
Soyez les bienvenus, citoyens : l'ombre de mon maître
vous salue! Vous parlez, ce me semble, d'un trésor?... Je
n'en connais qu'un seul dans cette demeure : la mémoire
glorieuse de M. de Malartic! Vous parlez de bijoux, de
millions, de diamants, de toutes les richesses des *Mille et
une Nuits?* Entrez et cherchez... vous trouverez peut-être !

Le commissaire Pierrot Dubourg et quelques hommes
du peuple se mirent à fouiller l'habitation tout entière, —
dans les chambres, dans les armoires, dans les meubles,
dans les plafonds, sous les lambris, sous les parquets,
derrière les boiseries, jusque sur les toits, partout, à coups

de pique, à coups de marteau, à coups de hache, sans rien
découvrir de ce qu'ils cherchaient à grands cris, à grands
pas et à grands gestes. La perquisition, j'allais dire la
démolition domiciliaire, dura six heures ! Certes ! les terribles visiteurs abusèrent de l'hospitalité posthume de
M. de Malartic : on cassa toutes les vitres du château ;
on déchira les tentures, les velours, les tapis, les étoffes
précieuses ; on *exécuta* de pauvres statues, en guise d'a-
ristocrates, de réfractaires et de suspects ; on éparpilla,
sur les broussailles du jardin, de magnifiques toiles peintes
qui représentaient des personnages religieux : contre-
révolutionnaires de l'autre monde, qui portaient sur leur
front la sainte auréole de la légende chrétienne ; mais,
hélas ! les démolisseurs eurent beau dire et beau faire :
pas plus de joyaux ou de cassettes que dans le gazon de
la prairie ; pas plus de millions ou de diamants que dans
la poussière de la grande route.

Je me trompe : au moment d'en finir avec le mas-
sacre des innocents de la peinture, ils entendirent je ne
sais quel bruit léger, un frôlement mystérieux, qui murmurait de l'autre côté d'une cloison couverte d'une toile
éclatante, d'une toile splendide qu'animait la rayonnante
figure d'une vierge de l'Espagnolet : le tableau fut lacéré
en une profanation d'un clin d'œil ; la cloison vola bientôt
en mille éclats, et à la place d'une madone peinte qui était
un véritable chef-d'œuvre, les profanateurs aperçurent
devant eux, agenouillée sur la pierre et les yeux tournés
vers le ciel, une madone vivante qui était une véritable
merveille.

La jeune fille, la vierge *à la prière*, qui venait de leur apparaître comme par un céleste enchantement, était si jolie, si gracieuse, si belle et si tendrement inspirée ; elle priait avec tant de ferveur ; elle regardait, elle suppliait si bien le ciel, sans qu'il lui fût possible de l'entrevoir, mais en le devinant par l'extase, à travers l'immensité de la distance ; elle semblait avoir tant de calme, d'innocence et de béatitude : elle se laissait aller, pêle-mêle avec les anges, si loin de notre monde, si loin de tous les méchants de la terre ; enfin, c'était là une apparition si délicieuse, si ravissante, si divine... que le commissaire du peuple lui-même se mit à la contempler en silence, dans un recueillement qui tenait à la fois du respect, de la stupeur et de l'admiration. En revanche, ses camarades, ses amis de la foule, s'avisèrent à l'envi de plaisanter, de se moquer et de rire ; les plus impatients ou les plus audacieux osèrent s'avancer vers la jeune fille... mais, à son tour, Pierrot osa se placer devant elle : il laissa tomber sur la vierge agenouillée un bout ondoyant du drapeau révolutionnaire, comme pour mettre sa vie et son honneur sous la sauvegarde de la république ; puis, s'adressant à ses fougueux compagnons qui le pressaient de toutes parts, il s'écria d'une voix formidable :

— Citoyens ! le premier de vous qui touche à cette femme, le premier qui l'insulte, le premier qui lui parle... je le tue !

Dieu merci, Pierrot n'eut besoin de tuer personne. Il releva la belle chrétienne qui implorait le ciel ; il la supplia de s'asseoir dans un large fauteuil du salon ; il se

décoiffa respectueusement de son bonnet rouge ; il jeta
bien loin, sur le parquet de la chambre, de vilaines armes
qui épouvantaient la jeune fille ; il la rassura de son
mieux, avec des paroles, avec des sourires qui n'avaient
rien d'effrayant ; il lui dit, avec une émotion qui rendait
ses lèvres presque tremblantes :

— Qui que tu sois, n'aie point peur, et daigne me répondre !

— A qui répondrai-je ? à un ennemi ?

— Non, à un citoyen, à un patriote !

— Eh bien ! que me voulez-vous..... monsieur le
citoyen ?

— Je veux savoir ce que tu faisais là, seule, cachée à
tous les yeux, dans cette retraite si triste et si misérable,
sans air, sans espace, sans liberté, sans soleil ?

— Je priais Dieu pour vous !

— Pour nous ?

— Oui, pour les meurtriers de mon père !

— Qui donc es-tu ?

— Je suis la fille d'un aristocrate : je suis mademoiselle
de Malartic !

Porter un pareil nom, n'était-ce pas un grand crime ?...
Il fallut que le commissaire du peuple remplît son affreux
devoir jusqu'au bout, et à son cœur défendant ; la foule
criait dans le château : à bas l'aristocrate ! et Pierrot dut
commander à notre héroïne, qui était déjà sa protégée, de
se lever à la hâte, de s'aventurer au milieu de ses ennemis, d'obéir à la loi et de le suivre.

— Adieu ! nous nous reverrons dans un meilleur

monde ! s'écria mademoiselle de Malartic, en donnant sa main à baiser au dernier serviteur de son père.

— Bonté du ciel ! balbutia le vieillard, en s'agenouillant aux pieds de Pierrot, où va-t-elle ? où la mène-t-on ? où la traînez-vous ainsi ?

— A la mort ! répondit une voix dans la foule.

— Au martyre ! répliqua la jeune fille.

— A la liberté ! murmura le commissaire du peuple.

Quelques heures plus tard, mademoiselle de Malartic fut jetée dans les cachots du fort du Hâ ; le soir même, le geôlier de la prison fut congédié : il était vieux, et on le remplaça par un homme jeune et terrible, par un patriote inexorable, dont on vantait, dans tout Bordeaux, le courage, la résolution et l'influence populaire ; ce nouveau geôlier, vous le connaissez déjà : il portait, il y a un instant, l'écharpe d'un commissaire du peuple, et il se nomme Pierrot Dubourg !

XI

Le lendemain, quelle heureuse surprise pour mademoiselle de Malartic !... Au lieu de ce vilain geôlier qui l'avait tant rudoyée la veille, elle vit entrer, dans son cachot, l'homme du peuple qui avait eu la bonté de lui sourire, de l'encourager et de la défendre dans la grande salle du château de son père.

Pierrot lui prit la main, le plus humblement qu'il lui fut possible ; il l'emmena bien vite, à travers tous les détours d'un noir et affreux labyrinthe, où l'on n'entendait que l'écho douloureux des gémissements, des plaintes, de

supplications et des sanglots. Ils marchèrent ainsi longtemps dans la prison, l'un portant l'autre, c'est-à-dire,
elle bien faible, chancelante, lui toujours empressé,
toujours attentif aux mouvements et aux gestes de la
jeune fille, pour mieux la guider dans sa marche incertaine, et quelquefois peut-être pour avoir le droit si doux
de la prendre et de la soutenir dans ses bras.

Enfin, le guide mystérieux poussa du pied une porte,
bien basse, bien épaisse, mailletée de fer, et voilà notre
jolie prisonnière dans une chambre dont l'aspect seul lui
arracha un cri de reconnaissance et de joie; jugez : il y
avait de l'air, des fleurs et de la lumière dans cette espèce
de cellule; une brise odorante soufflait par le grillage de
la croisée; le soleil se jouait dans une longue spirale de
lumineuse poussière, et de petites touffes de giroflées se
balançaient mollement aux bords de la fenêtre, dans les
fissures extérieures de la muraille. Mademoiselle de Malartic monta sur un escabeau : elle cueillit une fleur qu'elle
daigna présenter à son gardien, à son geôlier, en lui disant avec un triste sourire :

— Monsieur, je dois à vous seul, j'en suis sûre, tout
le luxe charmant de mon dernier logis dans ce monde ;
encore un jour, encore un instant peut-être, et je ne serai
plus, sans doute : voici une pauvre et innocente giroflée,
un beau joyau, n'est-ce pas?... que je viens d'arracher
aux brillants trésors de mon écrin ! Acceptez cette fleur,
monsieur, tout ce que je possède... et gardez-la comme
un présent de votre malheureuse protégée !

vous jure que je la garderai ! répondit Pierrot;

et l'intraitable républicain baisa tristement la petite fleur de l'aristocrate.

— Monsieur, prenez aussi ce crucifix...

— Un crucifix !

— Il tient si peu de place, que j'ai pu le cacher sur mon cœur; quand je serai morte, vous garderez ce précieux souvenir d'une chrétienne... il vous aidera à prier Dieu pour moi !

— Je vous jure que je prierai Dieu... pour la première fois ! Mademoiselle, avez-vous quelque chose à me demander, quelque devoir à me prescrire?

— Oui... mais d'abord, j'ai une question à vous adresser : croyez-vous qu'il me reste encore longtemps à vivre?

— Je l'espère !

— Eh bien ! s'il en doit être ainsi, je réclame, de votre amitié généreuse, un livre de prières, quelques chiffons de ma garde-robe, deux ou trois volumes de poésies et un peu d'argent que vous enverrez prendre, de ma part, au château de Malartic...

— J'irai moi-même au village, la nuit prochaine, et vous aurez tout cela demain, s'il plaît à Dieu !

— Ce n'est pas tout, monsieur, et vraiment ! j'ai honte d'une pareille exigence : je vous demande aussi une plume, de l'encre et du papier...

— Soit; il y va de ma réputation, de mon honneur, de ma vie peut-être... mais, qu'importe? parlez toujours, ordonnez, dites à votre humble serviteur : debout ! et je me lèverai; à genoux ! et je m'agenouillerai; marche ! et

je marcherai ; obéis ! et j'obéirai ; meurs ! s'il le faut.....
et je mourrai !... Adieu !

XII

Le geôlier sortit, ou plutôt, il s'élança hors de la
chambre ; il referma violemment le guichet, et, durant
une semaine, le malheureux ne trouva ni la force ni le
courage de reparaître aux yeux de cette noble personne,
de cette prisonnière qu'il croyait avoir offensée ; seulement, un guichetier, un homme de confiance de Pierrot,
se chargea d'apporter, en secret, à mademoiselle de Malartic tout ce qu'elle avait demandé, tout ce qu'elle pourrait demander encore. Chaque jour, le valet de la prison
venait prendre les ordres de la jeune fille : un désir,
une fantaisie, la moindre parole équivalait, pour le geôlier amoureux, au commandement irrévocable d'une loi.

Un matin, à une heure qui n'était pas celle de la visite
quotidienne du guichetier, le bruit des verrous se fit entendre au guichet de la chambre habitée par mademoiselle de Malartic : quelqu'un ouvrit tout doucement la
porte, et la belle captive jeta un cri de surprise, je n'ose
point dire un cri de plaisir, à la vue de Pierrot qui s'a-
vança vers elle, en tremblant, les yeux baissés, et qui lui
dit à la façon confuse d'un visiteur timide :

— Rassurez-vous, mademoiselle... ce n'est rien... ce
n'est que moi !

— Venez çà ! répliqua la jeune fille, en souriant ;
venez çà... que je vous gronde et que je vous remercie !
Vous êtes le Dieu caché qui sait compatir à mes peines :

avez-vous donc juré de n'être pour votre amie qu'un Dieu toujours invisible? Parlez, monsieur; vous avez promis de m'obéir : je vous ordonne de me répondre, et je vous écoute !

— Mademoiselle, répondit le geôlier, en rougissant de la familiarité gracieuse de sa prisonnière, voici le motif qui m'amène aujourd'hui près de vous... J'ai promis de vous obéir, c'est vrai, et de vous servir au besoin, au delà de mes droits et de mes devoirs,... Eh bien! je fais ce que je peux...

— Je le sais !

— Figurez-vous que je me suis pris, à la première vue, sans m'en apercevoir, sans le vouloir, d'un sentiment bien vif, d'une amitié sans bornes, d'un attachement irrésistible pour une personne...

— Pour moi, peut-être?

— Hélas! oui... je m'occupe si souvent de vous, par la pensée, que je m'en occupe toujours; je parle si fréquemment de votre beauté, de votre mérite, que je ne parle guère d'autre chose; vous êtes l'unique sujet de mes entretiens avec les prisonniers que je visite; grâce à mes paroles, à mes louanges, à mon admiration, chacun s'imagine vous connaître, sans vous avoir vue; chacun ici vous aime déjà, vous respecte et vous admire. Il y a quelques jours, c'était moi qui me plaisais à parler de vous à tout le monde; maintenant, c'est tout le monde qui se plaît à me parler de vous; cela me flatte et je suis heureux!... Tout à l'heure encore, je babillais avec un jeune prisonnier, très-spirituel et très-aimable, un beau

gentilhomme que l'on appelle M. de Castéra... Le connaissez-vous?

— Non.

— M. de Castéra, qui n'a point l'honneur de vous
connaître, me débitait sur votre compte les choses les
plus charmantes; en bavardant ainsi à votre intention, il
s'est mis à charbonner des poésies sur les murs blanchis
de sa chambre; et moi, je me suis avisé de lui dire, dans
l'espérance de vous égayer et de vous plaire : Citoyen, tu
devrais écrire quelques vers pour amuser ta jolie voisine!... — M. de Castéra n'avait ni plume, ni encre, ni
papier : je lui ai donné mon crayon et mon portefeuille ;
il a écrit des compliments poétiques, de belles rimes, que
je n'ai point eu la hardiesse de lire, et je vous les apporte,
mademoiselle, afin de vous distraire et de vous divertir.

L'impromptu de M. de Castéra n'était qu'un simple et
triste badinage qu'il avait intitulé, je crois : *La liberté
en prison;* ces méchants bouts-rimés une fois lus et relus,
mademoiselle de Malartic se hâta de les rendre à Pierrot,
pour qu'il les reportât bien vite au prisonnier poëte; mais
le geôlier lui dit, sans nulle défiance, sans arrière-pensée,
avec une naïveté vraiment exemplaire :

— Faites mieux que de lui renvoyer ce qu'il vous
adresse : répondez-lui, en vers ou en prose, à votre gré;
ne riez point de ma folie, mademoiselle : en prison, le
plus petit amusement ne manque pas d'un grand charme,
et je tiens beaucoup à ce qu'il vous plaise de vous amuser
un peu.

XIII

Il sembla, sans doute, à mademoiselle de Malartic que
le singulier projet de Pierrot n'était pas précisément dé-
raisonnable, en un pareil lieu et en de pareilles circonstances. La bizarrerie d'une telle aventure, l'étrangeté de
cette intimité officieuse de deux invisibles qui allaient se
parler de loin, se connaître, s'apprécier, se comprendre,
en dépit des guichets, des verroux et des barreaux, n'a-
vait-elle pas quelque chose de bien attrayant pour la curiosité, pour l'esprit, pour le cœur d'une jeune fille?

Mademoiselle de Malartic consentit à se prêter, de la
meilleure grâce, aux combinaisons romanesques du gentilhomme et du geôlier : elle daigna répondre au poëte,
et, le lendemain, une nouvelle demande de M. de Castéra
l'obligea consciencieusement à lui adresser une nouvelle
réponse ; le surlendemain, les jours suivants, un mois
tout entier, la boîte aux lettres de Pierrot reçut, avec une
rare exactitude, les confidences intimes de ces deux nouveaux amis, et l'intrigue épistolaire continua d'aller son
petit train mystérieux, son petit train poétique.

Les vers de M. de Castéra furent tour à tour spirituels,
galants, frivoles, tendres et passionnés : le poëte chanta
les plus jolis airs, les airs les plus variés, en glissant à
plaisir sur toutes les touches de son clavier amoureux ; la
prose de mademoiselle de Malartic n'oublia jamais de se
montrer adorable, et si parfois elle se faisait craintive,
embarrassée, honteuse, tremblante, c'est que parfois,
peut-être, la folle du logis venait frôler méchamment la

plume de la jeune fille : l'imagination et le cœur se pre-
naient de querelle avec la raison et l'esprit !

Que vous dirai-je de cette douce aventure, de ce roman
par lettres, de cette galanterie qui ne s'effraie ni de la
prison, ni des geôliers, ni des juges, ni de l'échafaud?
Vous souvient-il encore de cette religion sympathique
dont on nous a parlé, de ces âmes-sœurs qui sont nées
de deux baisers, le même jour, à la même minute,
et qui courent le monde, chacune de son côté, et qui
souffrent longtemps à la recherche l'une de l'autre, et
qui se rencontrent un beau jour, dans l'espace, dans le
ciel, je ne sais où, pour s'adorer et se réunir dans une
secrète caresse ?... Eh bien ! il en fut ainsi de l'âme de ce
jeune homme et de l'âme de cette jeune fille : elles s'aimaient, elles se cherchaient depuis longtemps !

Cependant, M. de Castéra, qui avait des yeux pour
regarder, pour admirer celle qu'il aimait à distance, se
prit à désirer ardemment ce qu'il appelait une entrevue
en l'air, rien que l'échange d'un seul regard, d'un soupir,
d'une parole; mademoiselle de Malartic était toujours
seule, toujours ennuyée, toujours triste : elle manqua de
courage pour contrarier le désir de son correspondant
amoureux; on pria, on supplia Pierrot qui ne devina,
dans ce rapprochement tant souhaité, qu'un moyen bien
simple d'adoucir la tristesse de la solitude, et une nuit,
grâce au dévouement aveugle du geôlier, les deux âmes-
sœurs se rencontrèrent dans la cellule d'une prison, l'une
sous les apparences d'un beau gentilhomme, l'autre sous
la forme d'une ravissante jeune fille !

A vrai dire, les premiers entretiens de M. de Castéra et de mademoiselle de Malartic furent gâtés par la présence de Pierrot, qui était de trop, à coup sûr, dans les scènes mystérieuses d'un tête-à-tête : la galanterie en fut réduite, bien des jours, à parler de la politique; le sentiment se décida, bon gré, mal gré, à parler de l'émigration; les yeux seuls de nos deux amants se hasardèrent à parler d'amour.

L'on ne rebute pas fort aisément la patience à l'épreuve des prisonniers : M. de Castéra, encouragé par la faiblesse peu clairvoyante de Pierrot, résolut de voir et d'entretenir mademoiselle de Malartic, sans témoins, sans fâcheux, sans geôlier. Le génie de la prison est un magicien admirable, et lorsqu'il devient amoureux, c'est là une puissance infaillible : quels moyens, quels stratagèmes, quelles inventions bienheureuses, il sut inspirer à l'audace de M. de Castéra, pour le conduire en secret jusqu'aux genoux d'une femme, je l'ignore; ce qu'il m'importe de savoir et de vous apprendre, c'est le dénouement de cette histoire.

XIV

Un soir, après la ronde habituelle des porte-clefs, M. de Castéra eut assez de bonheur et d'adresse pour se glisser dans la chambre de mademoiselle de Malartic; la prisonnière essaya, dans l'intérêt des principes, de protester contre l'effraction amoureuse d'une porte, contre la douce violation d'un domicile... Mais, par malheur, l'imprudent était jeune, beau, éloquent et enthousiaste : il la suppliait, à deux genoux, les mains jointes, les yeux voilés par de grosses larmes qui avaient aussi leur mérite et leur petit langage ; le moindre cri, la moindre plainte, la moindre alerte pouvait les perdre et les séparer à jamais ; n'avaient-ils pas bien des choses à se dire, bien des questions à se faire, bien des serments à échanger, bien des châteaux à bâtir, à deux, sur le sable d'or de l'avenir ?... Mademoiselle de Malartic, que M. de Castéra n'appelait plus que du nom de Laurette, se résigna d'abord à le relever et à l'entendre ; ensuite elle se résigna à lui répondre ; plus tard, elle se résigna à lui sourire, et bientôt, la jeune fille, émue, ravie, trop heureuse de tout ce qu'elle avait entendu, de tout ce qu'elle espérait peut-être, exhala un profond soupir, appuya sa jolie tête sur des bras amoureux qui ne demandaient qu'à la soutenir, voila doucement ses beaux yeux et se prit à pleurer !... Au même instant, une secousse violente fit retentir les verroux de la porte, le guichet s'ouvrit avec fracas, et le geôlier parut sur le seuil de la chambre ; pâle, immobile à force de colère, il s'écria, les regards fixés sur le gentilhomme, et avec une inflexion de voix qui avait quelque chose du terrible :

— Aristocrate, tu es un lâche ! réponds, et réponds vite... que viens-tu faire ici, à une pareille heure ?

— Vous le voyez, mon cher, répondit M. de Castéra, sans se troubler, sans s'effrayer : je viens consoler une femme qui s'ennuie et qui souffre ; je viens aimer une femme qui m'aime, et j'essuie, avec mes baisers, les jolies larmes de ma fiancée!... Monsieur Pierrot, je vous présente madame la marquise de Castéra...

— Oui dà! et à quand la noce, monsieur le marquis?...

— Demain... pourvu que Dieu nous envoie un prêtre ou la liberté!

— Demain, pour vous et pour elle... l'échafaud!

Ce mot horrible d'échafaud, prononcé par la bouche d'un geôlier, fit tressaillir mademoiselle de Malartic, et l'on eût dit qu'elle se réveillait de son bonheur, devant les apprêts et le spectacle affreux du supplice. Elle s'approcha de Pierrot; elle lui prit la main qu'elle serra dans la sienne; elle le pria de l'écouter, et lui parla ainsi:

— Je me souviens d'avoir trouvé en vous un protecteur, un ami véritable, et cela m'oblige à vous faire une confidence...

Le geôlier baissa la tête.

— Monsieur, reprit la jeune fille, si vous m'aimez encore, je vous demande grâce... pardonnez-moi!

Le geôlier la regarda sans colère.

— Mon ami, continua mademoiselle de Malartic, je vais me confesser à vous, en peu de mots, et de cœur à cœur... vous serez mon juge!

Le geôlier se mit à rougir, à force de joie et d'orgueil.

— Je dois au soin généreux que vous avez eu de m'égayer et de me distraire le premier et le dernier billet poétique de M. de Castéra... N'est-il pas vrai?

— Oui!

— Je dois à votre dévouement pour une prisonnière l'honneur d'avoir reçu, dans la solitude de ma prison,

M. de Castéra que vous m'avez amené vous-même une fois, vingt fois, n'est-il pas vrai?

— Oui, j'ai eu tort!

— Hélas! mon ami, vous seul avez été coupable : j'ai accueilli votre protégé avec empressement, et je l'ai revu avec plaisir ; vous lui avez montré la route qui conduit à ma chambre, et il a osé la prendre sans vous pour me venir voir. Vous avez tant fait l'éloge d'une malheureuse captive!... Vous avez chanté si souvent les louanges d'un noble prisonnier !... Grâce à vous, M. de Castéra s'est avisé de m'aimer, et moi, je me suis avisée, je ne sais comment..... de ne le point haïr. Aujourd'hui, il y a un instant, une minute, un gentilhomme est venu m'offrir son nom, et je l'ai accepté ; il m'a offert son avenir, et cet avenir sera le mien ; il m'a promis le bonheur, et je l'espère!... Voilà notre crime : vous invoquiez tout à l'heure la justice du bourreau, pour nous punir! Eh bien! mon ami, faites!

— Le bourreau arrivera trop tard, mademoiselle! répondit le geôlier ; le bourreau vous appellera demain, peut-être, et vous partirez cette nuit!

— Cette nuit?...

— Dans une heure! Je suis accouru pour vous sauver, je vous sauve! Vous serez libre... heureuse avec lui.... Dieu donc!... et pensez au geôlier, quand vous n'aurez rien de mieux à faire dans votre bonheur!..... Un mot encore : lorsque vous serez parti, je prierai Dieu pour vous, la main et le cœur posés sur le crucifix que vous m'avez donné...

Les deux prisonniers s'évadèrent.

Le lendemain, M. de Castéra et mademoiselle de Malartic cheminaient, en courant, bien loin de la ville, sous des habits d'emprunt qu'ils devaient au dévouement de Pierrot.

XV

L'évasion des deux prisonniers était encore un secret pour tout le monde. Le matin et le soir, le geôlier continua de monter dans les deux chambres qu'avaient habitées le gentilhomme et la jeune fille. Plus d'une fois, il s'enfermait dans la cellule de mademoiselle de Malartic, pour se souvenir et pleurer : il finissait toujours par prier Dieu, et il demandait pardon à Geneviève, à cette pauvre *courtisane* qui était morte avec madame Dubarry !

Un soir, un commissaire du peuple vint surprendre le geôlier, dans la chambre même de mademoiselle de Malartic : il le trouva agenouillé, les yeux tournés vers le ciel, les mains posées sur un crucifix d'argent.

Pierrot fut convaincu d'avoir favorisé l'évasion de deux aristocrates, et il fut condamné à mort. — Comme il attendait, dans le préau de la prison, le passage de la *charrette*, le geôlier amoureux obtint, du porte-clefs, la permission de visiter encore la chambre de Mademoiselle de Malartic ; et puis, il marcha tranquillement à l'échafaud, en murmurant le nom de Geneviève !

LA

GUERRE DES DIEUX.

I

Il y avait à Paris, en 1770, dans le fond de je ne sais
plus quel séminaire, un jeune homme qui faisait l'étonnement, la joie et l'orgueil de ses supérieurs ecclésiasti-
ques. Né dans une colonie française, élevé à grands frais
dans un collége de France, le séminariste dont je parle
s'était pris tout à coup d'une passion ardente, fanatique,
intraitable, pour les austérités religieuses de la Thébaïde
chrétienne. De toute la poétique instruction de ses études
profanes, le novice n'avait conservé que le souvenir des
littératures anciennes, et il mettait à profit les langues
admirables que parlaient autrefois Homère et Virgile,
pour mieux sentir, pour mieux traduire dans son cœur,

pour mieux adorer les textes primitifs, le langage sacré des Apôtres et des Pères de l'Église. Sur le prie-dieu de sa cellule, dans ses mains, ou derrière son oreiller de pierre, figuraient deux beaux livres, deux chefs-d'œuvre divins qu'il préférait à toutes les merveilles de l'imagination et de l'éloquence mystiques : l'Évangile et saint Jérôme, le christianisme et le chrétien !

Les lettres éloquentes de saint Jérôme étaient pour lui de sublimes inspirations, des illuminations célestes, qui faisaient rayonner dans son âme les mystérieuses clartés du sacrifice chrétien. Le triomphe ascétique de saint Jérôme empêchait le séminariste de dormir : agenouillé, le jour et la nuit, sur les dalles de sa cellule, il demandait au ciel l'insigne faveur, la gloire surhumaine de ressembler à ce solitaire infatigable, à ce demi-dieu du désert dont la parole, les écrits, les actions, la conscience, la foi, étalent aux regards du monde un exemple désespérant de la sublimité spirituelle.

Les prières, les veilles, les jeûnes, les privations de toutes les sortes, la couronne d'épines, la cendre, le cilice, rien n'était assez humble, assez mortifiant, assez cruel, — en un mot rien n'était assez chrétien pour l'humilité du séminariste, et les supérieurs du séminaire commencèrent à s'effrayer eux-mêmes des élans religieux, de l'exaltation, des transports extatiques du nouveau saint Jérôme.

Eh bien ! ce pauvre néophyte qui réalise, qui pratique ainsi, qui féconde avec l'esprit la lettre impitoyable de l'abnégation primitive; ce novice qui prie, la nuit et le

jour ; ce fanatique pénitent qui se roule dans la poussière,
— c'est le vicomte Évariste de Parny !... Et voyez un peu
comme l'homme propose et comme le démon dispose :
encore un instant, encore une minute peut-être, et la cellule disparaîtra sous le boudoir ; l'épée remplacera la
discipline ; la poésie étouffera la voix de la religion ; les
femmes chasseront les vierges ; l'amour viendra badiner
avec les versets de la Bible ; les splendeurs du monde
éclipseront les terribles clartés de la Thébaïde, et celui
qui voulait ressembler à saint Jérôme ressemblera au
païen qui a chanté la Guerre des dieux !

II

La tentation, au séminaire, commença par une visite
du Diable qui se plut à revêtir, ce jour-là, sur le seuil de
la sainte demeure, les apparences mondaines d'un ancien
camarade de Parny, d'un spirituel créole nommé le chevalier de Bertin. M. de Bertin, qui n'était pas encore un
charmant poëte, était déjà un très-brave et très-élégant capitaine de cavalerie, attaché à la personne de S. A. R. le
comte d'Artois. Un beau matin, comme il n'avait rien
de mieux à faire, comme il ne songeait ni à boire, ni à
jouer, ni à soupirer, ni à se battre, il se souvint de ce
malheureux Évariste de Parny, et il résolut d'aller frapper à la porte de sa cellule. Le premier aspect du séminaire troubla l'officier de dragons, et la vue soudaine
du pauvre séminariste le fit trembler à force de surprise
et de douleur : il le reconnaissait à peine, ou plutôt, il

cherchait à reconnaître son joyeux camarade, son brillant condisciple d'autrefois, dans ce jeune homme vêtu de noir, pâle, blême, maigre, triste, silencieux, qui s'avançait en chancelant, le corps sur la terre, l'esprit et l'âme dans le ciel. Bientôt, M. de Parny daigna saluer ce visiteur qui murmurait son nom, qui lui tendait les bras, et qui lui souriait de la meilleure grâce : il parut se recueillir un instant; il passa la main sur son front, comme pour arracher à sa pensée un souvenir confus de ses amitiés de collége; il hasarda quelques pas bien timides; il poussa un cri à demi étouffé par le dédain des affections terrestres; enfin, il essuya furtivement une larme, et les deux amis s'embrassèrent!

— Évariste, lui dit tristement le chevalier de Bertin, que fais-tu donc ici, dans cette espèce de monastère, dans cette affreuse solitude?

— Je ne suis pas seul!...

— Tu as raison... cette solitude qui m'effraie est peuplée d'ombres mystérieuses, de petits moines en espérance et de fantômes célestes, n'est-il pas vrai? Mais encore une fois, mon ami, qu'est-ce donc que tu fais dans cette noire cellule qui ressemble à un cabanon, dans cet horrible cloître qui ressemble à une vaste nécropole, dans ce jardin sans fleurs qui ressemble à un immense cimetière?

— Je souffre, je pleure, je me mortifie, et je me prépare...

— Tu te prépares?...

— Au triomphe de la vie éternelle!

— Et tes amis, ta patrie, ta famille?

— Mes amis sont les anges qui intercèdent pour moi ; ma patrie, c'est le ciel ; ma famille, c'est Dieu !

A ces mots, le séminariste entraîna le capitaine vers un massif de verdure qui ombrageait les bords d'une fosse mortuaire, nouvellement creusée ; il saisit à deux mains une lourde bêche, et il souleva un peu de terre en murmurant :

— Il faut mourir !

— Inexorable trappiste, s'écria le chevalier, il faut vivre, palsambleu ! et surtout, il faut bien vivre ! auprès de toi, vraiment, Job sur son fumier n'aurait été qu'un plaisant personnage, et Jérémie, de larmoyante mémoire, serait un véritable bouffon !

Au bruit de ces paroles, qui étaient pour lui d'étranges blasphèmes, Évariste se laissa choir sur un banc de pierre, avec toutes les apparences de l'indignation et de la terreur. Il resta longtemps assis et immobile, les yeux fermés, les bras croisés sur sa poitrine ; à la fin, il essaya bon gré, mal gré, de relever la tête, hésita encore, regarda piteusement autour de lui, et aperçut le chevalier de Bertin qui lui souriait avec une pitié presque dédaigneuse, et qui lui montrait de loin un petit livre, relié de velours rouge et garni de belles agrafes d'argent.

— Qu'est-ce que ce livre ? demanda le séminariste, d'une voix tremblante.

— Devine !

— Les chefs-d'œuvre sacrés de saint Jérôme ?

— Non.

14

— Le trésor divin de l'Évangile ?

— Pas davantage.

— Malheureux ! s'écria M. de Parny, en se promenant à grands pas autour de la fosse mortuaire, en s'efforçant peut-être de convertir un misérable pécheur de ce monde ; l'Évangile ! voilà un beau livre que vous n'avez jamais lu, ingrat ! l'Évangile ! c'est le livre de la douleur, de l'espérance et du sentiment ; chacune de ses pages se colore d'un rayon de l'indulgence divine qui nous réchauffe, qui nous console et qui nous élève ! c'est le livre facile de toutes les intelligences vulgaires ; c'est le livre de tous les bienheureux pauvres d'esprit qui lisent avec le cœur ; c'est le livre de tout le monde, et mieux encore du monde qui souffre et qui pleure ! c'est le confesseur et le médecin de l'âme, toujours un remède et une absolution à la main !

— C'est possible ! répondit froidement le capitaine ; mais, entre nous, mon ami, je n'ai besoin ni d'être absous ni d'être guéri par le confesseur-médecin dont tu parles ; ce magnifique livre que j'ai pris dans mon boudoir, pour te l'offrir et pour te distraire, c'est un album dont chaque feuille viendra rappeler à ton cœur infidèle ce que tu as perdu, ce que tu as oublié, ce que tu as trahi : le ciel et la terre admirables de ton pays, les splendides richesses de l'Océan oriental, les forêts délicieuses, les promenades embaumées, les femmes ravissantes de Saint-Denis, de Saint-Pierre et de Saint-Paul !.. Évariste, salue encore, à travers le temps et la distance, toutes les merveilles de l'île Bourbon, toutes les magnificences

naturelles de notre belle patrie; ouvre tes yeux, ouvre ton
cœur, regarde bien, et remercie-moi!

— Oui, je te remercie d'avoir tenté ma faiblesse, au
dangereux souvenir de tout ce que j'aimais, de tout ce
que j'adorais autrefois! Oui, j'accepte ce livre frivole,
cet album, ce terrible *memento* qui va servir de nouvelle
épreuve à ma ferveur chancelante. Oui, j'irai me promener encore, par la grâce de l'imagination, dans cette
patrie de mon corps! Du fond de ma cellule, je reverrai
mes amis; j'embrasserai ma famille; je rêverai sur les
bords de la mer, au bruit des vagues et au chant des oiseaux; je commanderai à de nombreux esclaves; je m'en-
dormirai dans un hamac tout rempli de fleurs; enfin, je
m'extasierai devant la beauté merveilleuse des femmes...
Et s'il plaît au ciel, mon bon ange me donnera la force
de triompher de la tentation!... Adieu!

III

Une fois cloîtré dans sa cellule, Évariste commença
tout de suite à se mortifier, le plus consciencieusement
qu'il lui fut possible, en examinant, une à une, les feuilles
de cet album qui était une charmante collection de dessins, de vers et de peintures, un pêle-mêle profane de
mots, de pensées et de souvenirs, tracés au crayon, au
pinceau et à la plume. Parny reconnut aisément, avec
une émotion qu'il s'efforçait de combattre, la chère patrie
qu'il avait abandonnée, et il osa regretter, en tressaillant
de bonheur et d'épouvante, les premiers pas, les pre-

miers plaisirs, les premières chansons de son innocente
jeunesse!... Au même instant, le livre s'échappa de ses
mains, et le séminariste se releva tout à coup, inquiet,
agité, haletant : il se mit à écouter avec une attention craintive, et il n'entendit rien ; il se mit à regarder autour de
sa chambre avec une curiosité étrange, et il ne vit personne ; alors, il s'agenouilla sur le carreau de la cellule,
les yeux fixés sur l'album qui s'était entr'ouvert, en tom-
bant, et qui laissait voir, à ses regards éblouis, l'image
d'une femme, une femme toute jeune, belle, fière, qu'il
lui semblait avoir contemplée déjà, dans le spectacle
magique, dans le mirage étincelant de ses rêves! L'on
avait écrit un seul nom au-dessous de ce portrait admirable; Évariste ajouta bien vite un mot à ce nom précieux,
et il adora *sainte* Éléonore!

Le soir, il s'endormit, en songeant à la séduisante pa-
tronne qu'il avait sanctifiée : il lui parut en rêve que
toutes les joies, tous les plaisirs, toutes les séductions
de la terre passaient gaiment devant lui, pour le provoquer à la fois!...

A compter de ce jour, l'image de la jeune créole, re-
produite sur une feuille de l'album, devint le précieux
objet de tous les désirs, de toute la ferveur, de toute la
tendresse mystique de Parny. Exalté par la contemplation intérieure, il s'efforça de lui prêter, à chaque instant, des grâces et des beautés nouvelles; il s'efforça de
réaliser, d'animer, dans la vie intime de son cœur, les
moindres perfections de cette femme qu'il appelait une
sainte; Évariste se prit d'un fol enthousiasme, d'une

folle passion pour le modèle surnaturel de sainte Éléonore, divin modèle qui était un ange de ce monde, une
jolie fille à marier, qui attendait un mari dans un
coin ombragé, dans une simple maisonnette de l'île
Bourbon !

Le séminariste se condamna à passer des journées tout
entières dans le mystérieux isolement de sa cellule; il s'y
enfermait du matin jusqu'au soir; il se plaçait, en souriant,
tout près de cette belle vierge inconnue qui avait l'air de lui
rendre son sourire; il la contemplait avec une obstination
qui ressemblait à la béatitude de l'extase ou à l'exaltation
de la folie; et puis, il se prosternait devant elle : il lui
parlait sans mot dire; il bavardait bouche close; il lui
adressait les choses les plus charmantes du monde, avec
l'esprit, avec l'imagination, avec le cœur !

IV

Le Génie du mal se hâta de prendre en pitié le singulier amour et les secrètes souffrances de Parny : pour le
sauver ou pour le perdre, il commença par le rendre faible
et malade, à force de langueur et de démence amoureuse.
Les savants de la médecine lui ordonnèrent, à tout hasard, d'aller se réchauffer aux rayons du soleil des tropi-
ques, au milieu des impressions subites du changement,
de la distraction et du voyage. Évariste céda aux prières
de ses camarades, aux conseils de ses supérieurs et aux
avis éclairés des hommes de l'art. En le voyant partir,
ses amis eurent beau faire et le supplier : dans son indif-

férente douleur; il refusa d'emporter l'Évangile et les lettres de saint Jérôme; il n'emporta que sa richesse la plus
précieuse, la douce image d'une femme, d'une vierge
qu'il adorait chaque jour dans un album. Il se mit donc
en route, tout rempli de curiosité, de crainte, d'espérance, et quelques mois plus tard, M. le vicomte Évariste
de Parny saluait, en pleurant de joie, l'horizon lumineux
de Saint-Denis de Bourbon!

Le bienveillant ami qui se hâta le premier de venir
l'embrasser, à son arrivée dans le port, vous le connaissez déjà : c'était le diable en personne, sous les traits de
M. le chevalier de Bertin.

Les amours romanesques de M. de Parny, avec cette
brillante et charmante fille que l'on appelle Éléonore, est
une histoire vulgaire, et il me siérait mal de vous la raconter à mon tour, après le récit de tout le monde; seulement, dans l'intérêt de cette anecdote, qui est un simple
souvenir amoureux, j'ai besoin de vous rappeler, avec la
plupart des biographes, que l'inflexible volonté de sa famille empêcha le séminariste de Paris d'épouser la jolie
créole de l'île Bourbon.

En France, M. de Parny avait failli mourir à la peine,
dans un bel accès de fanatisme religieux; en Amérique,
il faillit expirer encore, dans un bel accès de fanatisme
sentimental. Par bonheur pour l'amour et pour la poésie, Bertin réussit à s'emparer de l'esprit mobile du
pauvre amoureux; il le pria, il le supplia de l'accompagner en Europe, et un soir, M. de Parny, debout sur
le pont d'un navire, salua son Éléonore, avec des

soupirs, avec des serments, avec des larmes, avec des
baisers!

V

Les confidences intimes d'un long voyage donnèrent
au capitaine de cavalerie un moyen infaillible de complé-
ter l'éducation morale de son triste camarade : il lui parla,
avec toute la gravité spirituelle d'un mauvais sujet parisien, du monde, de la cour, de la gloire, et surtout du
plaisir; il lui vanta l'indépendance des armes, la noblesse
de l'uniforme et la distinction chevaleresque d'une épée;
il provoqua, il défia sa verve poétique, et bientôt la métamorphose du chrétien ou la chute de l'ange fut complète.

M. de Parny, qui éprouvait toujours le capricieux besoin
d'imiter quelqu'un, de regretter un absent ou de souhai-
ter quelque chose, débuta dans le monde par l'imitation
des goûts, des habitudes et des travers du chevalier de
Bertin.

Bertin était un brave officier de dragons : à son retour
en France, Parny demanda une épaulette; il déchira sa
vieille soutane à coups de sabre, et le séminariste se fit
soldat.

Bertin aimait à boire tout le jour, à jouer tout le soir,
et à courtiser les actrices toute la nuit : Parny raffola du
vin de Champagne, du pharaon et des comédiennes.

Bertin composait déjà des vers langoureux, à la fade
manière de Dorat et des petits rimeurs embaumés de madame de Pompadour : Parny composa bien vite des poé-

sies légères, dont l'extrême légèreté n'avait rien de très-
poétique.

Dieu merci, l'ancien amant d'Éléonore se souvint de
sa maîtresse bien-aimée : il se prit à la regretter, à la
désirer de plus belle, à maudire le temps et la distance ;
et de ces désirs, de ces regrets un peu tardifs peut-être,
naquirent un beau jour les premiers chants élégiaques du
poëte Parny, c'est-à-dire les mélodies les plus amoureuses que je connaisse dans le répertoire de la galanterie
littéraire !

En devenant un vrai poëte, sous l'influence d'un souvenir d'amour, Parny redevint amoureux, amoureux de
son incomparable Éléonore ; en parlant de sa belle passion poétique à qui voulait entendre sa poésie, il se laissa
revivre au-delà des mers, par le prestige de la pensée,
sous les regards, aux genoux et dans les bras de la séduisante créole. Il renonça, comme par enchantement, à ses
habitudes, à ses plaisirs et à ses travaux ; il ne pensa plus
à ces précieuses lectures qui lui révélaient la puissance et
le génie des grands maîtres ; il ne pensa plus à ces merveilles de l'imagination païenne qu'il essayait de comprendre, avec tout le zèle de l'étude et de l'admiration ; il ferma
sa porte à ses amis, à ses camarades, et je crois même
qu'il cessa de songer à ses rivaux et de rêver à la gloire !

VI

Parfois, les hommes amoureux, qui ne savent ni espérer ni attendre, essaient de se distraire d'une affection

malheureuse, dans le dérèglement des mœurs, dans le scandale des orgies. Il répugna sans doute à Parny de suivre tout à fait un pareil exemple : certes, le poëte se garda bien d'étouffer son amour avec des femmes de mauvaise vie ; mais il eut le triste courage de le déshonorer avec des muses de mauvaises mœurs, et sa voix, qui avait murmuré des plaintes élégiaques, osa chanter la guerre des dieux !

L'impiété spirituelle de M. de Parny obtint et devait obtenir le succès d'un scandale philosophique, dans un siècle où les scandales de toutes les sortes venaient au secours de la philosophie ; dès ce moment, Paris, la France, l'Europe, le monde, comptèrent un poëte licencieux de plus : en même temps, la morale compta bien des injures, la société bien des attaques, la religion bien des hérésies ; et la *Guerre des Dieux* fit envie à la *Pucelle* de M. de Voltaire.

A la fin, pourtant, M. de Parny se surprit à se rendre un compte fidèle de ses écrits, de ses erreurs, de tout son talent dangereux ou inutile ; il se sentit, hélas ! bien confus de tant de bruit, de tant d'éclat, de tant de poussière, de cette grande tempête qu'il avait soulevée dans un verre d'eau, dans un bénitier, et il se laissa abattre dans ce désespoir honteux que nous lèguent les déportements de l'esprit.

Un matin, comme il se désolait et se consolait tour à tour, dans le combat des regrets et des espérances, on poussa tout doucement la porte de son salon. Il entendit le frôlement d'une robe ; une femme parut tout à coup sur le seuil de la chambre, et je vous laisse à deviner l'émo-

tion et la honte de M. de Parny : cette femme, qui s'a-
vançait avec toutes les apparences du dédain et dela colère, cette femme, c'était Éléonore !

Il y eut un moment de silence, et le poëte ferma les yeux,
en s'agenouillant aux pieds de ce juge qui allait lui demander un compte terrible de ses sentiments et de ses
pensées.

— Où est votre dévotion ? lui demanda Éléonore.

— Elle est encore là, dans ma conscience !

— Où est votre divin Évangile ?

— Il est encore là, dans ma mémoire !

— Où est votre grand amour ?

— Il est encore là, dans mon cœur !

— Et votre génie ?

— Mon génie...

— Vous l'avez flétri... vous l'avez souillé... vous l'avez
déshonoré, poëte... Et le voilà !

A ces mots, l'ardente créole jeta, sur le parquet du salon, un livre que M. de Parny reconnut en tremblant, et
dont la couverture avait pour titre : *la Guerre des Dieux.*

Évariste ramassa le maudit chef-d'œuvre de sa muse
hérétique : il s'approcha du foyer de la chambre, et aussitôt, debout devant Éléonore qui semblait déjà l'approuver
et lui sourire, le poëte païen déchira lentement, une à
une, toutes les feuilles de son triste poëme ; et lorsque la
flamme eut dévoré la dernière page, la dernière ligne, la
dernière hérésie de cette impiété poétique, Éléonore tendit sa main à Évariste, en lui disant de sa voix la plus
amoureuse :

— Ami, le feu a tout effacé, tout purifié; maintenant, comme autrefois... je t'aime !

— Hélas ! répliqua le poëte, qu'est-ce donc qui effacera les fautes et les souillures de mon amour ?

— Mes baisers, s'écria la jeune fille, et des poëmes nouveaux !

Nulle plainte ne se fit plus entendre; nul reproche ne fut essuyé; nulle parole cruelle ne vint gâter la fin de cette scène expiatoire : on pleura longtemps et en silence, comme il sied aux grandes joies, aussi bien qu'aux grandes douleurs.

Éléonore, qui était venue visiter la France avec une de ses bonnes protectrices, embrassa bientôt, pour la dernière fois, l'amoureux qu'elle devait aimer toute la vie ! Plus tard, M. de Parny se rappela un serment solennel qu'il avait fait à sa maîtresse, et il refusa de laisser paraître la *Guerre des Dieux* dans la première édition de ses œuvres complètes.

Avec le poëme dont il s'agit, dans cette histoire, Parny osa publier les *Galanteries de la Bible*, et ce fut à un pareil séminariste devenu poëte que Millevoye eut la bonté d'adresser un jour la dédicace suivante :

> A toi ! très-aimable païen,
> Demi-sacré, demi-profane,
> Bon poëte, mauvais chrétien,
> Qu'Apollon sauve et que Dieu damne !
> Nous avons chacun notre emploi :
> Ainsi, dans la même famille,
> J'édifirai la mère, et toi
> Tu feras soupirer la fille !

Tu célèbres la volupté,
Moi, la tendresse maternelle :
Ma part est la vie éternelle,
La tienne l'immortalité !

L'AVOCAT.

I

Le révérend John Derby, un des ministres les plus éclairés, les plus religieux de l'église protestante, mourut en 1812, à la grande douleur des gens de bien qui l'avaient aimé dans l'intimité de la vie profane, ou qui l'avaient admiré dans l'exercice de ses fonctions spirituelles. De tous les souvenirs précieux de son héritage, qu'il laissait à des pauvres, à des chrétiens et à des amis, le plus beau sans doute, le plus riche trésor était une jeune fille qui se nommait Caroline; près d'expirer, dans la pensée de Dieu et de son enfant, John Derby résolut de confier ce qu'il avait le mieux aimé sur la terre au zèle, à la tendresse d'un ancien élève qui n'était, pour lui, que le colonel Georges tout simplement, mais qui était, pour le monde, le lord et le comte Georges O'Donnell.

A cette époque, le colonel Georges commandait, en Espagne, un régiment de l'armée hispano-anglaise. Il apprit, à Vittoria, la mort du respectable John Derby qui lui léguait, dans le dernier mot de sa volonté suprême, une jolie enfant à protéger, une belle pupille à établir; il accepta, de loin, le legs d'un honnête homme qui lui avait enseigné à bien vivre et à bien mourir; il écrivit à sa sœur, mistress Lowe, pour la prier de recevoir, dans son château de Brendsford, l'orpheline qu'il aimait déjà sans la connaître. Un peu plus tard, blessé dans une rencontre avec la division du général Foy, lord O'Donnell fut autorisé à retourner en Angleterre, et le tuteur de miss Caroline s'empressa d'aller recueillir la charmante succession du pauvre ministre.

II

Le colonel ne s'attendait guère à trouver, dans la maison de sa sœur, qu'une petite fille à élever, une véritable écolière à conduire : il y trouva, dans miss Caroline, une grande personne d'une beauté et d'un esprit tout à fait remarquables; elle avait dix-sept ans environ, et à cet âge où la naïveté curieuse est à peu près ce que les femmes ont de plus spirituel, miss Caroline se distinguait par une ceraine ardeur d'esprit, par une certaine exaltation qui prêtait de la hardiesse et de l'originalité à ses idées, à ses sentiments et à ses paroles,

Aux yeux de Caroline, le monde était un vaste roman, un vaste poëme. Elle vivait, par la vie de l'imagination, dans un univers féerique, animé par la baguette de ces enchanteurs que l'on nomme des romanciers et des poëtes. Jeune, jolie et romanesque, miss Derby devait à cette poétique existence, à cette existence du cœur et de l'esprit dans un monde impossible, des impressions dont la vivacité semblait très-équivoque. Les réalités communes d'ici-bas lui causaient une peur affreuse, et sans doute, elle ne revenait qu'en tremblant de ses belles promenades à travers les espaces imaginaires; elle était si prompte à se laisser émouvoir au moindre bruit, si vive à se laisser toucher au moindre mot, si ardente à s'agiter à la moindre aventure, que ses amis de Brendsford lui donnèrent le surnom de *la Poésie!*

Le colonel Georges fut bien surpris de tout ce qu'il voyait, de tout ce qu'il découvrait chaque jour, dans le caractère *excentrique* de miss Caroline. Il s'en inquiéta, il s'en effraya d'abord, en sa qualité de tuteur; mais, il était jeune, il était Anglais, il était passablement original lui-même, et je suis forcé de vous apprendre, au plus vite, qu'il devint amoureux, amoureux fou de sa romanesque pupille.

De son côté, miss Derby fut bien étonnée d'avoir affaire, dans le nouveau protecteur de sa jeunesse, non point à un soldat déjà vieux, triste et grossier, mais à un beau colonel de trente ans, qui avait de l'esprit, de la sensibilité, de l'exaltation pour toutes les folies poétiques, et beaucoup d'enthousiasme au service de toutes les no-

bles pensées. Une pareille découverte enchanta le cœur
de miss Caroline, et je suis encore forcé de vous apprendre
que la jeune fille devint amoureuse, amoureuse folle de
son tuteur.

III

Le double danger de cet amour secret ne put échapper
ni à l'attention, ni au blâme de mistress Lowe; la sœur
prosaïque de lord O'Donnell jura, sur son évangile, de
couper court à l'extravagance de ces belles passions mystérieuses qui ne convenaient ni à ses principes, ni à sa
raison, ni à son orgueil, et l'aristocrate puritaine ne tarda
point à réaliser sa solennelle parole. Elle aborda franche-
ment la jolie pupille de son frère; elle lui dévoila tout ce
qu'elle avait appris, ou tout ce qu'elle avait deviné de son
amour; elle la gronda le plus doucement qu'il lui fut
possible; elle lui dit de songer à cette distance qui séparait le presbytère et le château, l'humble maison d'un
simple ministre et la superbe demeure d'un futur pair
d'Angleterre; elle en appela, tour à tour, à sa modestie,
à son courage, à sa reconnaissance et à sa vertu; elle fit
intervenir, dans ce débat de la vanité contre l'amour, la
mémoire d'un père qui avait adoré sa fille, le souvenir
d'un honnête homme qui avait légué son enfant à la tendresse charitable de lord O'Donnell; enfin, l'éloquente
indignation de mistress Lowe réussit à merveille, et peut-
être au delà de son espérance : miss Caroline lui promit,
en pleurant, de ne plus aimer, de ne plus admirer son
frère, et pour mieux rassurer encore son incrédulité or-

gueilleuse, la jeune fille consentit à épouser je ne sais quel riche baronnet du voisinage.

Ce cruel devoir, que l'on infligeait à la grandeur et à la probité de son âme, provoqua chez miss Caroline un de ces accès de fièvre poétique dont je vous ai parlé tout à l'heure; dans son imagination, le désespoir avait, aussi bien que l'espérance, des illusions et des rêves : au lieu de continuer à rêver, toute éveillée, de sa passion pour lord O'Donnell, miss Derby se mit à songer, avec orgueil, à l'immensité de ses regrets et de sa peine. Elle ne pouvait plus être heureuse : elle eut donc une joie extrême à exagérer les chances probables de son malheur; désormais, il lui était impossible d'achever, au fond de son cœur, le beau roman de l'amour qui se marie : elle commença à composer, dans le livre invisible de son esprit romanesque, le douloureux poëme de l'abnégation et du sacrifice.

IV

Le colonel Georges qui regardait et qui écoutait en silence, amoureux et dévoué, ne comprit rien à la soudaine fantaisie de cette jeune fille; l'empressement qu'elle semblait mettre à subir, pour mari, une façon de vieux gentilhomme, inspirait à l'amour de lord O'Donnell du dédain, du dépit, de la tristesse et de la colère; il s'irritait contre le mauvais goût de miss Caroline, et s'il lui pardonnait déjà de ne l'avoir point aimé, il ne lui pardonnait pas encore sa préférence apparente pour un gros-

sier marin, pour un baronnet de fraîche date, pour un
sir Edward Banister qui avait, tout juste l'esprit, la
bonne grâce et la galanterie d'un pirate !

Après bien des conseils et des remontrances inutiles,
qu'il adressait à miss Derby, Georges prépara ses comptes
de tutelle; il ajouta le chiffre d'une dot considérable à la
petite fortune de sa pupille; il voulut se charger de tous
les détails luxueux de son trousseau et de sa corbeille de
mariée; il pria le ciel pour la femme adorée qu'il allait
perdre; il ensevelit son amour, dans le coin le plus lumineux, à la place d'honneur de sa mémoire, au milieu
des plus beaux souvenirs de sa première jeunesse, et il
plaça la jolie main de miss Caroline dans la main brutale
d'un ancien corsaire !

A l'issue de la célébration nuptiale, les deux époux se
mirent en route pour Édimbourg où résidait la famille
de sir Edward Banister; le comte O'Donnel demeura seul,
dans son château de Brendsford, avec sa sœur, avec
mistress Lowe, dont il n'avait jamais soupçonné la triste
influence sur les volontés secrètes de miss Derby.

V

Quelques mois plus tard, il se répandit, à Londres, un
bruit assez extraordinaire : on parla, dans les salons de
la cour et de la ville, de la subite résolution qu'avait prise
le colonel Georges O'Donnell; on lui prêtait l'incroyable
désir de renoncer au métier des armes, pour se livrer à
à l'étude des lois et aux luttes périlleuses de l'éloquence

publique. Bientôt, en effet, le jeune officier jeta sur son brillant uniforme les draperies d'une longue robe noire; il se souvint de ses travaux et de ses triomphes universitaires; après avoir combattu par l'épée, il essaya de combattre avec l'aide de la parole : il tenta victorieusement la difficile épreuve qui devait réussir, un jour, à lord Erskine, — et le colonel se fit avocat.

Vraiment! l'on eût dit qu'il pressentait déjà l'occasion et le pouvoir d'être utile, dans cette nouvelle carrière, à la femme charmante qu'il avait tant aimée!..

VI

O'Donnell était devenu un des orateurs les plus distingués du barreau anglais : spirituel, pathétique et gracieux à la fois, il se faisait encore remarquer par une imagination fougueuse, par des flammes d'éloquence, si je puis m'exprimer ainsi, dont il brûlait son auditoire, en le touchant, en l'effleurant du bout de ses lèvres; c'était là un brillant parleur, magnifique et dangereux en même temps, qui sacrifiait dans plus d'une cause les ressources de la logique aux témérités séduisantes de l'esprit, la vérité à la colère, la conscience à la passion.

Un jour, comme O'Donnell se livrait tout entier, dans le silence de son cabinet, à l'étude d'un mémoire de l'avocat Brougham, pour le procès de la reine d'Angleterre, son valet de chambre osa interrompre sa lecture, et lui remit une lettre qui arrivait du royaume d'Écosse; cette lettre, écrite par Caroline Banister, était la seule nouvelle, le seul souvenir qu'il eût reçu, depuis cinq ans, de l'amitié de sa pupille : il brisa le cachet, d'une main tremblante, avec bien de la joie... et presque aussitôt, ses yeux laissèrent tomber une larme sur cet affreux message qui ne contenait que les mots suivants :

« J'ai besoin de vous, Georges, pour me sauver de la » mort, et surtout de l'infamie... Venez ! »

Vite ! vite ! une voiture, des postillons, de l'argent et des chevaux ! Caroline l'appelle et le supplie... Il y va de son honneur et de sa vie... En route pour l'Écosse, et que le ciel le conduise !

Enfin, le voilà dans la ville d'Édimbourg !...

— Où est la maison de lady Banister ?

— La voici, milord.

— C'est bien... Pourquoi cette maison est-elle triste ?... Que signifient ces habits de deuil ?... Il me semble que vous pleurez tous en me voyant... Que veulent dire ces larmes ?... Votre maîtresse est-elle visible ?

— Hélas !

— Où est lady Banister ?

— Dans un cachot peut-être...

— Caroline !... et pourquoi ?

— Dieu seul le sait !

— Je veux le savoir aussi... Cocher, à la porte de la prison !...

La prison s'ouvre...

— Geôlier, je suis l'avocat de lady Banister !...

— Entrez.

— Mon Dieu ! est-ce bien vous que je regarde, vous

que je retrouve, Caroline, pâle, flétrie, presque mourante ?...

— Oui, c'est bien moi... Vos yeux ne m'ont point reconnue ? Il faut donc que votre cœur me devine !

— Milord, continua Caroline, en baisant les mains de celui qu'elle appelait déjà son sauveur ; le crime que j'ai commis, dans l'opinion du monde, est épouvantable ; jugez : il s'agit d'une prévention capitale qui a soulevé d'avance, autour de moi, les sympathies les plus vives et les haines les plus ardentes ; vous voyez devant vous, Georges, une malheureuse femme que l'on accuse d'avoir empoisonné son mari !.

— Quoi ! sir Edward Banister ?...

— Il est mort ! Contre une pareille accusation qui provoque les débats les plus violents, les plus désespérés, les plus scandaleux, il me faut un défenseur qui soit d'abord mon ami, un avocat qui devienne mon premier juge ; votre Caroline, votre enfant est prête à répondre à toutes vos questions, pour faire briller à vos yeux, dans l'obscurité de cette cause inique, la sainte auréole de son innocence ! Croyez-en la digne fille d'un honnête homme, la fille de votre précepteur John Derby : je suis innocente, Georges... Sauvez-moi !

— Je vous sauverai ! répondit O'Donnell.

— Que Dieu et mon père vous entendent ! répliqua la jeune femme.

VII

Georges s'installa dans un hôtel, pour y attendre indéfiniment le résultat d'une accusation qui allait rivaliser d'éclat et de scandale avec un autre procès de cette époque, avec le fameux procès de la reine d'Angleterre. Le monde tout entier n'était plus, pour le cœur de lord O'Donnel, que dans l'enceinte de la ville d'Édimbourg; ses affections les plus chères se cachaient dans la cellule d'une infâme prison; le théâtre, j'allais dire le champ de bataille de son éloquence, c'était le prétoire ensanglanté d'un tribunal criminel; les ennemis qu'il se préparait à combattre étaient les juges, les témoins et les jurés d'une cour d'assises.

L'instruction judiciaire dura des mois entiers... des siècles pour la douleur de Caroline et pour la noble impatience de lord O'Donnel!...

Il se passa, dans les premières scènes de cette cause ténébreuse, précisément tout ce que l'on avait prévu : les épisodes les plus dramatiques, les misères les plus intimes, les péripéties les plus saisissantes, se pressèrent en foule, et O'Donnell essaya de lutter, avec l'enthousiasme d'un amour désespéré, contre la marche lugubre de cette affreuse tragédie.

On dépose contre le caractère étrange de Caroline : le défenseur crie à la médisance; on témoigne contre la vie privée de sa cliente : il crie à l'injustice; on lui jure, devant Dieu et devant les hommes, que lady Banister a offert, un jour, à son mari un verre tout plein de scherry, et la science lui affirme qu'il y avait du poison au fond de ce verre : il crie au mensonge et à la calomnie. Il ne défend plus l'accusée : il attaque ses accusateurs; il rugit comme un léopard que l'on blesse; il s'échauffe, il déclame, il se démène contre tout le monde, et son imprudente indignation s'efforce de clouer, sur la sellette, à la place de lady Banister, les témoins, les savants, les juges, tous les innocents qui ne veulent pas admettre l'innocence de Caroline.

La fatigue et les émotions de la lutte vinrent au secours du dévouement de lord O'Donnell : encore une audience peut-être, et c'en était fait de cette blanche couronne d'une jeune femme, que le crime avait souillée avec du poison... Mais, tout à coup, au moment d'aborder enfin, sans hésiter, le système d'une défense impossible, le défenseur de Caroline tomba sur son siége, haletant, épuisé, évanoui. Des médecins accoururent à la barre : on augura très-mal de la santé de lord O'Donnel, et la cause de lady Banister fut renvoyée à la session la plus prochaine : ce bienheureux délai ne fut perdu ni pour l'avocat ni pour la cliente.

VIII

On a déjà dit, bien souvent, qu'il y avait un peu de comédie dans le spectacle de la justice; on pourrait dire, avec plus de raison, qu'il y a beaucoup de ce que l'on appelle un comédien dans le personnage d'un avocat.

Parfois le comédien se prend d'un beau caprice pour

un mauvais rôle qui lui semble admirable ; l'avocat s'en-
flamme aisément pour une mauvaise cause qui lui paraît excellente. Dans son admiration sincère pour une
méchante pièce, le comédien a juré de l'imposer, en la
jouant, au goût et aux applaudissements de son parterre ;
dans l'ardeur de son enthousiasme pour une méchante
affaire, l'avocat se promet de disposer, à son gré, de l'opinion publique, des juges et de l'auditoire. Le comédien
se charge d'un ouvrage qui lui plaît : il faut donc que
cet ouvrage plaise au public et qu'il réussisse ; l'avocat se
charge d'une défense qui le séduit et qui l'intéresse : il faut
donc qu'elle séduise les autres et qu'elle triomphe. Le
comédien du théâtre joue son rôle, avec toute la verve
de son esprit qui se trompe ; le comédien du barreau
joue sa plaidoirie, avec tout le dangereux entraînement
de sa conscience qui s'égare. Quelquefois aussi, après le
jugement du parterre, le comédien regrette tout le talent
qu'il a dépensé sur la scène ; après le jugement du tribunal, l'avocat déplore toute l'éloquence qu'il a gaspillée
dans le prétoire !

Il en fut ainsi peut-être de l'avocat O'Donnell, dans le
procès de Caroline Banister : convaincu de l'injustice de
l'accusation, et tout rempli de son ancien amour pour la
personne de l'accusée, Georges avait pris au sérieux
l'usage officiel de sa parole ; pour écraser, aux éclats de
sa voix formidable, les adversaires, les calomniateurs de
sa belle cliente, Georges aurait donné le dernier mot de
son éloquence et la dernière goutte de son sang !... L'enthousiasme de l'avocat, dans un pareil drame, alla si vite

et si loin, qu'il imagina dans l'intérêt de Caroline la péroraison la plus nouvelle, la plus étrange, la plus audacieuse du monde judiciaire : imaginez, à votre tour, quelque chose de singulier, de terrible et d'inouï; inventez le moyen de défense le plus désespéré, le plus effrayant; arrangez à votre gré la résolution la plus sombre, la plus affreuse... Vous ne devineriez pas encore... Vous ne devineriez jamais!... — Eh bien! Georges s'en alla bravement offrir à Caroline de terminer sa plaidoirie par l'annonce de son mariage avec la veuve de Banister, avec la veuve de la victime!... Oui, Georges ne craignit point de la prier, de la supplier de recevoir son nom, en échange de celui qu'elle avait porté, et la pupille amoureuse consentit à cacher son veuvage dans le manteau de noblesse des lords O'Donnell...

Un ministre, deux témoins, un acte authentique, un solliciteur, et tout fut dit : Georges épousa Caroline, dans un coin de la prison d'Édimbourg, et certes! à sa place, bien des comédiens d'élite, bien des comédiens enthousiastes n'auraient point épousé, pour sauver une pièce, l'héroïne équivoque d'une semblable tragédie !

Dès ce moment, la cause de la prévenue était gagnée devant les hommes, si elle ne l'était pas devant Dieu. La justice aurait condamné peut-être une malheureuse qui se nommait Caroline Banister ; mais pouvait-elle frapper, sans terreur, une accusée qui avait reçu, des mains de son avocat, un titre nobiliaire et un des noms les plus honorés des trois royaumes?...

La tâche du défenseur devenait facile, et la nouvelle

plaidoirie de Georges fut admirable : les préventions publiques disparurent, en un clin d'œil, au bruit de son éloquente parole, et même des applaudissements éclatèrent
dans toute la salle, lorsque le brillant orateur se mit à
dire d'une voix émue :

— Il n'y a plus de Caroline Banister dans cette enceinte ; je n'aperçois, sur la sellette, que lady O'Donnell,
ma femme, et je réclame de vous son honneur... et le
mien !

IX

Deux ou trois heures après l'acquittement de Caroline,
Georges se trouvait seul, dans une chambre de la petite
habitation qu'il avait choisie pour sa femme. Il ne voyait
plus, autour de lui, les personnages, les interlocuteurs
du drame judiciaire qu'il avait joué ; il n'était plus en-
flammé par l'ardeur d'une secrète espérance, enhardi par
les emportements de la polémique, aveuglé par les éclairs
de l'inspiration et de l'enthousiasme ; il était calme,
froid, impassible, et chez lui le juge avait remplacé l'avocat. Lord O'Donnell se souvint de toutes les circonstances,
de tous les témoignages, des moindres détails qui avaient
déposé contre l'innocence de Caroline ; les plus futiles
accessoires de cette cause mystérieuse se pressèrent
tristement dans sa mémoire, qui se réveillait à grand'-
peine. Il se rappela tout ce que l'on avait pensé publiquement du caractère et de la vie intime de lady Banister...
il se troubla, il trembla... il interrogea sa conscience...

Le nom de sir Edward s'échappa de sa bouche... Et il crut voir tomber, dans un verre, le poison qui l'avait tué...

Et au même instant, lady O'Donnell parut sur le seuil de la porte, le plaisir dans les yeux, le sourire sur les lèvres, élégante, belle, radieuse, ressuscitée par la justice des hommes!

Sans prendre garde à l'émotion, à la pâleur, à l'abattement de son mari, Caroline se précipita aux genoux de son glorieux défenseur, heureuse de lui prodiguer, en souriant, des éloges, des serments, de tendres regards et des caresses!... Mais, elle s'aperçut enfin que Georges était bien pâle, bien faible, près de s'évanouir dans ses bras!... Effrayée d'une pareille faiblesse, qu'elle attribuait sans doute à l'enivrement du triomphe, Caroline courut à l'autre bout de la chambre : elle prit sur une table un verre tout plein de scherry, et la veuve de Banister s'empressa d'offrir cette liqueur aux lèvres tremblantes de son mari...

Le seul aspect de cet innocent breuvage épouvanta lord O'Donnell : il tressaillit, comme un homme qui a peur d'un mauvais rêve et qui se réveille en sursaut! il saisit, d'une main convulsive, le verre que lui présentait sa femme, et il le vida lentement sur un marbre, goutte à goutte, en ayant l'air d'y chercher quelque chose d'affreux dont il se souvenait avec terreur...

— Georges, lui demanda Caroline, en pâlissant à son tour, que cherchez-vous au fond de ce verre?

— Du poison! répondit O'Donnell...

Caroline poussa un cri terrible, et, les yeux fixés sur ce nouvel accusateur de lady Banister, elle lui dit en s'agenouillant à ses pieds :

— Georges ! Georges ! il valait mieux me laisser mourir entre les mains du bourreau...

— Voilà le poison ! murmura lord O'Donnell, en laissant tomber la dernière goutte de scherry...

— Eh bien ! s'écria Caroline, avec toute la sombre colère du désespoir ; oui, j'ai empoisonné sir Edward Banister... et vous êtes mon complice !... Je vous aimais, il y a cinq ans... Je vous ai toujours aimé... Je vous aime encore, Georges !... Le souvenir de mon amour m'a perdue !... J'ai voulu vous revoir... J'ai voulu vivre pour vous seul... Et j'ai tué le mari que vous m'aviez donné... Répondez-moi, maintenant : lequel de nous deux est le plus coupable ?...

Lord O'Donnell ne répondit point à une pareille question ; il brisa, sur le parquet de la chambre, le maudit verre qu'il tenait à la main ; il prononça je ne sais quelles paroles inintelligibles, et dès ce moment, c'en était fait de l'esprit et de l'éloquence du célèbre avocat de Londres : lord O'Donnell était fou !

Caroline accepta la punition tout entière ; elle se voua, la nuit et le jour, à l'infortune de ce pauvre insensé. Parfois, quand elle souffrait, quand elle se mourait à la peine, elle disait : Je n'ai le droit de vivre que pour souffrir, et je souffre ; après le pardon des hommes, laissons passer la justice de Dieu !

Le temps, le malheur et le crime pesèrent en vain sur

l'esprit exalté de Caroline ; face à face avec une folie horrible, elle ne perdit rien de cette exagération romanesque,
de ces accès de fièvre, de ces *poétiques* idées qui, du septième ciel, vous précipitent sur la terre le moins poétiquement du monde : faute d'un meilleur chef-d'œuvre à
réaliser dans ses rêves, elle rêva pour elle seule le poëme
de l'expiation, comme elle avait rêvé autrefois le poëme
du sacrifice !

L'OREILLER.

I

Le premier janvier est pour moi un grand jour, un magnifique anniversaire! me disait un noble italien qui a honoré l'Italie par ses talents et ses vertus.

Le comte de Cellini me disait encore :

« — Si vous avez lu les *Prisons* de Silvio Pellico, cet admirable chef-d'œuvre qui est écrit en même temps par un romancier, par un poëte et par un chrétien, vous connaissez l'histoire de ces affreuses condamnations qui frappèrent, il y a vingt-cinq ans, l'élite libérale dé la jeunesse italienne. Je fus condamné à mort, et déjà la police autrichienne avait eu la bonté de choisir la place, le jour et l'heure de mon supplice; mai   par bonheur, j'avais une

femme dévouée : ma pauvre Emilia obtint la grâce de son
mari, et Sa Majesté l'empereur d'Autriche, qui consentait
à me laisser vivre, daigna me condamner à mourir cent
fois dans le *carcere duro* d'une forteresse allemande.

» A part notre condamnation et notre grâce, il y eut, à
cette époque, quelque chose de commun entre le comte
Confalonieri et moi : il demanda l'insigne faveur d'emporter, dans sa prison, un coussin qu'il avait reçu de la
comtesse Thérèse ; je réclamai le droit précieux de garder, au fond de mon cachot, un oreiller, un simple
oreiller qui était, hélas ! ma seule fortune, mon seul
trésor, tout mon bonheur ! Un peu plus tard, les autorités
de Brünn confisquèrent le coussin de Confalonieri ; je
vous apprendrai, tout à l'heure, pourquoi l'inexorable
gouvernement de la forteresse respecta l'innocente pos-
session de mon oreiller.

» Vous savez, sans doute, mais moins exactement que
je ne le sais moi-même, ce que signifie le *carcere duro*
du Spielberg, le gouffre le plus horrible de toutes les
prisons de la monarchie autrichienne : c'est un vaste sépulcre où les prisonniers meurent longtemps !... Mais,
cette mort de tous les jours ne les dispense point d'un
travail forcé qui oblige chaque victime politique à scier
du bois, à tricoter des bas et à faire de la charpie. J'avais,
pour cabanon, pour tombeau, un trou humide, mailleté
de têtes de clous et de broussailles de fer ; pour lit de
repos, j'avais une caisse, une bière, où mes membres se
brisaient ; pour vêtements, j'avais des guenilles qui
auraient fait rougir le dernier galérien de ce monde ; pour

nourriture, j'avais du pain noir et malsain, des légumes pourris et de l'eau ; enfin, autour de nous, au-dessus de nos têtes, à nos pieds, partout, il y avait, en guise d'épées suspendues, de grandes meurtrières qui nous menaçaient sans cesse, et qui servaient, au besoin, tout simplement, à mitrailler les prisonniers. Je ne vous parle ni des chaînes qui meurtrissaient nos pieds, ni d'une espèce de cilice qui nous meurtrissait le corps, ni du froid, ni de la faim, ni de la soif, ni d'un million de petites tortures qui n'étaient guère que les accessoires de notre emprisonnement ou de notre agonie.

II

» Un matin, environ trois mois après mon entrée dans ce château mortuaire, le vieux Schiller, dont mon illustre ami Silvio Pellico a fait un si touchant éloge, me pria de le suivre jusque dans la salle d'audience de la forteresse ; je pensai qu'il s'agissait encore d'une triste nouvelle, et j'éprouvai une peur affreuse, à la première vue, au premier mot de M. Wégrath, le sous-intendant du Spielberg.

» — Monsieur, me dit-il, avec une politesse exquise, je viens de recevoir une lettre anonyme qui vous concerne, et vous allez en juger ; la voici :

« Un de vos prisonniers politiques, le comte de Cellini,
» a obtenu l'autorisation de conserver, dans son cachot,
» un oreiller dont je vous dénonce la précieuse impor-
» tance : cet oreiller renferme des valeurs considérables,
» en papier-monnaie de toutes les banques d'Allemagne ;

» je m'en rapporte à votre prudence, pour l'usage qu'il
» convient de faire de ma dénonciation; vous aviserez. »

» — Monsieur, continua le sous-intendant, votre mystérieux oreiller renferme-t-il véritablement une pareille
richesse?

» — Mon oreiller contient, en effet, une richesse inestimable... Je me réserve seulement le droit de cacher à
tous les yeux la nature et l'importance de mon trésor.

» — Comme il vous plaira, monsieur; je ne vous ai
fait appeler que dans votre intérêt bien entendu : s'il
reste près de vous, dans votre cachot, il m'est impossible
de répondre de votre riche oreiller; s'il vous convient de
le confier à ma vigilance et à mon honneur, j'en répon-
drai devant Dieu et devant les hommes!...

» — Grand merci! répondis-je au sous-intendant; il
ne me sied pas de me séparer de mon unique fortune;
l'empereur m'a permis de garder mon oreiller, et je le
garde!

» — Allez donc, monsieur, et bonne chance!

» — En revanche, monsieur Wégrath, quoique je
tienne beaucoup à le secrète richesse de mon oreiller, je
jure de le donner un jour, en recouvrant ma liberté, à la
personne de cette prison qui aura eu, pour moi, le moins
de haine et le plus de pitié...

» — Cette personne-là sera bienheureuse!...

» — Si le bonheur est dans mon oreiller, puissé-je vous
rendre heureux, en vous le donnant!

Le bruit de cet entretien avec M. Wégrath se répandit,
je ne sais comment, dans la prison; l'histoire de mon

oreiller, vraie ou fausse, provoqua l'ambitieuse curiosité de tout le monde : je possédais un véritable talisman qui devait me servir à opérer des prodiges !

III

» Je débutai d'une façon merveilleuse : par l'ordre exprès du sous-intendant, chacun daigna me traiter, dans la forteresse, comme l'on y traitait d'ordinaire les voleurs et les assassins. On diminua le poids de mes chaînes ; on modifia mon ignoble costume de galérien ; on versa de l'eau fraîche dans ma cruche ; on jeta un peu de paille sur mon lit, et un peu de pain blanc sur ma table.

» Le travail manuel était pour moi une peine odieuse, épouvantable, et mes plaintes trouvèrent enfin de l'écho dans la salle d'audience : on me dispensa de scier du bois, de tricoter des chaussettes et de faire de la charpie ; ensuite, comme il me fallait passer mon temps à quelque chose d'utile ou d'agréable, on me permit, au nom de l'empereur, de lire et de relire cent fois *Bourdaloue*, *Pascal* et *l'Imitation de Jésus-Christ*.

» L'immobilité physique était, pour mon impatience, une horrible torture qui me donnait des accès de fièvre et de rage : on s'apitoya sur mon infortune, et j'obtins la chère liberté de sortir de ma chambre, pour me promener chaque soir dans le jardin particulier de la prison. On me refusait encore le bonheur de contempler et d'admirer le soleil ; mais, du moins, je pouvais regarder à mon aise les millions d'étoiles du firmament, et je me contentais, faute de mieux, de cette douce et poétique lumière.

» Seul, à peu près libre, vêtu d'un habit convenable, les yeux fixés sur les splendeurs d'une immense horizon, je croyais rêver, en marchant sur des fleurs, et vous allez savoir comment ce rêve continua de plus belle.

» L'appartement de M. Wégrath se trouvait à l'un des bouts de ce magnifique jardin réservé; un soir, j'entendis au loin, à travers le feuillage, le murmure cadencé des mélodies allemandes : on valsait dans le salon de notre sous-intendant, et je me mis à pleurer, en songeant aux danses amoureuses de mon Italie bien-aimée!

» Quelques minutes plus tard, je vis paraître, sur es marches du perron, des femmes et des enfants, toute la gracieuse famille de M. Wégrath, qui venait rire, s'amuser, folâtrer dans le jardin.

» Les enfants m'aperçurent bien vite et se jetèrent dans mes bras; les jeunes femmes me saluèrent, en me souriant comme des anges; M. Wégrath me tendit sa main, ses deux mains!

» Qui le croirait?..... le sous-intendant du Spielberg, qui n'était après tout que le geôlier en chef de la forteresse, s'empara de moi avec une familiarité vraiment amicale, et nous voilà bras dessus, bras dessous, dans la petite allée du parterre qui conduisait aux degrés du salon : il me força de le suivre, et j'allai m'asseoir, bon gré, mal gré, aux premiers rangs d'une salle de danse !

» Au même instant, une jeune fille, la nièce de M. Wégrath, s'avança vers moi, et me dit de sa voix la plus douce :

» — Vous plaît-il de valser une belle valse de Strauss,
avec votre humble servante ?...

» Je me relevai, pour lui prendre la main, pour l'enla-
cer de mes bras avides, pour tournoyer avec elle, aux
accents plaintifs d'un petit clavecin d'Allemagne... Mais
je me rappelai presque aussitôt mes amis du Spielberg,
mes compagnons d'infortune, et je regardai la jolie valseuse en lui disant avec bien de la tristesse :

» — Hélas! je suis trop lourd pour valser... Il me semble sentir à mes pieds le poids des chaînes qui meurtris-
sent mes pauvres camarades! Pardonnez-moi!

» — Je vous pardonne et je vous plains! répliqua la
jeune fille.

» — Plaignez mes amis, mademoiselle : ils souffrent,
ils se meurent, et ils ne vous ont pas vue!

» Catherine devint toute rouge; elle me répondit, en
détournant les yeux, et à voix bien basse :

». — Je dois les plaindre, parce qu'ils souffrent !

» Catherine poussa la sympathie pour le malheur jusqu'au dévouement d'un sacrifice qui me paraît sublime
dans une Allemande : elle ne valsa plus, de toute la soirée! Elle s'assit près de moi; elle me demanda mon
nom; elle voulut connaître les ennuis, les plaisirs, les travaux de ma jeunesse tout entière, et je racontai à cette
charmante Didon, le plus poétiquement qu'il me fut possible, le second chant de ma douloureuse Énéide !

» Au plus triste ou au plus bel épisode de cette causerie intime, il arriva quelque chose de bien simple, et qui
me sembla bien ravissant : une palombe vola tout à

16.

coup dans le salon et vint se poser, en roucoulant, sur
le bras de la jeune fille; Catherine serra, dans ses deux
mains, son oiseau favori qu'elle approcha tout doucement
de ses lèvres; l'audacieux oiseau se prit à becqueter,
selon sa louable habitude, la bouche de sa jeune maîtresse...

> » Et je ne dirai point, de peur de m'abuser,
> » Lequel des deux à l'autre enseigna le baiser !

» Le souvenir de Catherine et l'image de ce petit tableau bien innocent m'empêchèrent de dormir : si je
m'étais endormi cette nuit-là, j'aurais rêvé, à coup sûr,
d'une palombe et d'une jolie fille.

IV

» La bienveillance de M. Wégrath fut admirable, et
je l'en remercie encore, de loin, dans ma pensée ! une ou
deux fois par semaine, après le coucher officiel des prisonniers de la forteresse, il consentait à me laisser franchir une porte secrète de la prison, sous la conduite de
deux serviteurs dévoués, deux véritables amis qui se
nommaient Khral et Schiller, des geôliers d'élite dont
vous avez dû faire la connaissance dans les mémoires de
Silvio Pellico.

» La joie que m'inspirait le mystère de ces délicieuses
promenades, à travers les campagnes mélancoliques de
Brünn, était gâtée bien souvent par l'absence de ma
femme, de mon Emilia qui me pleurait sans doute, et
par le souvenir de ces malheureux compatriotes dont je
n'avais plus guère le droit de me dire le compagnon d'in-

fortune ! Pourtant, permettez-moi de vous l'apprendre, à ma louange : grâce à cette singulière influence, que je devais à la richesse problématique de mon oreiller, j'obligeai le sous-intendant du Spielberg à rendre à mon ami Silvio ses lunettes qu'on lui avait prises et une fourchette de bois qu'on lui avait retirée pour obéir à un ordre de Sa Majesté l'empereur !

» Une secrète pensée, bien douce et bien triste à la fois, nuisait encore à ce bonheur et à cette liberté dont je parle : la tendresse expansive de Catherine pour un captif, pour un malheureux tel que moi, me charmait et m'effrayait en même temps. La pauvre fille imaginait en ma faveur des prodiges de dévouement, je n'ose pas dire des prodiges d'amour ; elle était furieuse contre les gens de la maison qui ne m'aimaient point assez au gré de son envie, et jalouse des gens qui m'aimaient un peu trop, disait-elle, parmi les jeunes femmes de sa famille. Catherine faisait la cour au médecin du Spielberg, en songeant à ma santé qui n'était pas excellente ; elle faisait la cour au confesseur de la prison, en songeant peut-être à l'influence des fonctions spirituelles, dans les infortunes temporelles de ce monde ; elle faisait la cour à tous les porte-clefs de l'endroit, en les suppliant de ne point troubler, au bruit des verroux, les dernières heures, les derniers rêves de mon sommeil du matin. Elle haïssait ma patrie, parce que le patriotisme m'avait valu l'humiliation et la douleur d'une défaite ; elle maudissait l'Autriche, parce que l'Autriche m'avait condamné ; mais elle adorait M. Wégrath, le charitable sous-intendant, qui avait eu pitié de ma souffrance et de ma misère; enfin, sans que jamais une seule parole m'eût dévoilé sa passion, je compris aisément que j'étais devenu, du soir au matin, le premier amour de cette noble Catherine!

» Un jour, M. Wégrath me remit, sans l'avoir lue, une lettre qu'il venait de recevoir, à mon adresse, par la poste impériale de Brünn; cette lettre contenait les mots suivants, écrits en langue italienne :

« Puisque le prisonnier Cellini a le droit officieux de
» sortir en secret de la forteresse, pour se promener dans
» les environs du Spielberg, je le supplie de se faire con-
» duire ce soir, si c'est possible, dans une petite maison
» blanche qui est située sur la lisière du bois, tout près
» de la porte du cimetière; vive la jeune Italie!

» UN AMI. »

» Dans la soirée du même jour, je réclamai de la bienveillance de notre sous-intendant la permission de faire ma promenade habituelle; M. Wégrath me demanda, en souriant :

» — S'agirait-il, par hasard, dans le billet de ce matin, d'un rendez-vous amoureux que vous donne quelque belle fille de Moravie?

» — Je n'en sais encore rien, lui répondis-je; mais, s'il en est ainsi, je vous promets de vous l'apprendre à mon retour.

» Catherine, qui avait entendu cette question et cette réponse, me conseilla, de ses regards les plus tendres et de ses agaceries les plus engageantes, de passer la soirée

tout entière avec elle, avec sa famille, dans le salon hospitalier de l'intendance : la curiosité me rendit impitoyable pour la bonne Catherine, et malgré ses larmes hon-
teuses, qu'elle essayait de me cacher en feignant de
déchiffrer un morceau de musique, je résolus méchamment de m'aventurer, avec mes gardiens, sur la route qui
devait me conduire à la porte du cimetière.

V

» Je ne tardai point à découvrir la petite maison blanche : c'était une chaumière ravissante, à demi cachée par
une grande tenture de fleurs; elle se dérobait, pour mieux
être vue sans doute, dans sa cachette de clématites, et il
me sembla qu'elle jouait à merveille le rôle de la coquette
Galathée.

» Sous le prétexte de prendre un peu de repos et de
manger quelques friandises du pays, je frappai en tremblant à la porte de la maisonnette; Khral et Schiller consentirent à m'attendre sur le seuil de la chaumière; la
porte s'ouvrit devant moi, et je pénétrai, sur les pas d'un
vieux paysan, dans une salle basse de la maison blanche.

» — Monsieur le comte, me dit le villageois, votre sei-
gneurie se reposera beaucoup mieux dans ma belle chambre, dans ma chambre d'honneur du premier étage...
Daignez me suivre !

» Je lui demandai, avec une surprise bien raisonnable
en pareil cas :

» — Vous savez le nom et la qualité de votre hôte?

» — Oui, monsieur le comte.

» — De qui tenez-vous ces détails sur la personne d'un prisonnier du Spielberg?

» — C'est mon secret...

» — Gardez-le donc, et surtout gardez-le bien!

» En arrivant dans la chambre qui m'était destinée par mon guide, je faillis m'évanouir à force de stupeur, à force de joie : cette salle d'honneur de la maison blanche, je me souvenais de l'avoir déjà vue, là-bas, là-bas, dans mon palais de Venise; je croyais reconnaître, à chaque pas, à chaque regard, les meubles, les livres, les tableaux, tout le luxe intérieur de mon opulence d'autrefois; je retrouvais, à la place que je leur avais donnée dans mon petit salon de travail, mes grands hommes d'esprit, mes poëtes favoris, toutes les illustrations de l'Italie poétique : voilà le chef-d'œuvre de Foscolo, que j'avais laissé entrouvert sur mon pupitre de lecture; voilà le plus beau poëme de Monti, que j'admirais encore en voyant se glisser dans mon palais les espions de la police autrichienne; voilà, sur les papiers de ma table, la merveille tragique de Silvio Pellico, *Françoise de Rimini*, bien triste, bien désolée de ne plus entendre, autour d'elle, les applaudissements de mon admiration et de mon enthousiasme! Alors, je m'agenouillai au milieu de la chambre, et je m'écriai, avec une naïveté sans pareille :

» — Mon Dieu! où est donc mon Émilia? Mon Dieu! où est donc ma femme?

» A ces mots, une grande et belle paysanne se précipita dans la salle, en me disant, d'une voix dont la douceur me sembla divine :

» — Monsieur, monsieur, voici les gâteaux de Brünn que vous avez demandés !

» Je contemplai cette admirable villageoise de la maison blanche... Je fus effrayé de cette magique apparition qui me rendait, par un enchantement céleste, toutes les apparences merveilleuses d'une créature adorée !.... J'avais le frisson, j'avais la fièvre, j'avais le vertige.... Je poussai un cri terrible... Et je tombai évanoui, presque mourant, presque mort, dans les bras de mon Émilia, dans les bras de ma femme que j'avais évoquée !

» En revenant à moi, la tête mollement appuyée sur les genoux de la comtesse, j'aperçus, debout sur le seuil de la porte, Catherine elle-même, pâle, éperdue, furieuse !... Elle se rapprocha de nous, à petits pas, en nous menaçant du geste et du regard ; elle s'arrêta devant cette mystérieuse paysanne qui venait de provoquer toutes les colères de sa jalousie ; elle lui dit, avec un dédain superbe :

» — Celui que vous aimez vous trompe !... Cet homme n'aime rien ni personne en Allemagne... Il n'a jamais aimé que son Italie et sa femme qui est une Italienne !... Celui que vous aimez, le connaissez-vous, dites ?... c'est un malheureux prisonnier du Spielberg, dont il nous a plu de prendre pitié dans la prison... Désormais, le ciel aura pitié de lui, si bon lui semble... Adieu !

» — Catherine ! m'écriai-je, en saisissant la main de la jeune fille, demandez-moi pardon de votre cruelle injustice, et soyez la meilleure amie de mon Émilia, la meilleure amie de ma femme... que je vous présente !

» — Votre femme !...

» — Oui , ma femme qui vous aimera bientôt , je l'espère , et qui va vous embrasser, si vous voulez bien le permettre !

» — Madame... balbutia ma protectrice amoureuse en recevant les baisers de la comtesse , que la volonté de Dieu soit faite : vous consolerez notre prisonnier chaque soir, et je veillerai sur lui tout le jour !

VI

» Émilia n'avait devancé ma grâce que de trois ou quatre mois, seulement ; le 1er janvier 1826, la police de Brünn me fit remettre un ordre impérial qui me rendait la liberté, la fortune, la vie !

» La veille de mon départ pour Vienne, nous étions assis, — Catherine, ma femme et moi, — dans la petite chambre d'*honneur* de la maison blanche ; je priai la nièce de M. Wégrath de recevoir mon précieux oreiller, comme un témoignage de mon amitié et de ma reconnaissance...

» — Pour que je reçoive un pareil présent, me dit la jeune fille, il faut que je sache d'abord ce qu'il vaut et ce qu'il signifie ; on a tant jasé, dans la prison, sur ce mystérieux oreiller !... J'accepterai de vous, non pas un trésor, mais un souvenir, voilà tout !

» — Rassurez-vous, Catherine, lui répondit aussitôt la comtesse Émilia ; il ne s'agit que d'un modeste oreiller que je mouillai autrefois de mes larmes, en courant la nuit et le jour, sur la route de Vienne où j'allais implorer, pour

.mon mari, la généreuse pitié de l'empereur! Plus tard, il est vrai, j'ai mis à profit un singulier stratagème, afin d'attirer sur un malheureux captif les bonnes grâces de tous ses geôliers : J'ai dénoncé, dans une lettre anonyme, à votre oncle le sous-intendant du Spielberg, je ne sais quelle fantastique richesse, cachée par M. le comte de Cellini dans l'édredon de son oreiller; souvent, le mensonge peut servir à quelque chose de juste, et mon innocente ruse a porté bonheur au pauvre prisonnier!

» L'oreiller d'Émilia était encore destiné à jouer un rôle dans l'histoire de ma vie privée : deux ans après mon retour à Venise, la comtesse n'était plus de ce monde!... Un soir de l'année suivante, comme je me livrais tout entier au souvenir de celle que j'avais perdue, de celle que j'avais tant aimée, un domestique vint m'annoncer la visite d'une jeune dame qui avait exprimé, disait-il, le plus vif désir de me parler; j'ordonnai à mon valet de chambre de l'introduire dans le salon, et bientôt, lorsque je m'avançai vers elle pour la recevoir, je vis apparaître la jolie vierge du Spielberg, la bonne et adorable Catherine!

» — Monsieur le comte, me dit-elle, pardonnez-moi d'être venue vous attrister par ma présence et par mes paroles; les gazettes d'Autriche nous ont annoncé la mort de madame la comtesse de Cellini : je me suis rappelé quelle pieuse importance avait à vos yeux, dans la prison de Brün, l'oreiller que votre belle Émilia avait arrosé de ses larmes; vous me l'aviez donné comme un souvenir de votre amitié reconnaissante, et je vous le

rapporte comme une sainte relique de votre religion
amoureuse !...

» — Catherine, lui demandai-je, en baisant ses mains
toutes tremblantes, vous êtes venue seule à Venise ?

» — Seule.

» — Et quand vous plaira-t-il de repartir ?

» — Aujourd'hui.

» — Non... Restez encore auprès de moi, Catherine...
Attendez !

LE

COEUR ET L'ESPRIT.

I

L'Esprit se nomme Faustine; le Cœur se nomme Léonard. Madame Faustine de Kœller est une baronne allemande, née en France; Léonard Ortis est un comte
italien, précisément le complice et l'ami du comte Cellini
dont je parlais il y a un instant. Depuis le jour où il a
rencontré Faustine, Léonard se prend à regretter plus
d'une fois d'avoir échappé aux tortures du Spielberg. Il
aime et il souffre.

II

La coquetterie de la belle baronne de Kœller était pro-
verbiale dans les salons du grand monde parisien; elle

décimait l'aristocratie galante de la restauration; elle
exploitait les droits précieux que donne le veuvage, pour
déclarer une guerre sentimentale à ses amis et à ses ennemis. Indifférente au milieu des tendres passions qu'elle
provoquait autour d'elle, froide au milieu des dangers
qui la menaçaient quelquefois, impassible devant le
désespoir de ses crédules victimes, madame de Kœller
abusait, à dire d'expert en matière amoureuse, de sa jeunesse, de son esprit et de sa beauté. Le noble mari qu'elle
avait eu le bonheur de perdre, à l'âge de vingt ans, lui
avait légué, disait-on, avec une fortune considérable, le
souvenir d'un caractère violent, d'une volonté inflexible,
d'une obstination tout à fait germanique. Madame de
Kœller se souvenait, peut-être, des qualités ennuyeuses
de son mari; il avait abusé, contre elle, de la servitude
du mariage : à son tour, elle abusait, contre tout le
monde, des caprices de son indépendance; il plaisait à la
jolie veuve de venger, de son mieux, l'infortune de la
femme mariée.

Madame de Kœller trônait en despote sur les coussins
de son boudoir : un mouvement de son sceptre, qui était
un éventail, effrayait les plus rebelles de ses sujets amoureux; elle dictait des lois avec des regards; elle récom-
pensait avec un sourire; elle châtiait avec l'arrêt d'une
simple parole; elle tuait avec une épigramme; chez elle,
le silence signifiait un ordre d'exil.

Les fous de la reine, les soupirants qu'elle avait dé-
solés, les malheureux qu'elle avait proscrits, ressem-
blaient à tous les pauvres plaideurs de ce monde : ils

essayaient de flétrir ce qui était pour eux une singulière injustice, en maudissant le juge impitoyable qui les avait repoussés. En pareil cas, on se réfugiait dans l'oratoire d'une célèbre douairière : le dépit et la médisance instruisaient, à leur tour, le procès d'une coquette que l'on condamnait à mort... par contumace.

Madame de Kœller appela ce petit tribunal de représailles : le champ d'asile de l'amour dédaigné.

Avec un peu moins de résolution et d'audace, la baronne aurait succombé à la peine, à la fatigue d'une pareille lutte. Il lui fallait résister, chaque jour, à une pluie battante de calomnies, de reproches et de menaces; madame de Kœller s'abrita dans son esprit et dans son orgueil : la vanité l'empêcha d'entendre le bruit de l'orage, et l'averse continua de tomber.

Le noble faubourg tout entier fit pleuvoir, sur la coquetterie de la baronne, une grêle de méchants propos, d'épigrammes et de sornettes malicieuses; eh bien! la jalousie eut beau dire, et la médisance eut beau faire; en regardant, de près ou de loin, les petits pieds de Célimène, nul n'avait su découvrir encore la trace la plus légère d'un faux pas : la coquetterie avait pris la lance et l'armure de la Sagesse; mais, à vrai dire, on ne découvre la première faute des femmes que lorsqu'elles en ont commis une seconde.

III

Certes! Faustine avait de l'esprit; mais elle avait surtout le talent d'emprunter un supplément d'esprit à tout
le monde, à la façon du bonhomme dont parle Voltaire.
Elle recueillait, elle *compilait*, avec une dextérité admirable, les bons mots, les saillies, les traits plaisants, les ré-
parties brillantes et les cruautés heureuses. Sa mémoire
était une espèce de sablier où elle jetait, chaque jour,
grain à grain, la poudre d'or qui lui servait à pailleter ses
paroles. Il y a des femmes spirituelles, qui ont un peu d'esprit parce que leurs amants, leurs amis ou leurs ennemis
en ont beaucoup.

Faustine n'aimait que l'esprit; elle avait dû tuer son
mari à force d'esprit. Pour une nouvelle provision d'esprit, elle aurait peut-être laissé mourir son enfant. Elle
aurait assassiné un homme, et surtout une femme, pour
lui voler son esprit. A ses yeux, il n'y avait point de passion, de tendresse, de devoir, de dévouement ou de douleur
qui valût un peu d'esprit. Elle affirmait que l'on pouvait
tout dire, tout faire, tout oser, avec l'esprit. Un trait
de caractère m'étonne dans une pareille femme : les
hommes très-spirituels lui faisaient peur! Il n'y a pourtant que ces hommes-là qu'une coquette puisse espérer
de rendre stupides.

Faustine se croyait très-spirituelle, quand elle ordon-
nait à Léonard de courir, à *pied*, à côté de ses chevaux,
de la barrière de l'Étoile à la rue Saint-Honoré. Elle se

croyait très-spirituelle, quand elle lui commandait de
pleurer, parce que ses larmes étaient belles. Elle faisait
de l'esprit, quand elle lui parlait d'amour, comme si elle
n'eût été qu'un homme. Elle faisait de l'esprit, quand elle
lui jurait qu'une femme ne devait être fidèle qu'à l'infidélité. Elle faisait de l'esprit, quand elle lui disait en souriant : « Pleurez et souffrez encore ; en amour, on n'est
jamais aussi malheureux qu'on se l'imagine ! »

IV

Le comte Léonard Ortis n'avait plus rien à faire de ce
qu'il faisait autrefois en Italie ; désormais, il lui était impossible de jeter aux échos du lac de Milan un noble cri
d'indépendance ; impossible de parler au peuple de la
liberté qui était déjà morte et de la patrie qui allait mourir ; impossible enfin de conspirer, à Paris, contre l'usur-
pation de la monarchie autrichienne !... L'imprudent
Léonard se mit donc à faire l'amour, sans doute pour
continuer à faire de la politique et de la guerre. Il résolut
de s'attaquer à la royauté d'une jolie femme ; il ne craignit point de s'agenouiller aux pieds d'une coquette ; il
essaya de lutter, avec l'aide de sa passion, contre la frivo-
lité capricieuse de madame de Kœller ; lui, le pauvre
amoureux qui n'avait que du cœur, il osa combattre ce
terrible et charmant adversaire qui n'avait que de
l'esprit ! Léonard s'endormait peut-être chaque soir, en
murmurant avec l'orgueil d'une secrète espérance : le
plus beau miracle de l'amour, c'est de tuer la coquetterie !

Une voix sévère disait souvent à Léonard : prends garde... le sentiment est toujours la dupe de l'esprit !

Une voix rieuse disait à madame de Kœller : quel bonheur de n'aimer personne, en voyant le mal de ceux qui nous aiment !

Le cœur disait tristement à Léonard : cache bien ta jalousie ; de tous les maux que nous devons à l'amour, la jalousie est celui qui fait le moins de pitié à une femme !

L'esprit disait, en souriant, à madame de Kœller : puisque Léonard vous menace de ne plus vous aimer, en cessant de vous voir, laissez-le partir, et sa folie sera complète !... croyez-en votre fidèle esprit, Madame : l'absence diminue les petites amours et augmente les grandes passions, comme le vent qui éteint les bougies et qui rallume le feu !

L'esprit avait raison : le cœur voulut essayer de se guérir en voyageant ; mais, hélas ! il revint bien vite à la chaîne spirituelle d'une coquette ; l'absence avait terminé la lutte ; l'amour ressemblait à une folie, et Léonard était perdu.

Dès ce moment, madame de Kœller résolut de se tenir sur ses gardes ; elle obéit à de nouveaux conseils de son esprit qui commençait à lui dire : Madame, dans un homme amoureux, les jeunes filles ne savent aimer que l'amant ; mais, dans l'homme qui les adore, les femmes coquettes finissent par aimer quelquefois le grand amour qu'elles ont inspiré ; méfiez-vous de la belle et ardente passion de Léonard... de peur d'adorer, un jour, votre propre ouvrage !...

V

Un soir, il se passa quelque chose d'étrange, une scène bien singulière, dans le salon de madame de Kœller : la jolie femme à la mode n'avait jamais semblé à Léonard ni mieux parée, ni plus belle, ni plus brillante ; elle avait, ce soir-là, une toilette délicieuse et une figure divine !... En la contemplant de ses regards les plus avides, les plus amoureux, Léonard se persuada qu'il venait de voir glisser une triste pensée... un nuage de tristesse, sur le front de cette femme si heureuse ; Léonard en fut ravi peut-être : dans le chagrin de celle qu'il aime, il y a toujours, pour un amant dédaigné, une petite vengeance qui lui fait plaisir !...

— Asseyez-vous, lui dit madame de Kœller, d'une voix émue ; écoutez-moi bien, Léonard...

— Léonard !...

— Ne vous est-il point arrivé, quelquefois, de me nommer Faustine, tout simplement ?

— Oui, je m'en souviens encore avec bonheur !

— Vraiment, Léonard, les femmes elles-mêmes ne connaissent pas toute leur coquetterie ; elles commettent, sans le savoir, bien des torts, bien des fautes peut-être....

— Quelle faute avez-vous commise, Madame ?

— D'abord, je vous ai rendu amoureux, amoureux fou, sans le vouloir...

— Vous l'avez bien voulu, Madame !

— Vous croyez ?... Ensuite, j'ai fait le tourment et la

désolation de votre amour; pardonnez-moi : quand on est jeune, libre, riche et jolie, il faut bien faire quelque chose !

— C'est juste; on s'amuse à tuer le bonheur d'un honnête homme... pour tuer le temps !...

— Enfin, imaginez, Léonard, qu'un jour... il n'y a pas longtemps de cela, je m'avisai d'exercer mon esprit et ma coquetterie contre un fat que vous connaissez à merveille...

— Qui donc? Madame, s'écria Léonard avec toute l'impatience de la jalousie.

— Êtes-vous jaloux des malheureux que je désole?

— Je suis jaloux de tous ceux qui vous aiment, Madame !

— Et si je ne les aime pas, moi ?

— Que m'importe, Madame... si je ne suis plus seul à vous aimer ?...

— Naïf et admirable jaloux ! murmura la coquette.

— De quel adorateur, de quel fat me parliez-vous, Madame ? S'agit-il de châtier l'insolence qu'il a eue de vous déplaire ?

— Oui.

— Un mot de votre bouche, Madame... et je le punirai !

— Selon moi, Léonard, le chevalier de Massy ne manque ni de finesse ni d'esprit...

— Vous trouvez?

— Il m'a semblé, du moins, qu'il écrivait d'un style à peu près spirituel...

— Il a osé vous écrire ?

— Et j'ai osé lui répondre...

— Souvent?

— Trop souvent!.. Oh! rassurez-vous, Léonard : mes réponses à M. de Vassy ne sont guère que des pages d'écriture, saupoudrées de ce sable d'or que l'on appelle la coquetterie d'une femme ; eh bien! vous le dirai-je? le chevalier a trouvé le moyen...

— De vous compromettre ?

— C'était impossible !

— De vous calomnier ?

— C'était plus facile !... Si j'avais eu un ami véritable, qui daignât protéger l'honneur d'une veuve, j'aurais déjà brûlé, à la flamme de mon boudoir, cette frivole correspondance qui sert de prétexte au babillage d'un indiscret ; aujourd'hui seulement, j'ai pensé à vous, Léonard : vous sied-il d'obliger M. de Massy à faire amende honorable? Voulez-vous le forcer de me rendre quelques lettres inutiles ?... Nous les brûlerons ensemble : il n'en restera que le souvenir de votre dévouement pour moi et de ma reconnaissance pour vous.

— Nous les brûlerons demain ! répondit Léonard.

Un remerciement dans une larme tomba des yeux de madame de Kœller, et Léonard s'agenouilla devant elle ; il ignorait sans doute, le malheureux, que la plus affreuse coquetterie d'une femme, c'est de nous faire croire qu'elle a cessé d'être coquette.

En le voyant sortir pour la venger, pour mourir peut-être, madame de Kœller essuya ses beaux yeux qui pleu-

raient encore. Elle se regarda longtemps devant une glace
qui lui parlait de sa jeunesse, de son élégance et de sa
beauté ; elle oublia bien vite le pauvre Léonard, et son
dévouement, et son amour ; elle se hâta de sourire, afin
de redevenir spirituelle : l'esprit ne sait pas longtemps
jouer le personnage du cœur !

VI

Le lendemain, le chevalier de Massy s'exécuta de la
meilleure grace du monde ; il commença par se battre :
il blessa, il égratigna Léonard, mais il reçut à son tour la
leçon que donne la pointe d'une épée ; il tendit la main à
son loyal adversaire, et il le supplia de remettre à madame
de Kœller je ne sais combien de billets galants qui conte-
naient, disait-il, beaucoup plus de musc que d'esprit.

Quel orgueil et quelle joie pour Léonard ! Il accourt
chez Faustine ; il lui apporte ces lettres mystérieuses, ces
billets galants et musqués qui faisaient tant de peur et
tant de honte à une femme d'esprit ! il les a payées de
son sang, et madame de Kœller lui réserve une récompense tout à fait spirituelle. La scène fut d'une grâce et
d'un esprit atroces. Faustine est assise près d'un grand
feu d'automne ; elle se chauffe les pieds, sans trop regarder Léonard qui s'est agenouillé devant elle. De temps en
temps, elle dérange ses pieds, pour les poser sur le front
de cet admirable niais qui aime si bien et qui aime si
triste ! Les lettres sont là, entre le cœur et l'esprit : le
cœur ne demande pas mieux que de les brûler, sans y

chercher un seul mot qui le blesse ; mais l'esprit a besoin
de les lire : un pareille correspondance est une petite provision d'épingles empoisonnées, qu'il s'agit de piquer sur
un homme amoureux comme sur une pelote sensible.
L'esprit devient impitoyable : il lit tout ; quand il a terminé la lecture d'une lettre, il la laisse tomber sur la tete
de Léonard, et Léonard la jette au feu en tressaillant ;
enfin, le dernier billet, le plus hasardé, le plus compro-
mettant, disparaît dans les flammes : on n'oublie de brûler qu'une coquette.

En ce moment, un joli enfant, le fils de madame de
Kœller, accourut dans le salon et se précipita dans les
bras de sa mère : Faustine l'embrassa ; puis elle le poussa
tout doucement vers Léonard, et Léonard l'embrassa à
son tour, juste à la place que les lèvres maternelles venaient de toucher, de caresser : il lui sembla qu'il avait
rencontré la bouche même d'une femme bien-aimée !
Quant à Faustine, le petit mystère de cette *rencontre*, de
ce double baiser, ne déplaisait pas à sa coquetterie : elle
avait trouvé le moyen de faire de l'esprit en action, sur les
deux joues de son enfant !

A la fin de cette scène, madame de Kœller adressa une
étrange question à Léonard :

— Si je vous permettais de donner à mon fils un nouveau nom, un nom d'amitié, comment l'appelleriez-vous ?

— Je l'appellerais *mon regret !* répondit Léonard.

L'esprit fut sans doute assez intelligent pour comprendre tout ce que désirait ce regret d'un cœur amoureux.

VII

Deux heures après cette entrevue, après cette scène
que j'ai gâtée en la racontant, voici Léonard qui revient
chez madame de Kœller. Il a été blessé, le matin : il est
pâle; il a la fièvre; il souffre horriblement de la blessure
qu'il a reçue et du baiser qu'il a donné; mais qu'importe?
il a promis de conduire Faustine au spectacle de l'Opéra.
Où est donc Faustine? dans son boudoir? dans sa chambre à coucher? dans son jardin?... Madame de Kœller
est dans sa berline de voyage, sur la grande route : elle
voyage ! Un ami de la maison, un jeune Parisien qui avait
de l'esprit aussi, et qui n'aimait que l'esprit, s'était
chargé de remettre à Léonard un billet spirituel, affreux,
abominable, que la coquetterie adressait à l'amour, en
guise d'adieu :

« Votre folie commence à m'inquiéter, Léonard, et
» votre désespoir me fait peur; forcée de vous plaindre
» par reconnaissance, je me hâte de vous fuir par précau-
» tion. N'essayez pas de me suivre, mon ami; j'ai trouvé
» un moyen de me dérober au spectacle de votre folle
» passion : un parent de M. de Kœller commande en Italie
» une garnison autrichienne : je serai, dans quelques
» jours, à Milan, sur les bords du lac de Côme, bien loin
» de vous, Léonard, et tout près des persécuteurs étran-
» gers qui vous ont proscrit. Nous nous reverrons en
» France, je l'espère, dès qu'il vous plaira de devenir
» calme, raisonnable, comme il convient non pas à un

» Italien amoureux, mais à un galant gentilhomme de
» Paris : d'ici là, j'ai eu la sublime pensée de jeter, entre
» vous et moi, les lois de la monarchie autrichienne qui
» vous ont condamné à mort; adieu ! »

Vous croyez sans doute que cette odieuse lettre est un
coup de massue enrubannée qui écrase la tête et le cœur
de Léonard? Pas le moins du monde; Léonard relève la
tête et il prend son cœur à deux mains : il s'assied devant
une petite table de laque, et il ne pense qu'au bonheur de
répondre à cette lettre avec le papier et la plume de Faustine ! Il écrit à madame de Kœller; il répète tout haut ce
qu'il écrit, devant un témoin, devant un ami de la maison, devant le spirituel Parisien de tout à l'heure, qui
l'écoute en se moquant de son éloquence et de sa folie.
Eh bien! telle est l'influence de cet amour si vrai, de cette
passion si naïve, de ce cœur si charmant et si dévoué,
que le stupide témoin finit par pleurer en écoutant ces
derniers mots de la réponse de Léonard :

« Puisque vous êtes à Milan, sur les bords du lac,
» dans la résidence du général de Goritz, nous nous re-
» verrons bientôt, non pas en France, mais en Italie !
» J'irai braver auprès de vous les juges qui m'ont con-
» damné; il ne vous restera plus qu'à me dénoncer : je
» mourrai à vos pieds, dans mon amour et dans ma pa-
» trie, les yeux tournés vers le soleil qui doit éclairer un
» jour la jeune liberté italienne. »

Je vous laisse à juger de l'embarras, de la terreur de
madame de Kœller, à la lecture d'une pareille lettre qui
lui annonçait une résolution si imprévue. si désespérée !...

Elle s'efforça de croire que Léonard résisterait encore à ce nouvel accès d'une folie vraiment furieuse; il lui parut qu'en amour, surtout, ce que l'on pense était bien différent de ce que l'on dit; elle se décida bientôt à ne voir, dans le singulier projet de Léonard, que la fantaisie d'un rêveur amoureux qui jouait avec le souvenir de ses mauvais rêves!...

VIII.

Un jour, le domestique du général vint annoncer à madame de Kœller la visite d'un voyageur français, qui réclamait instamment le droit de paraître devant elle.

— Son nom?... demanda la baronne.

— Il a refusé de me le dire, Madame.

— Et à notre tour, s'écria M. de Goritz, nous refusons de le recevoir!

— A quoi bon, général? reprit madame de Kœller; c'est là peut-être un Français de mes amis... ou un malheureux de ma connaissance... Laissons entrer ce visiteur anonyme!

— Comme il vous plaira, répondit le général.

Presque aussitôt, un jeune homme entra dans le salon... C'était Léonard.

Un mot, un geste, un cri de madame de Kœller, et c'en était fait du dénouement heureux de cette mystérieuse aventure; Dieu eut pitié du trouble et de la frayeur de Faustine: ce jour-là, l'esprit de la coquette lui servit à quelque chose de louable et d'utile, en lui inspirant ce qu'elle devait penser et ce qu'elle devait dire; elle courut à Léonard; elle se jeta dans ses bras, en s'écriant avec toutes les apparences de la surprise et du plaisir :

— Soyez le bienvenu, mon très-cher cousin !... Vous arrivez de Paris?... Que se passe-t-il dans la grande ville? Avez-vous recueilli des lettres, des journaux, des modes et des compliments pour votre cousine?... Nous repartirons ensemble..., n'est-il pas vrai? dans huit jours, si cela vous plait?... C'est convenu... Je suis enchantée de vous revoir... Embrassez-moi !

Madame de Kœller continua de jouer son rôle; elle s'approcha de M. de Goritz; elle lui dit, les yeux à demi tournés vers Léonard qui tressaillait de bonheur :

— Général, je vous présente mon cousin, M. le comte de Courcy, un gentilhomme charmant, que vous estimerez, que vous aimerez beaucoup, j'en suis sûre !... Général, je vous demande un service, dans l'intérêt de notre aimable voyageur : permettez-moi de lui offrir, jusqu'au jour de mon départ pour la France, une petite place intime sous le toit de votre hospitalière maison !...

Le vieux général autrichien pressa la main de Léonard, et Dieu merci, la tête du proscrit amoureux pouvait encore être sauvée !

Cinq ou six jours s'écoulèrent, pour nos trois amis, dans l'intimité la plus tranquille en apparence; mais, chaque minute ajoutait, en secret, quelque chose d'affreux à l'infortune de Léonard et à l'inquiétude de madame de Kœller !... Un soir, il se joua, dans la résidence de M. de Goritz, un drame qui donna, tout à

coup, un dénouement imprévu à la comédie amoureuse
de cette histoire.

IX.

Il était cinq heures : Faustine s'occupait, à la hâte,
des préparatifs de son départ qui devait avoir lieu le lendemain ; il tardait à la coquette effrayée de dire adieu aux
bords du lac, à Milan et à l'Italie ; il lui semblait qu'elle
devait répondre, devant Dieu et devant les hommes, de
la vie et de la liberté de Léonard !

Le général se présenta, sans prendre la peine de se
faire annoncer, dans l'appartement de la baronne ; il s'arrêta d'abord sur le seuil de la porte, pâle, agité, muet
à force d'émotion : il regarda longtemps cette femme,
cette jolie parente, qu'il avait accueillie dans sa maison ;
il murmura des mots inintelligibles, et puis il se jeta dans
un fauteuil, les yeux fixés sur le cadran d'une pendule.

— Bonté du ciel ! lui dit madame de Kœller, qu'avez-
vous, que se passe-t-il et que regardez-vous ainsi ?...

— Je regarde l'aiguille de cette pendule.

— Qu'attendez-vous de cette aiguille ?

— J'attends que l'heure soit venue de vous parler.

— Puisqu'il le faut, général, attendons.

La pendule sonna six heures.

— Eh bien ? demanda madame de Kœller.

— Eh bien ! écoutez-moi, Faustine, et tâchez d'avoir
du courage !

— J'en aurai.

— Votre jeune cousin, madame, n'est-il pas votre amant?

— Mon amant!... l'amant de madame de Kœller!...

— Ou votre amoureux... qu'importe?

— Cela m'importe beaucoup, général!

— Soit; mais enfin, Madame, votre cousin vous aime?

— Je le sais parce qu'il me l'a dit!

— Un mot encore : la personne que vous appelez le comte de Courcy se nomme véritablement Léonard Ortis!...

— Léonard?...

— J'en suis sûr!... Il n'est pas Français, madame; c'est un Italien condamné à mort par la justice de l'empereur mon maître...

— Condamné à mort!...

— Léonard vous a longtemps adorée en France, et il a eu la sublime sottise de venir vous adorer encore en Italie; rassurez-vous, Faustine : désormais vous n'aurez rien à craindre des poursuites insensées de votre adorateur... vous ne le verrez plus.

On a beau avoir de l'esprit, rien que de l'esprit : on se laisse quelquefois surprendre par une niaiserie qui est tout simplement un peu d'émotion et de douleur. On a beau dédaigner ce qui brûle, parce que l'on ne sait que briller : l'étincelle finit par avoir des flammes, on s'y brûle soi-même, et c'est bien fait. Aux derniers mots du général, Faustine se mit à pleurer; oui, oui, elle pleura! elle pleura vraiment des deux yeux! elle pleura sans sourire! M. de Goritz reprit ainsi :

— Des avis secrets m'ont révélé sa présence dans ma maison; je viens de l'interroger moi-même, et le sentiment du devoir m'a rendu impitoyable : un ordre supérieur m'a forcé d'arrêter un proscrit dans ma propre demeure. Chose étrange ! ce malheureux Léonard compte si peu sur votre amour, sur votre pitié, qu'il m'a demandé l'horrible faveur de mourir devant vous ! Soyez tranquille, vous ne le verrez point mourir; en ce moment, sans doute, il est mort !

Le bruit d'une fusillade se fit entendre, et madame de Kœller tomba évanouie, presque mourante, dans les bras d'un homme qu'elle appelait déjà l'assassin de Léonard Ortis. Il ne fallut rien moins que des coups de fusil pour réveiller le cœur de cette femme, un cœur qui dormait depuis le jour de sa naissance : la belle au cœur dormant !

Par bonheur, nous n'avons point affaire à un drame; nous assistons au spectacle d'une comédie sentimentale. En revenant à elle, en rouvrant ses yeux à la lumière qui l'épouvantait, Faustine reconnut Léonard, le pauvre amoureux qui vivait encore, et madame de Kœller laissa échapper de ses lèvres tremblantes un mot qu'elle n'avait jamais prononcé, ni murmuré, ni pensé, un mot qui était sans doute le premier cri de son cœur, un mot charmant qui n'avait rien de spirituel.

Léonard était aux genoux de Faustine; il lui disait, de sa voix la plus caressante :

— Oui, pleurez, pleurez encore... car votre esprit a failli tuer mon cœur !... Mais, je vous ai déjà pardonné, Faustine : on pardonne, tant que l'on aime !

— Allons, mes enfants! s'écria le général autrichien; assez de regards, de mots et de soupirs amoureux... Aimez-vous, le plus loin de Milan qu'il vous sera possible!... Léonard, j'ai peut-être joué ma vie pour sauver la vôtre : vous m'en remercierez en France, par la pensée, dans un jour de bonheur!... Adieu, adieu, et que le ciel vous conduise !

— Et l'arrêt de mort que vous avez contre moi? demanda le proscrit.

— Je me plaindrai de l'avoir reçu trop tard, et tout sera dit !

Madame de Kœller s'agenouilla aux pieds du général ; M. de Goritz releva la belle coquette repentie ; il se pencha vers elle et lui dit, à la douce manière d'un aimable moraliste :

— Léonard m'a tout raconté ; il a bien souffert, allez ! Croyez-moi, Faustine : une jolie femme, qui a de l'esprit et qui ne sait point aimer, sera toujours la plus inutile des femmes, la dernière des créatures, une jolie chose bien mieux qu'une personne : un ornement, un meuble de luxe, un lustre que l'on pourrait suspendre dans un salon, une pendule à répétition et à musique, une bougie de couleur qui brûle les niais et les papillons, une fleur artificielle, un chef-d'œuvre de mécanique, une boîte à secret, tout ce que vous voudrez enfin, excepté une femme. Un pareil être a presque toujours l'impiété et la cruauté des enfants : il est capable de plumer des oiseaux vivants ! Chère Faustine, ayez un peu moins d'esprit et un peu plus de cœur, si cela est possible. Lorsque l'esprit n'a point de cœur, chez une femme, il finit par n'être plus d'aucun sexe : il ne désire rien, il n'espère rien, il ne croit à rien : il n'est pas même déiste, pour croire au dieu des amours.

Madame de Kœller demanda au moraliste, déguisé en général autrichien :

— Le cœur a-t-il au moins le droit d'avoir un peu d'esprit ?

— Oui, répondit le général, quand le cœur n'a rien de mieux à faire pour lui-même et pour son prochain.

LE
CLUB DES MENDIANTS.

VIEILLE LETTRE A UNE AMIE.

Londres....

I

Malgré mon imprudente promesse de vous faire admirer, dans ma correspondance, à vol d'oiseau, toutes les
merveilles, tous les prodiges, toutes les extravagances de
Londres, je ne veux vous parler aujourd'hui ni des monuments, ni des modes, ni des chevaux, ni des beaux-
arts, ni de l'industrie, ni de la science, ni de la fumée,
ni de la boue, ni des trottoirs, ni même des passants de
la capitale anglaise. Il me répugne aussi de vous parler
de ma visite à la Tour de Londres où j'ai vu aiguiser des
couteaux de cuisine dans la chambre d'Anne de Boulen,
ouvrir des huîtres dans la prison de Marie Stuart, et tour-

ner la broche dans le cachot des enfants d'Édouard. Il
ne me sied pas davantage de vous parler de ma promenade à Westminster où le corps de bronze de Charles Ier
a été dépouillé de sa tête d'argent par des bandits qui
connaissaient leur histoire nationale, par des vauriens
qui ne manquaient pas sans doute d'une certaine profondeur politique. Je vais donc vous parler, de préférence
à tout le reste, d'une classe misérable et puissante dans
la société anglaise; je vais secouer à vos yeux la triste et
vieille défroque des pauvres, des vagabonds, des mendiants, et il en tombera peut-être une aventure touchante,
originale et vraie.

Rassurez-vous, Madame : il ne s'agit ni pour vous, ni
pour moi, de ce fléau public, de cette plaie hideuse que
l'on appelle le paupérisme; vraiment! j'aurais mauvaise
grâce à venir vous attrister, avec l'étalage de tous les efforts tentés par l'économie politique pour déguiser, pour
cacher ou pour détruire le spectacle et les haillons de la
mendicité ; à quoi bon vous apprendre le nom et les théo-
ries de Malthus, de Jérémie Bentham, de Mill, de Paley
et de Johnson? Des penseurs, des philosophes, des éco-
nomistes, dont tous les chefs-d'œuvre ne vaudraient pas,
dans votre aimable bibliothèque, une seule page de Rousseau, une petite lettre de madame de Sévigné, une chanson de Béranger ou une élégie de Lamartine !

Je crois inutile aussi de vous introduire dans toutes les
maisons de bienfaisance qui sont l'orgueil, le tourment
et la ruine de l'Angleterre : dans ce misérable et opulent
pays, Madame, les institutions charitables, les hospices,

les dispensaires sont si nombreux, si variés, qu'il me serait impossible de vous en donner seulement l'interminable nomenclature. La bienfaisance des Anglais pour les
pauvres est inépuisable, et vous allez comprendre bien
vite, Madame, la cause réelle, le triste mobile de cette
immense charité : le paupérisme effraie l'Angleterre,
comme s'il s'agissait d'une prochaine invasion des bar-
bares ; le pays tout entier a peur de cette plaie imminente
de la faim, qui menace depuis si longtemps l'économie
intérieure de la Grande-Bretagne ; le paupérisme, qui
s'accroît de jour en jour, est pour la bourgeoisie, pour
les nobles, pour le gouvernement, une véritable tête de
Méduse qui a pris les traits, les apparences, les contrac-
tions horribles et les regards désespérés d'Ugolin !

Les secours officieux, les cotisations particulières, les
mesures législatives, les enquêtes de la chambre des
communes, n'ont jamais pu abolir la mendicité à Londres. Les mendiants abondent dans toutes les rues de la
ville, et l'esprit calculateur des Anglais vous dirait, au
besoin, les profits, les revenus, la journée, la liste civile
de chacun de ces misérables. La forme d'une guenille,
l'apparence d'une infirmité, la maigreur de celui qui
mendie, le chien qui l'accompagne, l'enfant qui tend le
gobelet, les moindres détails, les moindres accessoires
sont cotés, tarifés, dans l'appréciation officielle des aumônes quotidiennes. Les aveugles surtout ont le privilége
de titiller la fibre secrète de la commisération publique.
Les nègres ont fait fureur, à Londres, sous le ministère
de M. Georges Canning : l'on m'a parlé d'un pauvre de

couleur qui avait quitté l'Angleterre, pour se retirer aux Antilles, avec un capital de deux cent mille francs; à l'heure qu'il est, Madame, voilà un malheureux entouré de nègres, de négrillons et de négresses, dans une habitation magnifique qui est devenue la propriété d'un mendiant! Qui le croirait? Il y a, dans la paroisse de Mary-le-Bone, des écoles spéciales pour les enfants qui se destinent à la mendicité; ce sont des colléges non *universitaires* où de vieilles femmes professent, dans toutes ses déplorables variétés, la science difficile, le grand art d'exciter la pitié des âmes charitables, à l'aide d'un langage, de manières, d'infirmités et de larmes, appropriés à la circonstance, à l'occasion et au lieu, à la fortune, à la sensibilité, à la crédulité des passants. Mieux que cela, Madame : le hideux quartier de Saint-Gilles possède un club tout à fait excentrique, un assemblage de gueni'les aristocratiques, un paupers-club qui aurait pu figurer, avec honneur, dans la pièce célèbre de M. Gay, intitulée le *Gueux*.

II.

Le club dont il s'agit, Madame, est composé de mendiants d'Irlande, qui ont dit adieu aux magnificences naturelles de la belle *Érin*, pour venir exploiter l'humeur sentimentale des heureux de la métropole. Le club de Saint-Gilles est une riche et formidable association, dirigée par un président et des secrétaires nommés à la majorité des voix : il a une charte, des règlements de police,

des revenus communs qui sont le résultat de contribu-
tions hebdomaires; il a des assemblées périodiques,
des fêtes, des jours de réception et des banquets splendides ; enfin, le trésorier de cette singulière communauté
n'oublie jamais d'envoyer à Dublin une cotisation tri-
mestrielle, consacrée par les sociétaires-mendiants aux
pauvres d'une lointaine et malheureuse patrie !

Chaque soir, les clubistes de Saint-Gilles s'assemblent
dans la salle des réunions ordinaires : on y boit, on y
fume, on y cause, on y joue, comme on pourrait le faire
dans le cercle le plus élégant de Vienne, de Londres et
de Paris. La conversation générale qui, presque toujours,
commence par le débat de questions personnelles et d'intérêts privés, se termine par une véritable séance politique, sur les misères, les infortunes et les espérances de
l'Irlande. Alors, Madame, tous ces mendiants flétris, ha-
bitués à tendre la main, à baisser la tête, à s'humilier
et à gémir, redeviennent fiers et hautains comme des
hommes, c'est-à-dire comme des hommes libres; la voix
plaintive de la patrie se fait entendre au milieu de cette
tourbe déguenillée, et il s'en échappe soudain des cris et
des protestations d'une mâle éloquence, pour répondre
aux gémissements de la patrie qui souffre, qui se meurt
et qui pleure ! Et lorsque les imprécations de la haine ont
cessé, les chants de l'espérance résonnent dans le club de
Saint-Gilles, à travers des hymnes patriotiques, en l'honneur des pauvres enfants et des nobles défenseurs de l'Irlande.

III

En 1825, un jeune homme, que j'appellerai tout simplement Daniel Robsart, se faisait remarquer, dans le club, par son patriotisme, sa violente énergie, son habileté, sa parole, son savoir et son esprit. Son influence était grande parmi ses confrères, ses amis, ses compagnons d'infortune, qui respectaient en lui la supériorité de l'intelligence, du dévouement et de la volonté. Pendant le jour, Daniel parcourait les rues de Londres, en demandant l'aumône; le soir, il pérorait contre l'Angleterre; la nuit, il conspirait contre elle, en lisant, en étudiant, en travaillant, en cherchant à s'instruire, afin de mieux comprendre, afin de mieux servir, tôt ou tard, la cause de son pays opprimé. Vous allez voir, Madame, ce que devint l'héroïque mendiant que j'appelle Daniel Robsart et qui descendait, après tout, d'une noble famille d'Irlande, proscrite et ruinée par la conquête.

Daniel s'absentait rarement; il était le membre le plus exact, le plus assidu de la société de Saint-Gilles; rien ne pouvait être fait sans lui, et quoiqu'il fût bien jeune, ses avis, ses opinions, ses conseils étaient des ordres et des oracles; on l'aimait, on l'admirait, Madame, et Daniel aurait eu le droit de réclamer une couronne de haillons, si ces pauvres diables avaient été assez orgueilleux pour se donner une royauté. Aussi la douleur des mendiants fut-elle bien vive, bien affreuse, le jour où, sans cause apparente, sans motif raisonnable, le zèle de Daniel parut

se ralentir tout à coup, le jour où son éloquence cessa de
crier contre les grands, contre les nobles, contre les
riches, contre les ministres, contre les Anglais. Le changement fut complet, Madame : l'agitateur habituel de
Saint-Gilles ne monta plus à cette tribune qui n'était rien
moins qu'une tonne vide, comme le trône de Falstaff; il
laissa passer les mots de *patrie* et *liberté*, sans se troubler
au souvenir de l'Irlande, sans éclater au souvenir des victimes et des oppresseurs. Bientôt ses absences devinrent
fréquentes; il se démit volontiers de ses fonctions de trésorier; il prétexta le besoin de partir, de voyager, de va-
gabonner à travers les trois royaumes, et le club de
Saint-Gilles se condamna, bon gré mal gré, à porter le
deuil de celui qui avait été sa joie, son espérance et sa
gloire !

Aux termes du règlement qui régit la plaisante et sérieuse
association que vous connaissez déjà, nul sociétaire ne peut
ni retourner en Irlande, ni s'éloigner de Londres au delà
d'une distance de deux milles, ni renoncer aux habitudes
et aux profits de la mendicité, sans l'autorisation expresse
du club des mendiants : Daniel Robsart fut donc invité
à venir soumettre les motifs de sa conduite au tribunal de
ses juges naturels.

IV

Ce soir-là, Madame, la réunion était nombreuse et
brillante : il s'agissait d'un grand acte de justice distri-
butive; et plus encore, il s'agissait d'entendre, pour la

18.

dernière fois peut-être, une voix bien connue, bien per-
suasive et bien aimée. La salle d'*enquête* avait été déco-
rée, pour cette fois seulement, avec une certaine pompe,
avec une sorte de richesse. Chacun avait pris, par extraordinaire, ses plus beaux habits de fête, des vêtements superbes et dignes d'une circonstance qui était une véritable
solennité. Tous les mendiants, échelonnés sur des gradins
qui formaient une espèce d'amphithéâtre, attendaient
l'ouverture de la séance, dans un recueillement silencieux qui ressemblait à de la crainte, à de la tristesse.
A un signal convenu, une porte s'ouvrit avec violence :
le président du club, les assesseurs et les secrétaires s'assirent au bureau, c'est-à-dire autour d'une longue table ;
au même instant, l'assemblée se leva tout entière pour
saluer Daniel Robsart que l'on venait d'introduire : Daniel
s'inclina tristement et alla prendre place sur le tonneau
dont je vous ai déjà parlé et qui servait tour à tour de
tribune et de sellette.

Est-ce que tout cela vous étonne, Madame ? Est-ce donc
que vous allez rire de ma lettre, comme une malicieuse
incrédule ? Est-ce que mon association de Saint-Gilles
vous semble imaginaire, fantastique, impossible ? Est-ce
qu'il vous répugne de croire à cette juridiction qui a des
mendiants pour justiciables, à cette puissance occulte et
celle qui se déguise avec des guenilles; à cette croisade
de la mendicité contre les nobles et les riches, en faveur
des pauvres et des paysans ? Regardez autour de vous,
Madame, et tout près de vous : vos yeux ne découvrent-
ils pas, çà et là, les traces mal effacées d'une secte cos-

mopolite appelée la *Maçonnerie* et dont vous connaissez
l'histoire sans doute? Vous trouverez encore, dans votre
France d'aujourd'hui, une vaste et honnête association
que l'on appelle le compagnonnage, qui se soumet à des
usages communs, qui obéit à des principes immuables,
qui professe des doctrines mystérieuses, qui croit à la
sainteté du travail, à la religion du serment, à la frater-
nité chrétienne, et qui se cotise pour les frères malades
et malheureux; enfin, Madame, vous qui aimez à lire les
romans et les aventures bizarres, ne vous souvient-il plus
de cette coalition des treize, dévoilée par M. de Balzac,
de ces terribles dévorants que l'historiographe du monde
parisien nous a donnés comme la preuve vivante d'une
immense équation : le génie fécondé par la volonté et la
force centuplée par l'union !

Eh bien! Madame, qu'y a-t-il de si extraordinaire dans
ces pauvres diables de mendiants qui s'associent, qui se
rassemblent, qui se cotisent, qui mendient pour faire
l'aumône à l'Irlande, qui jurent de s'aimer, de se servir,
de se défendre, et qui rêvent en commun de la patrie et
de la liberté? Ayez donc confiance en moi, Madame, et
n'allez pas vous moquer de cette petite histoire qui est
bien plus vraie que vraisemblable.

V

Daniel Robsart, que vous avez vu comparaître tout à
l'heure devant les juges de Saint-Gilles, prêta le serment
exigé en pareil cas par les règlements du club : il pro-

mit la vérité, rien que la vérité!... On lui demanda le motif de son prochain départ, et d'abord il n'eut pas la force de le dire; on lui demanda compte de ce changement de conduite qui ayait tant affligé ses amis et ses frères : Daniel continua de baisser les yeux et de se taire; on l'interrogea, on le pressa, on s'adressa tour à tour à ses souvenirs, à ses sentiments, à sa probité, à ses promesses : Daniel demeura inexorable, immobile et muet. L'assemblée cria, d'une seule voix, au parjure, à l'hypocrisie, à la trahison : Daniel se redressa fièrement, pour regarder ses accusateurs et pour leur répondre.

— Frères! s'écria le coupable, ma réponse, mon excuse, ma justification, la voici : la vue de cette maudite ville me fait mal; mon collier de misère me fatigue et me pèse; j'ai besoin d'espace, d'air et de soleil; que voulez-vous! j'étouffe, je souffre, je suis malheureux!

L'auditoire tout entier s'émut, à ces tristes paroles; l'émotion générale vint augmenter encore le trouble et le désespoir de Daniel qui pencha humblement la tête pour cacher ses larmes. Le président, qui était le doyen de l'ordre des mendiants, fit approcher le jeune homme, et lui prenant la main avec une tendresse toute paternelle :

— Ami, lui dit-il... au nom de tous ceux qui nous écoutent et qui t'aiment, quelle est ta souffrance? Que se passe-t-il au fond de ton cœur? voyons, parle, qu'as-tu?

— Ce que j'ai?... Un grand mal, frères!

— Et lequel?

— Quelque chose d'étrange, de terrible et d'inouï; tout ce que l'infortune a de plus affreux, tout ce que la folie a de plus incroyable, tout ce que le désespoir a de plus effrayant! Frères, plaignez-moi et pardonnez-moi : je suis amoureux..... amoureux d'une grande dame, d'une lady!...

Un long murmure s'éleva dans toute l'assemblée; des voix confuses essayèrent d'interpeller Daniel Robsart; enfin, il y eut un moment de silence, de stupeur, et le malheureux continua de parler :

— C'est là une audace extrême, une témérité insigne, n'est-il pas vrai? Il me sied bien d'aimer, d'adorer, de suivre chaque jour, et en tous lieux, la veuve de lord Elmowd, la plus belle, la plus spirituelle, la plus charmante personne des trois royaumes! Il sied bien à un misérable Irlandais, à un misérable mendiant, de pleurer, de souffrir, de vivre et de mourir pour elle!... J'ai voulu l'oublier... mais c'était impossible! J'ai voulu me distraire, m'étourdir; j'ai hanté les cabarets, les tavernes, les plus vils tripots; j'ai bu, je me suis enivré... mais un jour, il y a quelques semaines de cela, chancelant, hors de moi, furieux dans l'ivresse, j'ai frappé un ami, un pauvre, un mendiant comme moi, un frère...

— Je t'ai déjà pardonné, Daniel! s'écria tout à coup un vieillard, en essuyant ses yeux remplis de larmes.

— Merci, Patrick!... Depuis ce jour, j'ai juré devant vous tous de ne plus boire et j'ai tenu ma promesse; mais, depuis ce jour-là, mon malheur s'est bien accru, allez! Je ne bois pas, je suis raisonnable... et j'ai toute la conscience de ma douleur! Le djynn n'est plus là pour m'étourdir, pour me consoler, pour m'emporter loin d'elle,

loin de la ville, loin de ce monde; aussi, cette femme,
ma bien-aimée, je crois la voir sans cesse, le jour quand
je mendie, le soir quand je me repose, la nuit quand je
veille, maintenant encore quand je vous parle... O mes
amis! mes frères! par pitié, par grâce, rendez-moi ma
parole, laissez-moi boire, laissez-moi m'enivrer, laissez-
moi rêver en chancelant, laissez-moi m'abrutir et l'oublier!

— As-tu jamais parlé à cette femme? lui demanda un
clubiste, son meilleur ami; t'a-t-elle jamais vu? te con-
naît-elle? te fait-elle l'aumône?

— Je n'ai point adressé la parole à lady Elmowd et je
n'ai point mendié devant elle; mais elle m'a vu souvent;
elle m'a rencontré cent fois sur son passage; elle me
connaît bien!

— Que veux-tu dire?

— Hélas! vous allez savoir tout mon secret, tout mon
amour, tout mon orgueil, toute ma folie. Le matin, à
midi, quand ma *journée* est faite, quand mes aumônes
sont recueillies, je rentre bien vite dans mon grenier:
aussitôt je me dépouille de mes haillons, de ma livrée de
mendiant; je déguise mon état, mon humilité, ma misère; j'arrange avec soin ma grossière chevelure; je
prends du linge aussi beau, aussi blanc que celui du premier dandy; j'ai des bottes fines, une cravache de chasse
et des gants de Paris; je revêts des habits somptueux que
j'ai achetés avec mes épargnes de chaque jour, avec le
prix de mon pain quotidien; en un mot, je jette bas tout
le vieil homme, et j'emprunte, pour me masquer, les ap-

parences, la démarche, les traits, les regards et le sourire d'un homme du monde! Et dès ce moment, dans
mon ambitieuse pensée, je ne suis plus un Irlandais, un
esclave qui mendie : il me semble que je deviens un personnage; je crois avoir un titre et une fortune; je crois
me nommer lord Daniel Robsart; je m'érige en dignitaire
du royaume, et je m'en vais, tout fier et tout joyeux, voir
passer une femme dans les brillantes allées de Hyde-
Park! Elle passe dans son joli tandem : je la regarde,
elle me voit, je la salue, et je disparais; souvent elle sourit
de pitié à mon approche..... Mais qu'importe? Je l'ai vue,
je l'ai saluée, je l'ai admirée, je l'ai adorée, je suis heureux! Depuis six mois, voilà ma vie, mon ambition et
mon délire; à présent, je vous le demande, que voulez-
vous que je fasse dans Londres, sur les trottoirs et dans
les ruisseaux? Je ne sais plus mendier ni pour moi, ni
pour vous, ni pour l'Irlande!... Frères, déliez-moi de
mes serments; laissez-moi vous dire adieu, vous embrasser et partir!

— Tu ne partiras pas! répondit aussitôt le président
de l'assemblée.

— Et qui donc oserait m'en empêcher? répliqua Daniel.

— Moi et le club des mendiants!

— Sous quel prétexte? pour quelle raison? de quel
droit?

— Tu l'apprendras demain!

— Eh bien! soit; à demain! Je paraîtrai devant vous
pour la dernière fois, avec ma besace et mon bâton de
voyage.

VI

Le lendemain au soir, Madame, nul ne manquait au rendez-vous; la réunion était plus attentive encore, plus silencieuse qu'elle ne l'avait été la veille; chacun avait hâte de revoir Daniel Robsart, comme s'il se fût agi de le perdre à jamais; il n'était pas difficile de lire, de surprendre dans le jeu de toutes ces bizarres physionomies quelque chose qui était à la fois de l'inquiétude et de la curiosité, de la terreur et de l'impatience.

L'apparition soudaine de Daniel provoqua des mouvements, des hourras et des transports d'enthousiasme; l'on eût dit que ce jeune homme avait déjà le pressentiment de sa nouvelle destinée : il salua jusqu'à terre, Madame, comme un soldat heureux qui monte sur le pavois et qui remercie les prétoriens.

Au bout de quelques minutes, et sur un ordre secret sans doute, deux mendiants, travestis en laquais de bonne maison, s'approchèrent de Daniel, chapeau bas, prêts à recevoir ses ordres et à le suivre : ils l'appelèrent *milord!* et ils s'inclinèrent devant lui.

Cinq ou six autres serviteurs improvisés, vêtus de noir et galonnés d'argent, entrèrent dans la salle pour saluer leur nouveau maître et lui obéir; ils s'inclinèrent aussi, en disant :

— Nous sommes au service de lord Daniel Robsart!

Un intendant s'avança avec le plus profond respect, et

dit à Sa Grâce, en lui présentant un portefeuille qui renfermait des valeurs considérables :

— Milord, de la part de M. Baring, votre banquier.

Un valet de chambre l'aborda à son tour, un papier à la main :

— Milord, votre loge au théâtre du roi.

Enfin, le roulement d'un carrosse se fit entendre; presque au même instant, un valet de pied parut sur le seuil de la porte et prononça ces mots :

— La voiture de milord est prête !

Bonté du ciel! pensa le pauvre Daniel, épouvanté d'une pareille scène; est-ce que je dors? est-ce que je rêve? est-ce que je deviens fou? Que signifient ces *gens de ma maison* qui me saluent, cette fortune que l'on m'offre, cette loge de spectacle que j'ai louée, ces vêtements magnifiques que l'on me destine, ces chevaux qui piaffent dans la rue, cette voiture qui vient me chercher? Mon Dieu! Est-ce bien un songe? Est-ce un mirage? Est-ce une comédie?

La comédie, le songe ou le mirage continua, Madame ; le valet de pied s'approcha de son maître et lui demanda :

— Où faut-il conduire milord?

Le président du club se hâta de répondre :

— A son hôtel de Piccadilly !

Alors, Madame, toute l'assemblée se pressa autour de Daniel : c'était à qui lui adresserait les adieux les plus expansifs, les vœux les plus ardents, les protestations les plus tendres; et à la fin de ce tumulte causé par le regret,

19

le dévouement et la joie, le chef de la communauté se tourna vers Daniel et lui parla ainsi :

— Adieu, frère! te voilà riche, de par le club des men-
diants! n'oublie jamais les pauvres de Saint-Gilles, qui ont mendié et qui mendieront pour toi; n'oublie pas tes amis des mauvais jours : ils vont te suivre encore pour te protéger, pour te défendre, pour te servir. Souviens-
toi de ton nom qui est celui des Robsart, ruinés, persé-
cutés, proscrits par les Anglais, et sois fier de ton an-
cienne misère qui est celle de toute l'Irlande! sois aimé, sois admiré, sois heureux!

Et puis?

Je ne sais plus rien de cette belle histoire, Madame; vous la dénouerez comme bon vous semblera.

Au théâtre, le dénouement de ce drame serait peut-être bien simple et bien facile : aidé, soutenu, enrichi par le club de Saint-Gilles, Daniel deviendrait en peu d'années le mari de lady Elmowd, l'ami politique d'O'Connell, et un des agitateurs les plus fougueux de la chambre des Communes.

Et si Daniel oubliait, au cinquième acte, l'origine de sa fortune, de son bonheur et de son pouvoir?...

Alors, Madame, il retomberait dans le gouffre du club des mendiants : nous le verrions reparaître meurtri, dé-
guenillé, misérable, devant ses frères et ses juges d'au-
trefois...

C'est là un beau mélodrame à faire. On ne le fera pas.

LE PRÉDICATEUR.

I

Il y a quelques années, un jeune homme, un prêtre, un orateur chrétien, parcourait, en prêchant, nos provinces méridionales qu'il inondait des flots de son éblouissante parole. Ce prédicateur, inspiré bien plus par le monde que par Dieu même, secoua la poussière de ses sandales sur le seuil d'une grande ville qui a plus d'esprit que de religion; il rajusta sur ses épaules le froc de saint Dominique; il peigna coquettement la couronne de sa chevelure; il lava, dans une sainte aiguière, ses mains qui étaient blanches, douces et bien effilées, comme il sied à des mains qui doivent bénir; il chaussa des bas de soie et des souliers vernis, dont le brillant aspect au-

rait fort étonné son divin patron, ce sublime va-nu-pieds
d'austère mémoire. L'annonce de sa propagande réli-
gieuse fut acclamée dans la ville par des journaux qui ne
croyaient guère qu'à la religion de d'Alembert et de Voltaire. Le moine dont je parle fit élever, à la hâte, une
espèce de théâtre dans la nef immense d'une église : il y
avait, dans cette salle de spectacle mystique, un parterre
pour les hommes, et des loges découvertes pour les
femmes; la scène ressemblait à une chaire; le rayonne-
ment des cierges remplaçait l'illumination d'une rampe;
la lumière d'un lustre était brillamment figurée par la
lumière du soleil, qui se jouait dans les vitraux de la ca-
thédrale.

La première représentation du prédicateur fut admirable; sans le respect que l'on doit à un prêtre et à une
église, l'auditoire tout entier aurait applaudi saint Dominique, comme s'il se fût agi de rendre un éclatant hommage à l'orateur le plus profane de ce monde.

A l'issue de cette rare solennité, religieuse et mondaine
tout à la fois, une grande dame, la marquise de Rosière,
s'écriait en essuyant ses larmes :

— Je viens d'assister à un ravissant concert spirituel!... Oui, la parole de ce prêtre ressemble à la musique sacrée de Pergolèse ou de Palestrina : au lieu
d'entendre débiter un sermon, j'ai entendu chanter un
véritable oratorio; il a prêché sur l'eucharistie, et je m'é-
tonne qu'il y ait tant d'harmonie dans un sacrement!

Le lendemain, on ne parlait dans toute la ville que
de ce simple moine qui portait un si joli costume et qui

avait une figure si distinguée ; de ce prédicateur enthousiaste qui mêlait dans une église les choses divines et les
choses terrestres, l'éloquence de la tribune et l'éloquence
de la chaire, la civilisation et les frères mendiants, la politique et le bon Dieu, la cour de Rome et la liberté !

A la voix émouvante du prédicateur inspiré, les arma-
teurs oublièrent la question du droit de visite ; les négo-
ciants ne songèrent plus à l'avenir équivoque des colonies
et des ports de mer ; les politiques de l'endroit cessèrent,
pour un instant, de pétrir la matière électorale, cette
précieuse pâte qui leur servait à fabriquer le pain quotidien de la France parlementaire ; les feuilletonistes parlèrent, avec beaucoup d'agrément, de Martin Luther, de
saint Paul sur les bords du Tibre païen, du moyen âge
et des couvents, de Cicéron et de l'anarchie, des pères de
l'église et des pères conscrits, du corps et de l'âme, de la
conscience et du libre arbitre, de la Grâce du ciel et
des crimes de la terre. Enfin, les maris négligèrent
leurs femmes, à charge de revanche ; les jeunes gens
renoncèrent à leurs plaisirs, et les jeunes filles dirent
adieu à leurs amours ! Partout où il y a du soleil et de
l'imagination, les hommes et les femmes ont le cœur dans
l'oreille : le monde est presque toujours gouverné par des
sons harmonieux et des figures de rhétorique.

II

Le prédicateur se mit donc à sa divine besogne, avec
un zèle, avec une ardeur infatigable ; il s'efforça de dé-

fricher la terre maudite de l'indifférence, pour semer
et pour recueillir dans l'intérêt de Dieu!... Rien ne coû-
tait à son dévouement, à sa patience exemplaire : afin de
donner à tout le monde quelques miettes de la manne
céleste qui tombait de ses lèvres prodigues, il daigna
babiller avec des femmes qui étaient belles, avec des
hommes qui étaient incrédules; il prit la peine d'étaler,
aux yeux de la foule, la robe blanche de saint Dominique; il consentit à dîner en ville, comme un simple
mortel; pour mieux trouver une occasion, le moindre
prétexte de ramener une âme au bercail spirituel, il se
laissa conduire tout doucement, sur une litière de fleurs,
dans les demeures profanes des puissants de la terre; il
permit à la beauté, à l'esprit, à la musique, à la poésie,
de le saluer tour à tour, en l'admirant; et ce fut ainsi,
à propos des brebis égarées, qu'il pénétra d'un pas bien
timide dans le salon de madame la marquise de Rosière.

— Mon père!... lui dit la jeune femme qui n'était pas
encore une pénitente; hier, dans une église, en écoutant
les plaintes et les sanglots religieux qui s'échappaient de
votre cœur et de votre bouche; aujourd'hui, dans cette
chambre, en vous voyant humble et désolé, en regardant
de près votre couronne et votre cordelière de moine, je
me demande par quelle filiation d'idées et de sentiments,
de regrets et de douleurs, le jeune homme que j'ai
connu autrefois si brillant et si heureux de vivre s'est
abîmé tout à coup dans cette mort qui dure longtemps,
dans ce suicide qui vous laisse exister pour souffrir, et
qu'on appelle le cloître!...

— Que sais-je?... répondit le prêtre ; Dieu nous conduit !

— Mon père, reprit en souriant la marquise, on ne se décide à vivre seul que le jour où l'on désespère de vivre à deux.

— C'est vrai !

— Prier, c'est encore aimer, mon père : du créateur à la créature, il n'y a qu'un soupir.

Le prêtre soupira.

— Mon père, continua madame de Rosière, s'il vous souvient aujourd'hui, les yeux fixés sur la grande famille chrétienne, de votre famille d'autrefois, daignez vous rappeler, un instant, que je suis votre parente, votre cousine; à cette cause, ma curiosité n'est-elle pas bien naturelle? N'ai-je pas le droit de placer ma main sur votre cœur, en vous disant d'une voix tremblante : Puisque Dieu seul a été assez grand pour guérir votre pauvre âme blessée, vous avez donc bien souffert, mon père?... Vous avez donc bien aimé?

— Hélas ! Madame, je puis vous le dire, à vous qui le devinez sans doute, à vous qui m'interrogez peut-être pour m'obliger à me mortifier en me souvenant : sur les ruines que Dieu a faites dans mon cœur, je me surprends à découvrir quelque chose qui parle, qui s'agite, qui vit encore et qui ressemble...

— A Mathilde ?

— Oui !

— Mon père, nous sommes seuls, et je veux apprendre de vous une histoire qui a été gâtée par les bruits du monde; parlez donc, mon père... je vous écoute; Dieu pourra vous entendre... Mais Dieu est bon : je suis sûre qu'il n'en dira rien à monseigneur l'archevêque.

— Madame, répliqua le moine, j'ai pris l'austère habitude d'aller au fond de tout, c'est-à-dire jusqu'à la peine, je me condamne à me souvenir, et suivant les paroles d'une illustre pécheresse qui avait du génie, je vais répéter d'une voix fausse les airs les plus brillants de ma jeunesse.

— Chantez, mon père !

III

— Au temps malheureux de cet amour, de cette passion insensée, qui fut mon premier pas vers le seuil d'un monastère, Mathilde commençait précisément comme il m'était réservé de finir un peu plus tard...

— Oui, oui, je sais... Elle était dévote !

— Mathilde avait porté les habits de deuil de son veuvage dans une sombre solitude, dans une impénétrable retraite; elle venait de reparaître dans le monde, à la dérobée, avec des pensées et des espérances nouvelles : elle ne songeait plus qu'à vivre avec Dieu; c'était un singulier spectacle que celui d'une femme jeune, spirituelle, riche et jolie, prête à s'ensevelir toute vivante dans la tombe d'une religieuse !...

— Mon père, je me souviens encore de ma dernière visite à cette pauvre Mathilde : par distraction ou par coquetterie, je m'avisai de me regarder en souriant devant une glace; elle me prit la main, pour me dire, les yeux tournés vers le ciel : « Dieu est l'unique miroir dans lequel on puisse se connaître; dans tous les autres, on ne fait que se voir ! » Je l'avoue, à ma honte : je fus effrayée de cette pieuse exaltation, qui me rappelait les extases de sainte Thérèse; j'embrassai Mathilde, en la plaignant, en l'admirant peut-être, et je ne l'ai jamais revue !

— A cette époque, Madame, mon esprit et mon cœur étaient bien loin de la piété de Mathilde : j'avais à peine vingt-cinq ans, et je ne pensais guère, du matin au soir, qu'à l'ambition, à la gloire, à la science et surtout au plaisir !... Je m'étais battu en duel, et l'on parla de ma bravoure; j'avais péroré dans un prétoire, et l'on parla de mon éloquence; j'avais compromis, en riant, la charité d'une coquette, et l'on se mit à dire de moi ce que l'on disait, un jour, d'une poëte à bonnes fortunes : il a tout ce qu'il faut pour désoler le bonheur d'une femme !

Eh bien ! Madame, ce fut un pareil homme qui osa s'attaquer à sainte Mathilde; ce fut un pareil adorateur qui se promit de déchirer, au souffle de sa voix mondaine, la robe d'une chaste pénitente. Je me disais, avec un horrible orgueil : je veux que la poésie étouffe la religion; je veux que l'esprit chasse la prière; je veux que l'amour vienne séduire la piété !

Un soir, je dis à Mathilde :

— Vous étiez née pour devenir le modèle des femmes du grand monde !

Elle me répondit sérieusement :

19.

— Vous étiez né pour devenir un des plus éloquents orateurs de l'église !

— Moi ? Madame...

— Vous, Monsieur !

— Essayez d'abord de me convertir, s'il vous plaît que je prêche, que je tonne, dans la chaire de Bridaïne et de Bossuet : efforcez-vous de métamorphoser un chrétien frivole en un prêtre illuminé par la grâce ; je ne demande pas mieux, Madame... faites ! mais, à mon tour, je vous en avertis... je m'efforcerai de vous sauver de vous-même ; je lutterai contre vos projets de retraite ; je lutterai contre le ciel, Madame, et je tâcherai d'enlever une épouse à Dieu !

— Soit : ma pieuse résolution est à l'épreuve.

— Je vous éprouverai.

— Nous nous éprouverons.

— Vous ne fuirez pas devant le danger ?

— Je le braverai.

— A merveille !... la lutte sera longue peut-être... mais vous le savez, Madame :

La vie est un combat dont la palme est aux cieux !

IV

Pour réussir dans cette véritable tentation que je voulais infliger aux idées et aux sentiments de Mathilde, j'avais besoin d'un guide, d'un conseil, d'un complice ; j'avais besoin d'un démon, et je m'adressai à notre ami, M. de Lubersac.

— M. de Lubersac, le poëte ?

— Le poëte du sophisme, du paradoxe et de l'impiété spirituelle ; le plus adroit, le plus habile, le plus léger des danseurs littéraires de ce temps-là : il excellait à sauter sur la phrase et sur la rime.

— Et que signifiaient les beaux conseils de M. de Lubersac ?

— Il me conseilla de cacher les versets de la prose divine que lisait Mathilde... sous les pages amoureuses des livres que lisent les femmes du monde ; mais la rêverie mélancolique de la *Nouvelle Héloïse* glissa sur elle, sans la faire rêver ; les infortunes de *Clarisse*, qui sont d'ordinaire un événement dans l'imagination poétique de la jeunesse, soufflèrent autour de son cœur, comme un orage, sans qu'une seule larme vînt rider l'eau de ses beaux yeux ; *Delphine*, *Julie*, *Werter*, ces témoins malheureux de la toute-puissante faiblesse de l'âme, se plaignirent et crièrent bien fort, sans trouver un écho de pitié dans la conscience de Mathilde. L'inspiration sentimentale, ce mystérieux langage qui s'échappe du fond de toutes les douleurs de l'homme, expirait à ses pieds, sur une Bible ou sur une croix ; les grandes passions de la terre, traduites ou devinées par les chefs-d'œuvre du génie, ne réveillèrent en elle aucune de ces émotions heureuses qui rendent aux cœurs blessés l'amour, le dévouement et l'espérance !

— Mon père, la conversion mondaine de Mathilde allait bien mal, ce me semble ?... Et votre conversion religieuse ?

— Tout ce que Mathilde m'enseignait, tout ce qu'elle cherchait à me faire comprendre, en me le montrant avec le doigt de Dieu, ne laissa tomber, dans mon esprit, qu'un reflet bien pâle des clartés du Paradis chrétien, et les petites illuminations du monde continuèrent à éclipser, sous mes yeux, les lumières célestes de l'église!... Parfois, seulement, en écoutant Mathilde, en l'entendant prier ou parler, je me trouvais plus grave, plus sévère, sans me croire meilleur; je me sentais plus ardent, plus passionné, sans me croire plus religieux; je demandais à mon cœur : Est-ce la foi qui parle? — Il me répondait, en tressaillant : Non, c'est l'amour !

J'adorai Mathilde, Madame !

— Et M. de Lubersac?

— Il m'aidait à jouer le rôle du serpent tentateur auprès de Mathilde : il avait la bonté de babiller, à mon intention; il lui parlait, en mon absence, de robes, de chiffons, de bijoux, de colifichets, de toutes les niaiseries luxueuses qui plaisent aux païennes élégantes. Il avait le talent de deviser, avec beaucoup de grâce, de ces futiles plaisirs qui sourient à une jeune veuve, dans un certain cercle de la société parisienne; il bavardait admirablement sur les bals, les spectacles, les fêtes, les voyages, et il dépensait une verve charmante pour célébrer la spirituelle coquetterie des femmes. Souvent, il me semblait qu'il adorait Mathilde, à ma place; mais, c'était là, dans ma secrète pensée, bien de l'esprit qui se perdait, Madame : Mathilde n'en devenait, hélas! ni moins pieuse, ni moins exaltée; il me paraissait, vraiment, qu'elle sortait du danger de toutes ces frivoles épreuves, plus ardente et mieux inspirée pour sa divine religion !

Le croirez-vous, Madame ? Un jour, un triste jour !... après bien des efforts, des conseils et des prières, M. de Lubersac et moi nous réussîmes à imposer à l'incorruptible raison de Mathilde un nouveau sacrifice, une épreuve nouvelle : pour confondre ses deux amis incrédules, qui la défiaient encore en ayant l'air de douter de sa vocation, Mathilde consentit à éprouver la certitude de sa foi religieuse, à la lumière étincelante, éblouissante du grand monde : « Je reverrai, s'écriait-elle, les riches salons où j'ai brillé si souvent par l'esprit et par la beauté ; encore un jour à vivre parmi les hommes ; et puis, adieu, terre !... à moi le ciel ! »

V

Dès ce moment, à ma grande surprise, à ma grande joie, il s'opéra dans les manières, dans les habitudes, dans la vie apparente de Mathilde, un changement qui était, à mes yeux, un sublime mensonge, un moyen désespéré pour triompher, une dernière fois, des œuvres et des pompes mondaines : elle devint tout à coup, elle se fit à plaisir vive, légère et enjouée ; l'on avait beaucoup parlé de son isolement et de sa tristesse : ses amis la félicitèrent de vouloir bien reparaître dans le monde avec sa coquetterie et ses grâces du temps passé ; depuis la mort de son mari, elle avait affiché, avec les crêpes de son deuil, toute la sombre austérité de l'abnégation chré-

tienne : un beau matin, elle reprit le luxe extérieur, les
coutumes brillantes de son ancienne existence; elle courait à de nouveaux dangers, parmi les hommes, pour s'en
retourner à Dieu avec une nouvelle gloire!

Vous le dirai-je, Madame, moi qui ne suis maintenant
qu'un pauvre moine?... J'ai dû à cette étrange métamorphose de Mathilde des souvenirs pour toute ma vie :
il faut bien que je le confesse, en rougissant : une fois,
dans une soirée dont le spectacle lointain épouvante encore ma mémoire, je dansai avec Mathilde, et bon gré,
mal gré, sa jolie main se posa tout doucement dans la
mienne; ensuite, je me laissai bercer et endormir par la
douce ivresse de la valse, l'ivresse dansante de la galanterie; la valse nous rapprocha l'un de l'autre; pendant un quart d'heure, j'obtins le droit charmant d'en-
lacer Mathilde de mes bras, de la caresser du regard, et
de l'adorer à la simple distance d'un baiser : il me semblait que j'étais la dupe d'un beau rêve, aux sons harmonieux d'une musique céleste!... D'ordinaire, c'est le
bruit qui nous réveille, pour chasser les songes heureux;
ce soir-là, Madame, ce fut le silence qui me réveilla.

Que le ciel me pardonne... je n'étais alors qu'un
homme, un incrédule, un aveugle! Dans cette soirée,
dans ce paradis terrestre qui n'était qu'un enfer à demi
voilé par les plaisirs et les richesses du monde, je déro-
bai à Mathilde une fleur qu'elle avait portée à sa ceinture,
et cette fleur, cette feuille toute flétrie, je la gardai reli-
gieusement, avec plus de soin que je n'en aurais eu, à
coup sûr, pour les plus riches trésors de la terre!... Oh

mes vingt ans ! mes vingt ans !... Oh ! les bienheureuses années que celles où un peu d'amour nous rend bien malheureux !... Oh ! l'admirable poëme que l'histoire de notre première jeunesse !... Après elle, Madame, Dieu ne nous permet de vivre qu'en prose.

Le ciel daigna me récompenser et me punir, en même temps, de mon extravagance amoureuse : il voulut m'inspirer un beau désespoir, et l'excès de ma douleur me sauva de mon aveuglement, de ma coupable faiblesse, de ma folie !

VI

Un jour, quelques mois après le bal dont je vous ai parlé, Madame, il me fallut recueillir toute ma force, tout mon courage, pour tenir tête aux affreuses confidences de mon ami intime M. de Lubersac. Il commença par m'adresser d'inutiles discours qu'il ne me plaisait guère d'entendre, et il obtint à grand'peine, de ma politesse, de brèves réponses qu'il me déplaisait beaucoup de lui faire; enfin, il prononça mystérieusement le nom de Mathilde, et cette fois, je l'écoutai de mon mieux avec toute l'inquiétude, avec toute l'émotion, avec toute la curiosité de mon cœur... Je me rappelle trop bien cette scène profane !

— Mon jeune ami, s'écria M. de Lubersac en me tendant la main, votre orgueil a opéré un miracle ! Mathilde vous en remerciera tôt ou tard, j'en suis sûr; pour moi, je vous en sais déjà un gré infini, et je viens vous remercier de votre merveilleuse conduite.

— De quel miracle s'agit-il ? répliquai-je en tremblant.

— Il s'agit de mon bonheur, que je devrai à l'influence de votre génie et de votre audace...

— Quel est ce bonheur ? que signifie cette mystérieuse influence qui doit vous rendre heureux ?

— Vous souvient-il de vos projets de *tentation* sur l'esprit et sur le cœur de Mathilde ? il vous semblait si doux et si facile d'enlever une épouse à Dieu !...

— Eh bien ?...

— Eh bien ! mon ami, grande nouvelle : la dernière épreuve a été funeste à la piété, à la dévotion de Mathilde !

— Il serait vrai ?... Mathilde renoncera désormais à la retraite, à la solitude, au silence, à la mort ?

— Eh ! mon Dieu, oui ; elle a déjà déchiré sa robe de religieuse à coups d'éventail ; elle avait juré de rompre avec le monde, d'oublier celui qu'elle a tant aimé...

— Celui qu'elle a tant aimé ?...

— Avant son mariage... c'est là un secret de famille !.. Elle s'était donc promis d'effacer de son cœur le souvenir charmant de son premier et dernier amour...

— Son premier et dernier amour !

— Si je vous disais, mon ami, combien de fois, durant ses longues veilles de dévotion, elle a eu la douleur de songer à lui et de le revoir par la pensée !... Elle pleurait... elle ne priait plus ; on murmurait à ses côtés : elle se repent, elle se désole ! Il fallait dire : elle regrette, elle se souvient !

— Comment le savez-vous, Monsieur ?

— Je le sais, parce qu'elle a daigné me l'apprendre !

— Aujourd'hui ?

— Ce matin, il y a une heure...

— Parlez, parlez... Je vous écoute.

— Que voulez-vous ! mon ami... Près de dire adieu aux joies et aux illusions de la terre, Mathilde a senti défaillir sa résolution et sa vertu ! Son courage lui a semblé une exaltation passagère, sa vocation un accès de dépit, son repentir une espérance déçue et un regret ; enfin, le nom de celui qu'elle a tant aimé s'est encore échappé de sa bouche ; elle a eu peur de mourir pour son amour... elle a pardonné le crime d'un infidèle... et voilà pourquoi, mon ami, je suis venu vous remercier à la hâte en vous priant d'assister à mon prochain mariage avec Mathilde.

A ces mots, je me pris à pleurer comme un enfant ; la douleur ou la colère me donna de la force... Je m'élançai dans une chambre voisine... je saisis un pistolet... la balle me frappa... je chancelai... je fermai les yeux... et je tombai la face contre terre, en murmurant le nom de Mathilde !

O Madame ! Madame ! plaignez-moi ; ma blessure n'était pas mortelle, et le ciel me refusa le bonheur de mourir pour une femme qui avait été le dieu de ma première religion !

VII

Je ne cherchai point à revoir Mathilde ; mais je me rappelai, à mon retour à la vie, ses paroles, ses conseils et sa dévotion ; il devait arriver précisément ce que nous

avions rêvé l'un pour l'autre : elle s'avança, au bras d'un
mari, sur la grande route qui conduit au seuil du monde ;
je résolus de me hasarder sur le petit chemin ombragé qui
conduit au seuil de l'église.

Je vous le demande, Madame : loin de Mathilde,
qu'avais-je de mieux à faire ici-bas?... En regardant au
travers de mes larmes, il me semblait que la terre était
déserte! Ma douleur avait tué le monde entier!

Aujourd'hui, Mathilde est une femme riche et heureuse: je suis un humble prêtre. Mathilde se montre partout, et chaque jour, dans le monde où il s'agit de briller
et de plaire : moi, je me cache dans l'étude et dans le silence; je ne reparais de loin en loin, sur la terre, que
pour jeter aux indifférents, aux incrédules et aux pauvres,
un éclat affaibli de la voix de Dieu !

— Mon père, dit à voix basse la jeune marquise, en
songeant à cette histoire du prédicateur; je ne suis plus
étonnée si les femmes qui vous écoutent, au pied de
votre chaire éloquente, s'imaginent entendre, à chaque
instant, un mot, une note qui revient sans cesse dans les
variations harmonieuses de votre thème oratoire; cette
parole ou cette note la voici : J'aime !

Le prédicateur se leva sans daigner lui répondre ; mais
une larme, qui était un souvenir peut-être, gâta la sainteté de son silence.

— Mon père, reprit tristement la marquise, j'ai bien
peur que votre vocation d'aujourd'hui ne ressemble au
suicide d'autrefois !...

— Rassurez-vous, Madame : la foi de mon cœur est

sincère. Il en est de l'amour comme de la science : un
peu d'amour mène à l'impiété; beaucoup d'amour mène
à la religion !

— Mon père, gardez-vous d'exprimer à toutes les
femmes une pareille pensée : Promettre à nos grandes
amours une fin religieuse, n'est-ce pas nous dire de trop
aimer ?

Madame de Rosière écrivit sur son album les dernières
paroles du prêtre, à côté d'une strophe païenne de Victor
Hugo...

O saint Dominique ! qu'avez-vous fait des véritables
austérités de la parole et de la pensée chrétiennes?

LE PARATONNERRE.

———

I

A Jean-Louis Cayot, chez M. le comte de Tercy, à Paris.

« Mon fils, tu es parti pour la grande ville à la fin du mois de janvier 1827, et nous arriverons bientôt au mois de février 1850 : voilà donc trois longues années que tu passes à Paris, et je crois bien que tu as oublié ton village de Bretagne, ton vieux père et notre honneur ; puisque ta mémoire est paresseuse, je vais la gourmander un peu, afin qu'elle fasse un effort et qu'elle se souvienne.

» Il y a quatre ans, j'avais encore une fille qui se nommait Marianne. Il est impossible que tu aies oublié la jolie figure, le bon caractère, l'aimable esprit de cette

enfant ; il est impossible que tu aies oublié les douces caresses de ta sœur! Tu le sais, mon fils : Marianne n'é-
tait qu'une simple villageoise, une vierge mal vêtue, une
paysanne bretonne, mais une paysanne qui n'avait point
sa pareille à dix lieues à la ronde ; le bon Dieu et ta mère
avaient daigné la faire trop belle, trop charmante, et c'est
là ce qui l'a perdue !... Écoute-moi, Jean-Louis.

» Depuis 1815, depuis le retour des Bourbons, je suis
le fermier principal de M. le comte de Tercy. M. le comte
eut la bonté de te servir de parrain, le jour même où l'on
baptisa de son nom la cloche de notre village, et c'étaient
là deux magnifiques baptêmes ! Dis-moi, Jean-Louis :
est-ce que, par hasard, le parrain a porté malheur au filleul et à la filleule?... L'un n'a plus de souvenirs de famille, et l'autre n'a plus de sons religieux ; la cloche a été
fêlée par un éclat de la foudre, et il me paraît déjà que
ton cœur a été gâté par les orages du monde ; passons !

» J'arrive droit au fait, mon fils : les détails pourraient
encore embarrasser ta mémoire ; les paroles inutiles ne
conviennent qu'au récit des contes de la veillée, et il ne
s'agit ici que d'une histoire.

» La noble maison de ton protecteur d'aujourd'hui
voulut honorer deux fois notre misérable famille, en attendant qu'elle pût la peine de la déshonorer : si tu as
l'honneur d'être le filleul de M. le comte, notre pauvre
Marianne avait l'insigne avantage d'être la sœur de lait
de son fils aîné, le jeune vicomte de Tercy.

» Lorsqu'ils furent grands et à peu près raisonnables,
Julien de Tercy et Marianne Cayot, le gentilhomme et la

villageoise, devinrent les deux meilleurs amis, deux véritables cousins à la mode de Bretagne; j'avais bien de
la joie et bien de l'orgueil, mon fils : ton parrain me promettait de faire quelque chose pour ta fortune, et le frère
de lait de Marianne me jurait, à chaque instant, de faire
beaucoup pour le bonheur de ma fille! Nos bienfaiteurs
ont grandement tenu leur généreuse promesse; l'un a
pris soin de ton éducation et de ton avenir : tu es heureux; l'autre a pris soin du repos de Marianne : grâce à
lui, en effet, elle repose depuis quatre ans... Elle n'a
plus besoin de rien... Elle est heureuse!... Mon fils, la
tache que tu trouveras sur cette lettre, aux derniers mots
que je viens d'écrire, est une larme de ton père!

» Je t'ai rappelé la mort de ta sœur : ne t'avise plus de
l'oublier; je vais te rappeler pourquoi Marianne est morte:
ne l'oublie pas davantage!.... Écoute-moi bien, Jean-
Louis.

» Durant les journées entières que tu passais à l'école
de Valogne, par l'ordre bienveillant de M. le comte,
Marianne s'en allait jouer, s'amuser et s'instruire dans le
château de Tercy; madame la comtesse se montra, pour
ta jolie sœur, une très-bonne et très-imprudente protectrice : elle était déjà vieille, et à un certain âge, les bonnes âmes se plaisent aux souvenirs qu'elles retrouvent
dans le spectacle de la jeunesse et de la beauté. En vivant
ainsi, chaque jour, dans l'intimité d'une grande dame,
Marianne cessa de ressembler à une villagooise, par les
manières, par le costume et par le langage : le soir, elle
revenait au logis avec un peu plus d'esprit, avec un chif-

fon nouveau, avec une gentillesse nouvelle. Dès ce moment, elle ne pensa plus au mariage, qui est pourtant la
première, la plus douce et peut-être la seule pensée des
jeunes filles; quand on lui parlait d'un bon parti à prendre, d'un brave et honnête mari à choisir, ta sœur plis-
sait aussitôt sa jolie petite lèvre comme pour faire fi d'un
paysan qui avait l'audace de lui offrir son nom, son travail et son amour; j'aurais dû corriger la sottise de Marianne... Mais, hélas! tu l'apprendras tôt ou tard, mon
fils : dans l'amour d'un père pour ses enfants, il y a parfois plus d'orgueil encore que de tendresse; j'étais orgueilleux de la vanité de ma fille, et je me croyais un
grand monsieur, parce qu'il lui plaisait de parler comme
une grande dame !

» Une longue et douloureuse maladie de la comtesse
enchaîna Marianne au chevet de sa noble protectrice :
elle y secondait, le jour et la nuit, les soins empressés de
mademoiselle de Tercy, une bonne petite personne, plus
jeune, plus riche, plus brillante, mais non pas, à coup
sûr, plus jolie, ni plus gracieuse, ni plus spirituelle que
ta sœur. Les deux jeunes filles, les deux belles garde-
malades, reçurent le dernier soupir de la comtesse; mademoiselle de Tercy fut emmenée à Paris, dans un couvent ou dans un pensionnat; Marianne reprit sa place de
paysanne, au milieu de nous, bien triste d'avoir quitté le
château, je n'ose pas dire bien désolée de se retrouver
dans une chaumière. Elle n'était plus une villageoise;
elle n'était pas encore une demoiselle : Marianne devint
une fille malheureuse.

» Il me parut convenable d'interdire à ta sœur le droit de visiter les maîtres du château, qui n'étaient plus que des hommes; le jeune vicomte fut tout à fait de mon avis: au lieu d'attendre ou de provoquer les nouvelles visites de Marianne, il consentit à nous venir voir, le matin, à midi, le soir, à toutes les heures; le château se déplaça pour s'installer dans une ferme : quel honneur pour nous, mon fils!

» Un pareil honneur ne fut pas de longue durée; le ramage du vicomte dura ce que dure le chant des oiseaux, l'espace d'une belle saison. A la chute des feuilles, les oiseaux de la ferme s'envolèrent en chantant leur dernière chanson amoureuse; le gentilhomme, un autre oiseau chanteur, s'envola je ne sais où, en se promettant de ne plus gazouiller sous les ombrages d'une misérable chaumière.

» Mon fils, te souvient-il de la suite et du dénouement de cette horrible histoire? Marianne était séduite, déshonorée, perdue dans le village! ton père voulut courir à la recherche du séducteur, qui s'enfuyait comme un ingrat et qui se cachait comme un traître; mais, Marianne tomba malade : elle souffrait en pleurant, en se désolant, comme une pécheresse ou comme une folle, et ton père voulut rester auprès d'elle, non pas pour la maudire, mais pour essayer de la guérir. Enfin, que te dirai-je, mon fils? trois mois plus tard, c'en était fait de Marianne : un soir, ta sœur se retira dans sa petite chambre; en accourant auprès d'elle, à de certains cris étouffés que nous venions d'entendre, nous la trouvâmes étendue sur

20

son lit, pâle, froide, immobile, presque morte. Elle nous pria de lui apporter des bouquets flétris, des couronnes fanées : reliques précieuses qu'elle devait à la galanterie de son amant. Elle prit toutes ces fleurs ; elle les effeuilla une à une ; elle les sema tout doucement sur son lit ; elle jeta bien loin les branches et les tiges dépouillées ; puis, les yeux fixés sur cette triste nappe de feuilles mortes, elle murmura : « Voilà mon linceul ! »

» Le lendemain, Marianne fut ensevelie dans ce drap mortuaire qu'elle avait préparé elle-même avec des fleurs effeuillées.

» O mon fils ! mes deux blessures, celle de mon cœur et celle de ma conscience, saignent depuis quatre ans : n'est-il pas temps, à la fin, de châtier le misérable meurtrier qui me les a faites ?...

» En apprenant la mort de Marianne, notre cruel ennemi s'avisa de vouloir réparer avec le frère le crime irréparable qu'il avait commis contre la sœur : on nous adressa de superbes promesses ; l'on me promit, à ton intention, de faire d'un simple paysan un homme riche, un homme distingué, un homme bienheureux ; le marché fut conclu : sais-tu pourquoi, Jean-Louis ?... Je vais te l'apprendre, puisque tu l'as oublié.

» Tu es à Paris, dans la maison de M. le comte de Tercy et de son fils, parce que tu es jeune, parce que, à ton âge, l'on a la force de bien se venger !... Si la vengeance te répugne ou t'effraie, rends-moi vite le droit que je t'ai cédé : je me souviendrai de ma fille ; je porterai ma vieil-

lesse le plus vaillamment qu'il me sera possible, et je ven‐
gerai Marianne.

» Jean-Louis ! Jean-Louis ! qu'as-tu fait du souvenir de
ta pauvre sœur, dont l'âme se plaint encore de nous dans
le purgatoire ?

» PIERRE CAYOT. »

II

, A Pierre Cayot, fermier, au village de Valogne.

« Le triste récit de votre lettre est un souvenir de famille dont je n'avais pas besoin, mon père : en me l'a-
dressant, vous avez calomnié votre fils. Ma mémoire est
excellente : je n'ai rien oublié. Chaque jour, à chaque
instant, je me souviens de vous et de Marianne; à votre
tour, mon père, écoutez-moi bien.

» Il y a trois ans, à mon arrivée à Paris, je fus installé
dans le magnifique hôtel de nos deux protecteurs, que votre
colère appelle nos cruels ennemis. L'on me donna des
valets qui devaient m'obéir et des maîtres qui devaient
m'instruire; on me prodigua des faveurs et des leçons de
toutes les sortes. Je profitai à merveille de cette prodiga
lité charitable, et je devins en peu de temps ce que je
voulais devenir à force de travail : un homme distingué,
un véritable gentilhomme, moins l'opulence et la noblesse. Il me parut déjà que j'avais plus d'esprit, plus
d'instruction, plus de beauté que le vicomte de Tercy
lui-même, et ce fut là ma première vengeance; attendez

» Si, après mon départ du village, mon cœur et ma
mémoire avaient oublié, dans un accès d'ingratitude, la
vie et la mort de votre fille, j'aurais bientôt retrouvé le
souvenir de Marianne dans une jeune et belle personne
qui lui était chère : en revoyant à Paris cette noble et
jolie enfant, que vous avez connue, et qui se nomme Juliette de Tercy, j'assistai de nouveau, par le regret, par
la douleur, à la scène lugubre que votre désolation a re-
tracée. Je me disais, en me désolant avec vous : de ces
deux charmantes amies qui jouaient ensemble, au milieu
des fleurs et des oiseaux, l'une est encore innocente, et
l'autre a été coupable; l'une peut-être ne sait rien de la
souffrance, et l'autre a bien souffert; nul n'osera séduire
Juliette, et Marianne est morte déshonorée! Mon Dieu,
votre justice ressemble-t-elle à la justice des hommes?...
Est-ce qu'elle est injuste?

» A ma première entrevue avec Juliette, dans le salon
de l'hôtel de Tercy, il me vint une grande pensée, une
pensée horrible, et qui ne m'a plus quitté, mon père; ce
jour-là, je me surpris à murmurer cent fois, en songeant
au séducteur de Marianne : Il a une sœur!... il a une sœur!

» Si l'on pèche par l'intention, l'on ne se venge pas
seulement par la pensée : il me fallait agir, mon père, et
en peu de mots je vais vous rendre un compte fidèle du
résultat de mes actions. Réjouissez-vous; soyez fier de
votre fils, et pardonnez à la pécheresse dont l'âme se
plaint encore dans le purgatoire : la séduction a marché
à petits pas, lentement, timidement, comme il sied à
toutes les trahisons de ce monde... Mais, à la fin, elle

est arrivée, elle a frappé sans pitié, elle a réussi sans
crainte!... Oui, j'en suis sûr, l'on m'aime, l'on m'aime
l'on se meurt d'amour pour un paysan décrassé, et à
l'heure qu'il est, justice est faite!... Mon père, pour que
la fille du comte de Tercy ressemble, à s'y méprendre, à
la fille de Pierre Cayot, il ne lui reste plus qu'à se jeter
sur un lit de douleur, à effeuiller des roses que je lui ai
données, à balbutier comme Marianne, les yeux fixés sur
une nappe de feuilles mortes : « Voilà mon linceul!... »
Que pensez-vous maintenant de ma mémoire?

» Mon devoir est rempli; vous devez être content, mon
père, et je pleure... oui, je pleure!... En ce moment, je
pourrais vous répondre, avec l'aide de vos propres paroles : la tache que vous trouverez sur cette lettre, aux
derniers mots que je viens d'écrire, est une larme de votre
fils!

» Rassurez-vous : j'essuierai mes larmes; je ferai taire
mon cœur; j'étoufferai mon amour... Eh bien! oui, mon
amour pour celle qui m'aime! encore une fois, Juliette
sera déshonorée comme Marianne, perdue comme Marianne, et tout sera dit pour votre vengeance.

» Dans quelques jours peut-être, le crime, la honte,
le déshonneur de mademoiselle de Tercy ne seront plus
un mystère : si l'on me provoque avec des armes, je
refuserai de me battre; si l'on m'attaque lâchement, et
si l'on me tue, je mourrai sans me plaindre; si l'on daigne
m'offrir un généreux pardon, en plaçant dans ma main la
jolie main de Juliette, je m'efforcerai de repousser, avec
un orgueil d'emprunt, un pareil honneur, un pareil bon-

heur ; si une pauvre enfant, malheureuse et flétrie, comme l'était Marianne, en appelle à mes souvenirs et à mes serments, je tenterai un effort sublime, et j'aurai le courage désespéré de lui dire : Je ne vous aime pas !

» O mon père ! mon père ! Je crois pourtant que la femme bien-aimée de votre fils aurait su vous rendre toute la tendresse de votre fille !

» JEAN-LOUIS. »

III

A M. le comte de Tercy, à Fontainebleau.

« J'ose à peine vous écrire, monsieur le comte et cher père : durant votre absence, il s'est passé à l'hôtel des choses bien extraordinaires ; je vous supplie de hâter votre retour à Paris.

» Voici des lettres que j'ai surprises dans la chambre de Juliette : elles pourront vous préparer à mes affreuses confidences. Ces lettres d'amour sont écrites par un homme de rien, que nous avons appelé notre ami : elles sont adressées à une femme qui n'est plus ma sœur, et qui ne doit plus être votre fille ; Juliette entrera demain dans le couvent de la rue des Postes, et sans doute il ne vous siéra jamais de l'en faire sortir.

» Quant au séducteur de bas étage, qui se nomme Jean-Louis Cayot, un singulier hasard vient de le soustraire à ma justice, voici comment.

» Ce matin, j'hésitais encore, surtout en raison de votre

absence, dans le choix de la punition qu'il me fallait infliger à ce misérable; j'ai rencontré Jean-Louis dans le jardin, et il m'a dit, avec une familiarité qui a fait monter le rouge à mon visage :

» — Julien, savez-vous ce qui s'est passé la nuit dernière...

» — Non, et je ne veux pas le savoir! lui ai-je répondu.

» — Vous avez dormi toute la nuit?

» — Non, j'ai veillé jusqu'à trois heures.

» — S'il en est ainsi, vous avez entendu le bruit de l'orage?

» — Après?

» — Et les éclats de la foudre qui est tombée sur le toit de l'hôtel...

» — Nous avons un paratonnerre.

» — Eh bien! le paratonnerre s'est ployé comme une épingle, et, chose curieuse! le feu du ciel, en glissant sur le fer, lui a donné le dessin capricieux, la forme contournée d'une spirale; vous plaît-il de monter jusque sur le toit de l'hôtel?

» — Volontiers.

» — J'ai suivi ce malheureux; je me suis hasardé, en tremblant, sur la petite plate-forme qui domine le principal corps-de-logis de notre habitation : Jean-Louis s'est agenouillé devant moi, aux derniers bords de la toiture, sur un abîme, pour mieux observer sans doute la trace imprimée par le passage ou par le vol de la foudre... En ce moment, je ne sais quel affreux vertige s'est emparé

de cet homme : il ne voyait plus, il n'entendait plus, il
était fou !... J'ai eu beau faire pour le secourir, pour le
sauver.. L'éblouissement a été rapide comme l'éclair...
Dieu n'a point voulu me laisser le droit de châtier un traître, et Jean-Louis est allé se briser sur le pavé de l'hôtel !...

» Une scène horrible a eu lieu : Juliette a oublié, aux
yeux de tout le monde, le nom illustre qu'elle porte ; cette
fille s'avise d'aimer, de regretter, de pleurer, de se désoler, comme la dernière des femmes ! Je ferai enterrer
Jean-Louis Cayot avec les honneurs qui sont dus à son
rang et à son mérite : il aura le convoi et le chien des
pauvres.

» JULIEN DE TERCY. »

IV

A M. le Préfet de police, à Paris.

« Monsieur le préfet, je ne suis qu'un ouvrier couvreur, mais je veux être avant tout un honnête homme :
je viens vous dénoncer un grand crime qui a été commis,
aujourd'hui même, dans la rue Saint-Dominique-Saint-
Germain.

» Comme je travaillais, de mon état, sur une toiture
que l'on répare, au numéro 25 de la rue Saint-Dominique, j'ai vu deux jeunes gens qui se risquaient sur le
toit de la maison voisine, au numéro 25 : l'un d'eux s'est
agenouillé sur une espèce de plate-forme, en ayant l'air

d'examiner un paratonnerre : au même instant, l'autre a poussé, par trois fois, son malheureux camarade, qui est tombé dans la cour d'un hôtel, et qui s'est brisé la tête sur le pavé.

» On disait ce matin, à la porte de M. le comte de Tercy, que cet horrible malheur était le résultat d'une simple imprudence ; pas du tout, monsieur le préfet : c'est bien là un bel et bon assassinat, avec préméditation, avec guet-apens ; je sais à quoi m'en tenir sur les circonstances aggravantes d'un crime, parce que je vais souvent à la correctionnelle et à la cour d'assises ; vous jugerez.

» UN OUVRIER COUVREUR. »

V

A Pierre Cayot, fermier, au village de Valogne.

« Mon pauvre ami Pierre, me voilà reléguée dans une sainte solitude où je veux vivre et mourir. Je puis vous l'écrire maintenant, mon bon Cayot : j'ai aimé, j'ai adoré votre fils, et je trouve désormais bien facile de consacrer à Dieu seul un cœur qui n'a plus personne à aimer dans ce monde !

» Pierre, quand on vous répétera que Jean-Louis est mort par la faute de son imprudence, n'en croyez rien ; quand on essaiera de vous persuader que Jean-Louis est mort par un véritable suicide, n'en croyez pas davantage : Jean-Louis est mort, c'est vrai... mais il est mort assassiné, Pierre !

» Adieu, mon ami ; priez pour moi : je prierai pour le repos de vos deux enfants !

» JULIETTE. »

VI

A M. le comte de Tercy, à Paris.

« Je suis à Paris depuis trois jours, monsieur le comte : j'ai voulu m'agenouiller, en priant, sur la tombe de mon fils ; mais il paraît que mon fils n'a pas de tombe : on l'a jeté dans la fosse commune des chrétiens malheureux ; que Dieu vous le rende !

» J'arrivai donc à Paris, par la barrière d'Enfer, dans la matinée du 28 juillet : précisément, l'on se battait dans toutes les rues, sur toutes les places publiques, et je me laissai dire que le peuple s'amusait à faire la chasse à un gouvernement ; je fis comme le peuple, monsieur le comte, et je m'armai d'un fusil.

» Les combattants se précipitèrent pêle-mêle, à travers les rues du faubourg Saint-Germain. A deux heures environ, chacun de nous cheminait à petits pas, tout le long des murailles, dans la rue Saint-Dominique. Un coup, deux coups, trois coups de feu se firent entendre : on tirait sur le peuple, des bords d'une petite fenêtre, d'une espèce d'œil-de-bœuf, dans une riche maison qui portait le n° 25. Je me cachai derrière une grande tonne pleine d'eau : en jetant les yeux sur cette fenêtre qui servait de meurtrière à un ennemi, j'aperçus bien ou mal un jeune

homme qui se masquait dans la draperie d'un rideau, et
même il me sembla le reconnaître!... j'allongeai mon fusil : j'ajustai l'ennemi en question; la balle siffla!... Et
soudain, monsieur le comte, je vis tomber lourdement,
sur le mur d'appui de la croisée, une tête, un homme
frappé à mort, qui ressemblait, à s'y tromper, à votre
fils, au vicomte de Tercy, au mystérieux assassin de
Jean-Louis, à l'infâme séducteur de ma fille Marianne!...

» Voilà le dénouement de notre commune histoire,
monsieur le comte; nous sommes quittes!

» Je me trompe; nous ne sommes pas quittes. Je vous
dois un fils; mais vous me devez deux enfans : nous ré-
glerons notre compte de famille, devant Dieu !

» PIERRE CAYOT. »

HÉRO ET LÉANDRE.

———

Je crois avoir lu, dans les charmants portraits littéraires de madame la comtesse Albrizzi, que l'eau avait
joué un grand rôle dans la vie aventureuse de lord Byron.
Plus d'une fois, nous dit-elle, on vit le noble poëte partir
du golfe de Gênes et s'avancer en pleine mer, avec l'audace tranquille d'un vieux marin. Pour résoudre une
difficulté ridicule, il traversa le Tage, dont le courant rapide l'exposait à un véritable danger. Un soir, à Venise,
il sortit d'un palais du grand canal, et au lieu d'entrer
tout simplement dans sa barque, il se jeta dans les flots,
pour regagner sa demeure à la nage. Le lendemain, il
voulut, en renouvelant sa folie, échapper aux rames des
gondoliers qui avaient effrayé l'intrépide touriste de la
veille : il se mit donc à traverser le même canal, en na-

geant avec le bras droit, et en tenant de la main gauche
une petite lanterne qui éclairait sa route, au milieu des
vagues et des gondoles. Enfin, sans avoir une Héro, une
belle prêtresse de Vénus, qui l'attendît amoureusement,
le poétique nageur passa l'Hellespont, dans là seule pensée
d'en finir avec les discussions des savants sur la réalité
des rendez-vous de Léandre.

Si elle écrivait aujourd'hui les spirituels souvenirs dont
je parle, l'aimable comtesse n'aurait plus à regretter, pour
Childe-Harold, l'absence d'une Héro nouvelle, à demi
cachée dans les ombres lointaines du rivage. Elle con-
naîtrait, sans doute, une mystérieuse aventure que bien
des personnes ont racontée en Angleterre, et qui se rattache à la prouesse *nautique* de lord Byron dans les Dardanelles.

A son premier voyage à Constantinople, lord Byron
s'arrêta, un matin, à une petite distance du château
d'Abidos. Il était accompagné de Stéfano et de M. Ekenhead, lieutenant dans la marine royale. Le poëte portait,
ce jour-là, un costume bien singulier pour un gentilhomme de son espèce et de son orgueil : il avait un pantalon blanc, une veste de nankin, et une toque de velours
noir, à la Raphaël !... Stéfano et le lieutenant allumèrent
leurs tchibouks; Byron s'assit tristement sur une large
pierre presque brisée, dont les fentes étaient couvertes
de brins d'herbe et de petites fleurs. Il regarda longtemps
l'immensité éblouissante que le ciel, l'eau et la verdure
étalaient devant lui; il murmura des stances qu'il improvisait sans doute; il baissa la tête, et il rêva.

Le spectacle qui se déroulait aux pieds de lord Byron était magnifique, et tout à fait digne d'un grand poëte : il pouvait contempler, à la fois, de près ou de loin, le mont Olympe, les plaines d'Asie, Constantinople, les îles des Princes et le Bosphore. Dans les stances qu'il venait d'improviser en l'honneur de ce panorama splendide, Byron parlait, ce me semble, du paradis terrestre; l'improvisateur ébloui avait raison : il n'y a pas d'autre paradis que celui-là, sur la terre.... quand on n'a point vu l'île de Scio ou l'île de Rhodes !

— A quoi songez-vous? milord, s'écria le lieutenant Ekenhead, après avoir doucement frappé sur l'épaule de son noble compagnon de voyage.

— Pardieu! je ne songe ni à l'Angleterre qui me maudit, ni à ma femme qui me hait, ni à mes amis..... qui ne m'aiment pas!

— Vous pensez à la gloire? milord.

— Oui, précisément... je pense à la gloire amoureuse du beau Léandre! Nous voici peut-être à la place même de l'ancienne Abydos; sur ce rivage, l'heureux amant d'une prêtresse de Vénus s'élança dans la mer, et, près de toucher au bonheur, il se noya comme le plus maladroit des hommes ; il n'y a pourtant pas loin d'ici à l'autre rive : le détroit est large d'un mille environ, et quelque robuste nageur pourrait le traverser aisément, n'est-ce pas ?

— Essayez, milord !...

— Foi de gentilhomme! j'essaierai...

— Quand?

— Ce soir, dans un instant, tout de suite... Je vous le jure !

— Entre nous, mon pauvre Léandre, il faut que vous soyez amoureux fou d'une charmante Héro ?

— Amoureux, non pas d'une prêtresse de Vénus, mais de Vénus elle-même !

— Le nom de cette divinité mystérieuse des Dardanelles ?

— Je n'en sais rien; nous l'avons aperçue, Stéfano et moi, il y a huit jours; nous l'avons suivie et nous l'avons admirée, voilà tout. Plus tard, je me suis souvenu de cette ravissante créature, si bien que je voudrais la voir encore... parce que je l'aime !

— C'est une Vénus... turque ?

— Grecque... née dans l'île de Scio, au milieu de toutes les magnificences du ciel et de la terre !

— La déesse est-elle servante ou grande dame, libre ou mariée ?

— Elle est mariée...

— A Vulcain ?

— A un homme plus affreux, plus haïssable que le vilain forgeron du ciel mythologique ; mariée à un ancien marchand de l'île de Rhodes, à un stupide paresseux qui passe sa vie à oublier sa femme et à manger de l'opium !... Je le punirai.

Ekenhead se mit à rire de la galante indignation du poëte.

— Stéfano ! s'écria de nouveau lord Byron, en s'adressant à son fidèle serviteur; écoute-moi, pour bien m'o-

béir : mes bijoux, de l'argent et une barque! Je traver-
serai le détroit à la nage, et tu me suivras de loin dans ta
pirogue; en touchant à l'autre rive, je demanderai l'hospitalité à ce vilain mangeur d'opium : je verrai sa femme,
je lui parlerai, je m'agenouillerai devant elle... et tu
attendras mes ordres dans la cabane charitable de quelque paysan de l'endroit.

Le lieutenant eut beau dire; son noble ami résolut de
pousser l'obstination jusqu'à l'imprudence la plus romanesque. Lord Byron s'était avisé de jouer, bien des fois,
des rôles qu'il avait dérobés à l'histoire des célébrités
poétiques de tous les peuples; il essaya de représenter,
sur le théâtre de l'Hellespont, le charmant personnage
Léandre, un peu gâté par le souvenir de don Juan et de
Lovelace.

Enfin, on se soumit, en le grondant, aux enfantillages
de ce gentilhomme bel-esprit, crédule comme un écolier,
enthousiaste comme un poëte, orgueilleux comme un
pair d'Angleterre. La barque et les provisions furent
prêtes : le lieutenant se retira seul à bord de sa frégate;
lord Byron se jeta dans l'eau, tout habillé; le pauvre
Stéfano se mit à ramer, avec une inquiétude qui le rendait habile, et durant toute la traversée, il récita une
prière, les yeux fixés sur la tête de son maître.

En arrivant à terre, lord Byron était bien faible, tremblant, épuisé de fatigue; il se sentait malade; il avait la
fièvre : il se trouva fort heureux d'accepter l'offre d'un
pêcheur qui le suppliait de prendre un peu de repos, à
l'ombre de sa misérable cabane.

Le pauvre Turc ne se doutait guère du rang, de la noblesse, du génie de son hôte; il ne jugeait de son état ou de sa fortune que par les simples apparences de sa personne. Par bonheur pour le gentilhomme qui portait un pantalon blanc et une veste de nankin, le pêcheur aperçut, aux doigts de lord Byron, des bagues, des anneaux, des pierres précieuses; et puis, le respect apparent de Stéfano, pour son compagnon de voyage, ajoutait à ses yeux quelque chose d'étrange au mystère qu'il ne devinait pas encore; il lui sembla qu'il avait affaire à un grand visir, à un ministre du sérail, qui s'amusait à visiter le peuple de l'empire, sous le costume équivoque d'un petit marchand ou d'un aventurier d'Italie. Il eut honte de la misérable hospitalité qu'il venait d'offrir à un pareil visiteur : il sortit secrètement de sa maisonnette, et il se hâta d'aller apprendre cette aventure à un riche propriétaire du voisinage. Le propriétaire se nommait Bacri; c'était un ancien négociant de l'île de Rhodes, qui possédait une immense fortune et une femme admirable : cette belle Grecque avait nom Catha, et lord Byron songeait à sa beauté merveilleuse, quand il disait tout à l'heure devant nous : ce n'est pas une prêtresse, c'est Vénus elle-même !...

Il y a un dieu pour les touristes, pour les poëtes, pour les amoureux, pour tous les insensés de ce monde : lord Byron, qui s'était endormi dans la cabane d'un pêcheur, se réveilla dans une salle dont le luxe réalisait toutes les fantaisies de l'opulence orientale. Bacri lui présenta une pipe et du tabac parfumé, en lui disant, en langue ita-

lienne, que c'était là un préservatif contre la peste. La
maîtresse du logis, qui était assise sur le divan, se leva
bien vite pour lui offrir des conserves. Des domestiques
lui apportèrent du café, des parfums et de l'eau. Couché
sur un large coussin, et les regards à demi tournés vers
sa jolie hôtesse, lord Byron se rappela les consolantes
paroles que Mahomet daigne adresser à la convoitise
amoureuse de ses fidèles : « Les roses sur lesquelles
s'assiéra le vrai croyant ; les palmiers, les orangers, les
arbres embaumés qui le couvriront de leur ombrage
éternel ; les fontaines qui jailliront avec un murmure
aussi doux que le bruit de la musique ; tout cela n'est
rien, auprès des ravissantes houris qui l'attendent !... »
Lord Byron se voyait déjà dans le délicieux paradis du
prophète : rien n'était comparable à cette houri profane
qui se nommait Catha !

Une jeune fille entra dans la salle et déposa sur le tapis, aux pieds de son maître, une potion que Bacri se mit
à boire avec un sourire de plaisir ineffable. Il s'étendit
mollement ; il dit adieu à sa femme, en lui envoyant des
baisers ; il salua son hôte ; il murmura, d'une voix émue,
d'une voix plaintive :

— C'est l'heure de mon voyage dans le monde des
rêves !

La pâleur et l'immobilité soudaines de Bacri effrayè-
rent lord Byron ; mais Catha, qui se moquait de la
surprise et de l'épouvante du jeune homme, lui dit en
souriant :

— Le danger n'est pas grand, Monsieur... ne craignez

rien! N'avez-vous pas deviné, à l'aspect de sa figure si jaune, si livide, qu'il appartenait à la classe des théria- quistes?... Chaque jour, à la même heure, il prend une forte dose d'opium : il se jette sur le divan, sur le tapis, ou dans le jardin, au milieu des fleurs; il ne dort pas en- core... il ne veille plus... et le voyage commence! Ce sont des rêveries et des extases ravissantes; en ce moment, peut-être, l'imagination lui envoie les songes les plus ma- gnifiques : l'amour, la richesse et la puissance! Il gou- verne, sans doute, l'empire et le monde tout entier; il dispose à son gré des trésors, des honneurs et des beau- tés qui lui plaisent; le harem de cet homme qui rêve est aussi vaste que la ville de Constantinople, et chaque fleur enchantée de ses jardins est une femme!... Mais, le ré- veil arrive, et le rêveur se trouve bien seul, bien désolé, bien misérable : il souffre, et il se couche; il ne peut plus dormir, et il fume; enfin, il se lève, avec l'espérance de retrouver, au fond d'un verre, les illusions et les dé- lices!

— Et vous, Madame, que faites-vous?... A quoi pen- sez-vous, dans la maison de cet infatigable rêveur?

— Ah! signor caro, s'écria la jeune femme, ce que je fais, à quoi je pense?... Je pleure et je songe à mourir!

— Quel âge a votre mari, madame?

— Devinez... Oh! vous ne devinerez jamais!

— Il a soixante ans, au moins...

— Il en a trente!... Mais il se glorifie d'avoir vécu des siècles, en rêvant, et il se console ainsi d'être un vieillard avant l'âge. Du reste, Bacri n'est pas méchant : il est généreux, humain, hospitalier; il accueille les malheureux et les étrangers qui viennent frapper à la porte de notre riche demeure; ce soir encore, il vous a reçu dans sa maison, sans hésiter, sans réfléchir, au premier mot d'un pêcheur de ce village : vous êtes son protégé, son hôte, et vous pouvez rester chez lui, aussi longtemps qu'il vous plaira, Monsieur !

— Bacri n'est donc pas jaloux, Madame?

— A quoi bon de la jalousie contre une pauvre femme, quand on adore, dans un rêve, toutes les beautés du ciel de Mahomet?

— Est-il juste qu'il apprenne, de vous ou de moi, notre rencontre d'il y a huit jours?

— Non!... répondit en rougissant la belle Catha.

— Vous semble-t-il raisonnable de lui apprendre que j'ai eu l'audace...

— L'audace?...

— De vous suivre et de vous adorer de loin?...

— Non!

— Enfin, Madame, lui dirai-je qu'un gentilhomme amoureux a osé, aujourd'hui même, traverser l'Hellespont à la nage...

— Vous, Monsieur!... Et pourquoi?

— Pour s'écrier, en s'agenouillant aux pieds d'une femme : Catha, je vous aime !

— Taisez-vous, taisez-vous... vos paroles d'amour ont chassé les songes heureux de mon mari !...

Bacri exhala un profond soupir, et il se réveilla presque aussitôt, après avoir été tour à tour, par la grâce

de l'opium, capitan-pacha, grand visir, sultan et prophète.

Le lendemain, à l'heure où Bacri se laissait aller, dans
les espaces du septième ciel, aux illusions de sa rêverie
extatique, la causerie intime continua entre la jeune
Grecque et lord Byron.

— Maintenant, lui disait Catha, vous voilà guéri de
votre frayeur et de votre fièvre; il vous reste quelque
chose à m'apprendre, n'est-il pas vrai? N'avez-vous aucune confidence à me faire? Parlez-moi sans crainte...
Je vous écoute.

— Madame, répondit lord Byron, malgré les apparences modestes de mon costume, je ne suis pas un de ces
pauvres diables que le hasard entraîne chaque jour sur
les grandes routes ou sur les marchés de l'Europe : je ne
suis ni un vagabond ni un marchand; j'appartiens à une
famille riche, noble et puissante; je suis un gentilhomme,
un pair d'Angleterre et un poëte! Selon moi, voir, c'est
avoir... et j'ai pris bravement un bâton de voyage, pour
visiter, pour posséder le monde, pour faire encore de
l'observation, de l'art et de la poésie! Mes pressentiments
ne m'ont point trompé, Madame : j'ai parcouru l'Orient;
j'ai admiré votre soleil, vos monuments et vos femmes;
pour comble de bonheur, j'ai foulé les ruines d'Abydos;
je me suis souvenu de Léandre; j'ai failli mourir en passant le détroit à la nage... Et la seule espérance de vous
revoir m'a sauvé!

Après ce bel exorde, lord Byron se crut obligé de raconter, à grands frais d'invention, de sentiment et de

tristesse, l'histoire de sa vie tout entière; il parla beaucoup, et assez poétiquement pour un poëte qu'il était. La
naïve attention de son hôtesse lui donna de l'esprit, de
la vanité, de l'audace, et il s'avisa de chanter, en prose,
les illusions perdues, les songes rapides, les douleurs
factices, tout cet enfer imaginaire dont les tortures rêvées
causent tant de plaisir à la jeunesse de tous les temps.
Catha eut la bonté de le laisser dire, et plus d'une fois,
elle se prit à soupirer, à s'émouvoir, à essuyer une larme,
à ce beau récit des infortunes fantastiques d'un grand
poëte.

Les femmes les plus distinguées, raisonnables ou sensibles, froides ou enthousiastes, se laissent prendre à
l'étalage pompeux de ces chagrins de convention, de ces
belles douleurs menteuses. Placés à propos et avec
quelque esprit, les désenchantements de la jeunesse at-
tirent d'ordinaire la sympathie, les consolations et l'a-
mour : c'est là une petite marchandise qui vaut presque
toujours au bienheureux marchand une adorable clien-
tèle.

Des confidences que l'on échange aux sentiments que
l'on partage, il n'y a guère qu'un soupir, une larme, une
promesse; ce qui résulta de l'intimité quotidienne, du
babillage dangereux de nos deux amis, vous le devinez
sans doute : le diable voulut avoir sa part dans le bénéfice de cette histoire romanesque, et le sceptique lord
Byron devint amoureux... véritablement amoureux de la
jolie femme du thériaquiste !

Chose bien rare dans ce poëte que ses amis ont sur-

nommé un fat sublime! Si Catha le regardait tristement,
sans mot dire, elle lui faisait peur, tant sa beauté lui
semblait imposante et surnaturelle; quand elle lui parlait,
il se sentait tout ému, attendri, presque tremblant, tant
sa parole était mélodieuse, plaintive et remplie de caresses; quand elle riait, il était joyeux avec elle; quand elle
pleurait, il aurait voulu prendre au fond de son cœur la
moitié de sa peine, aux bords de ses yeux la moitié de
ses larmes; quand elle lui tendait sa main à baiser, il
avait le frisson, il avait le vertige du plaisir..... Il était
fou !

Dans la journée, Catha se trouvait bien à plaindre : il
lui était à peu près impossible de babiller et d'aimer
avec le poëte que le hasard lui avait envoyé. Elle économisait tout le jour les paroles, les serments et les baisers; et puis, le soir, elle apportait à son amant, avec
une fidélité charmante, le doux trésor, les divines économies de sa pensée amoureuse.

Pendant toute la durée de l'ivresse contemplative que
l'opium donnait à Bacri, il se passait, chaque soir, une
scène assez originale, assez poétique, au fond de cette
espèce de boudoir oriental. Couché sur les coussins du
divan, Bacri rêvait en dormant, et plus loin Catha rêvait
sans dormir, aux pieds de lord Byron. Les songes du mari
étaient le mirage de la fièvre; les rêves de la femme étaient
l'extase de l'amour. Les mensonges du sommeil montraient à l'un toutes les richesses du paradis de Mahomet;
l'imagination, l'esprit et la poésie montraient à l'autre
toutes les joies d'un paradis sur terre. L'indifférent époux

de Catha fut bien puni par où il avait péché ; les rêveries
de ce stupide dormeur aidèrent à la vengeance de la
beauté et de la jeunesse : le breuvage empoisonné du thériaquiste l'empêchait de voir tomber, goutte à goutte,
dans le cœur de son esclave infidèle, le philtre amoureux
du poëte.

Bacri avait-il enfin deviné l'intrigue secrète qui se jouait
dans sa maison, à l'ombre de l'hospitalité ? Avait-il cessé
de compter sur la vertu de sa femme et sur l'honneur de
son hôte ? Je ne sais ; mais, tout à coup, il retira les ins-
tructions hospitalières qu'il avait données à Catha : il lui
recommanda de se montrer indifférente et réservée, aux
yeux de leur nouvel ami ; il lui ordonna de se taire, en présence de lord Byron, et il lui défendit de chercher trop
souvent à le voir. — Pourquoi donc ? que craignait-il ? que
voulait-il ? à quoi pensait l'ancien marchand de l'île de
Rhodes ?... Dès ce moment, il devint froid et cérémo-
nieux dans ses relations habituelles avec son noble visiteur : de rares et inutiles paroles, de simples regards,
échangés en guise de salutations ; d'ordinaire, — Bon-
jour ! — Bonsoir ! — Bonne nuit ! — Il pleut ! — Il fait
chaud ! — Voulez-vous fumer ? — Voilà toute la causerie
sympathique de Bacri avec lord Byron.

Un matin, le lieutenant Ekenhead vint annoncer à son
ami le départ forcé de la frégate qui devait mettre à la
voile, le lendemain, au plus tard ; il fallut que lord Byron
consentît à se séparer de Catha... Mais la Grecque amoureuse exigea, de son amant, la solennelle promesse de
l'attendre, de la voir, de l'embrasser une fois encore, la

nuit suivante, sur l'autre rive, derrière les ruines de l'ancienne Abydos : Héro voulait faire, à son tour, une visite à Léandre !

Là nuit venue, lord Byron, accompagné de Stéfano, fut exact à ce dernier rendez-vous d'amour. Ils s'assirent en silence, au bord du rivage; bientôt, une barque passa devant eux, et ils reconnurent Bacri, oui, Bacri, qui se tenait debout et immobile à côté du rameur... Presque au même instant, deux coups de feu se firent entendre, et les balles sifflèrent sur la tête de lord Byron; la barque s'éloigna, et tout fut dit. — Et Catha ?

Le lendemain, aux premières lueurs du soleil, après avoir attendu la nuit tout entière, le poëte amoureux aperçut en tressaillant, au pied des ruines du château d'Abydos, le corps d'une femme que les vagues avaient jeté sur le rivage... La vengeance de Bacri avait passé par là, et justice était faite !

— Reconnaissez-vous cette femme, milord ? demanda tristement Stéfano.

— Oui, c'est bien elle ! s'écria *Don Juan*, les yeux fixés sur la figure de cette pauvre Catha; morte ou vivante, Héro n'a point manqué au rendez-vous de Léandre !

TABLE DES MATIÈRES.

Paris. — Impr. L. Grimaux et comp., rue du Croissant, 16.

LIBRAIRIE DE VICTOR LECOU

COLLECTION FORMAT IN-18 ANGLAIS.

VOLUMES A 3 FR. 50 C.

BALBI (Adr.). — Éléments de Géographie générale, avec 8 cartes.... 1 v.
BALZAC (H. de). Théâtre.... 1 v.
BASTIAT.... Harmonies économiques.... 1 v.
BEECHER STOWE. La Case de l'oncle Tom.... 1 v.
BÉRANGER.... Œuvres complètes. 2 v.
BLANQUI.... Économie politiq. 2 v.
BREWER (Le D.). Clef de la science. 1 v.
BYRON (Lord).. Œuvres complèt., trad. B. Laroche.. 4 v.
CARREL (Arm.). Œuvres littéraires (Notice par Charles Romey).. 1 v.
CASTILLANE (C. de). Souvenirs de la vie militaire en Afrique. 4e édit.. 1 v.
CASTILLE (Hip.) Les Hommes et les mœurs en France. 1 v.
CHAMPFLEURY. Contes domestiq. 1 v.
— C. de Printemps. 1 v.
— Contes d'Été. 1 v.
— Contes d'Automne 1 v.
CLAIRVILLE. Chansons et Poésies.. 1 v.
CRÉTINEAU-JOLY. Scènes d'Italie et de Vendée.... 1 v.
DANTE.. La Divine Comédie, trad. Fiorentino. 1 v.
DUCAMP (Max.) Le Livre posthume 1 v.
DUMAS fils. La Dame aux perles 1 v.
DROZ (Joseph). L'Art d'être heureux. 7e édition... 1 v.
— Économie politique. 3e édition... 1 v.
FERRY (Gabriel). Le Coureur des bois. 3e édition.. 2 v.
— Costal l'Indien.. 1 v.
FÉVAL (Paul).. Les Parvenus.. 1 v.
FRANKLIN.... Mélanges de morale, d'économie, etc. 1 v.
GAUTIER (Th.).. Un Trio de romans 1 v.
— Caprices et zigzags 1 v.
— Italia, voyage à Venise, etc.. 1 v.
GAUTIER, Max. Ducamp, etc. Salmis de nouvelles.. 1 v.
GÉRARD DE NERVAL. Les Illuminés. 1 v.
GOZLAN (Léon). George III. 1 v.
— La Marquise de Belveréano.. 1 v.
— Mœurs théâtrales. 1 v.
— De neuf heures à minuit.. 1 v.
— Contes et nouvelles. 1 v.
GRESSET.... Œuvres, édit. ill.. 1 v.
HEINE (Henri).. Reisebilder.. 1 v.
HILDRETH.... L'Esclave blanc, trad. Wailly.. 1 v.
HUGO (Victor). Œuvres complètes. *Nouvelle édit., revue et augmentée.*
— Notre-D. de Paris. 1 v.
— Théâtre.. 2 v.
— Han d'Islande. Mélanges.. 1 v.
— Les Orientales. Les Rayons et les Ombres. Les Voix intérieures. 1 v.
— Odes et ballades. Feuilles d'automne. Chants du crépuscule.. 1 v.

HOLLAND.. De l'Homme et des Races humaines. 1 v.
HOMÈRE.... L'Iliade et l'Odyssée, trad. Giguet. 1 v.
HOUSSAYE (A.). Portraits du 18e siècle. 5e édit.. 2 v.
— Philosophes et Comédiennes. 4e édit. 1 v.
— Poésies complètes. 1 v.
— Belles de jour et Belles de nuit. 1 v.
KARR (Alph.). Les Guêpes.. 1 v.
— La Famille Alain. 1 v.
— Fa Dièze.. 1 v.
— Feu Bressier. Horteuse.. 1 v.
— Contes et nouvelles 1 v.
— Devant les tisons.. 1 v.
— Clovis Gosselin.. 1 v.
LAMARTINE.... Méditations poétiques.. 2 v.
— Harmonies poétiques.. 1 v.
— Jocelyn.. 1 v.
— Chute d'un Ange. 1 v.
— Recueillements poétiques.. 1 v.
— Voyage en Orient. 2 v.
— Raphaël.. 1 v.
LECLERCQ (Th.) Proverbes dramat. 4 v.
LURINE (Louis). Ici l'on rit.. 1 v.
MERCIER.... Tableau de Paris. 1 v.
MÉRY.... Mélodies poétiques 1 v.
— Contes et nouvelles 1 v.
— Nouvelles nouvell. 1 v.
MORNAND.... La Vie des eaux. 1 v.
MONSELET.. M. de Cupidon.. 1 v.
MONTAIGNE.. Essais.. 1 v.
MONTEIL (Al.). Histoire des Français aux cinq derniers siècles.. 5 v.
MONTFORT (Cap.) Voyage en Chine, notice par G. Bell. 1 v.
MOREAU DE JONNÈS. Éléments de statistique.. 1 v.
NODIER (Ch.). Histoire du roi de Bohême et de ses sept châteaux.. 1 v.
ORSAY (C. d') L'Ombre du bonheur. 1 v.
OSSIAN.. Poèmes gaëliques 1 v.
PAULIN LIMAYRAC. Coups de plume sincères.. 1 v.
PFEFFEL.... Fables et poésies. 1 v.
PITRE-CHEVALIER. Les Chroniques de la Fronde.. 1 v.
REYBAUD (L.) Études sur les réformateurs.. 2 v.
SAINT-FÉLIX. Les Nuits de Rome 1 v.
SAINT-FARGEAU Histoire littéraire 1 v.
SAINTINE (X.-B.) Récits dans la tourelle. 1 v.
— Le Mutilé. — La Belle Cordière.. 1 v.
SCUDO.... Critique et littérature musicales. 1 v.
SECOND (Albéric) Contes sans prétention.. 1 v.
SOLTYKOFF.... Voyage dans l'Inde et en Perse.. 1 v.
STAHL (P.-J.). Bêtes et gens, étud. 1 v.
SUDRE (Alfred) Histoire du communisme.. 1 v.
TOPFFER (R.). Le Presbytère. 1 v.
— Nouvelles genevoises. — Rosa et Gertrude.. 1 v.
— Menus propos.. 1 v.
ZACCONE.... Le Vieux Paris.. 1 v.

VOLUMES A 2 FR.

DELESSERT.. Voyage aux villes maudites..... 1 v.
FLORIAN.. Fables.. 1 v.
GENLIS. Siège de la Rochelle.. 1 v.
GÉNOUDE.. La Sainte Bible. 2 v.
HORACE.. Œuvres complètes, trad. Goupy.. 1 v.
LA FONTAINE. Fables.. 1 v.
LAMENNAIS.. Les Évangiles.. 1 v.
LEGOUVÉ.. Mérite des femmes 1 v.
— Édith de Falsehm. 1 v.
LEBLANC D'HACHLUVA. Histoire de l'islamisme.. 1 v.
LERNE (E. de). Contes et nouvelles 1 v.
MOLIÈRE.. Œuvres complètes (2 vol. en 1).. 2 v.
MOFRAS.. Promen. en France et en Suisse. 1 v.
SAINT-AUGUSTIN Confessions.. 1 v.
SWIFT.. Voyages de Gulliver.. 1 v.
ZACCONE.. Langage des fleurs, avec 18 grav. col.. 1 v.

ŒUVRES COMPLÈTES DE G. SAND
Nouvelle édition, revue et augmentée.
À 2 FR. LE VOLUME.
En vente:

Piccinini, etc.. 2 v.
La Dernière Aldini.. 1 v.
Simon.. 1 v.
Tévérino.. 1 v.
Leone Leoni.. 1 v.
Horace.. 1 v.
Lucrezia Floriani.. 1 v.
Lavinia.. 1 v.
Jacques.. 1 v.
Le Château des Désertes. 1 v.
Isidora.. 1 v.
Valentine.. 1 v.
Cora.. 1 v.
Le Meunier d'Angibault. 1 v.
Jeanne.. 1 v.
Indiana.. 1 v.
Melchior.. 1 v.
François le Champi.. 1 v.
Les Mosaïstes.. 1 v.
La Mare au Diable.. 1 v.
André.. 1 v.
La Fauvette du Docteur.. 1 v.
Les Noces de campagne.. 1 v.
La Petite Fadette.. 1 v.
La Marquise.. 1 v.
Mouny Robin.. 1 v.
Monsieur Rousset.. 1 v.
Les Sauvages.. 1 v.
Mauprat.. 1 v.
Metella.. 1 v.
Compagnon du tour de France. 1 v.
Le Péché de monsieur Antoine. 2 v.
Pauline.. 1 v.
L'Orco.. 1 v.

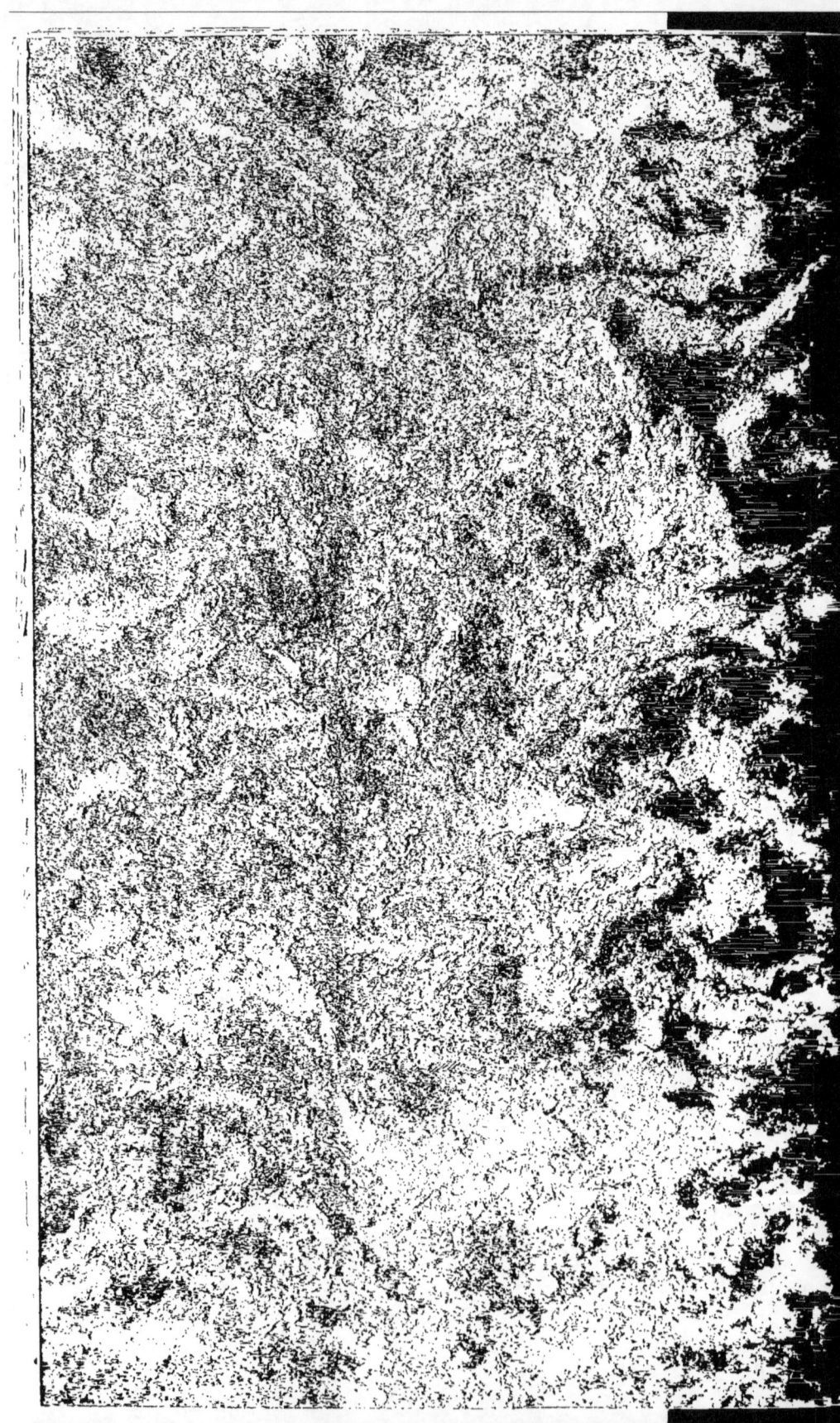

www.ingramcontent.com/pod-product-compliance
Lightning Source LLC
Chambersburg PA
CBHW050302030726
47505CB00003B/529